女《じょ》誡《かい》扇《せん》綺《き》譚《たん》・田園の憂鬱

HAruo SatO

佐藤春夫

P+D BOOKS
小学館

目次

女誡扇綺譚

この拙劣なる曾遊記念の一作を敢て上梓して謹みて、当時の台湾総督府民政長官

下村海南先生

並に、台湾蕃族志著者

森丙午先生

に献ず。両先生が当年の厚志は生の永く肝銘するところ也。大正十五年一月　佐藤春夫識

一　赤嵌城址

クットウカン——字でかけば禿頭港。すべて禿頭《クットウ》というのは、面白い言葉だが物事の行きづ

まりを意味する俗語だから、禿頭港《クットウカン》とはやがて安平港《アンピンカン》の最も奥の港ということであるらしい。台南市の西端れで安平の廃港に接するあたりではあるが、そうして名前だけの説明を聞けばなるほどと思うかも知れないが、その場所を事実目前に見た人は、寧《むし》ろ却ってそんなところに港《カン》と名づけているのを訝《いぶか》しく感ずるに違いない。それはただ低い湿っぽい蘆荻《ろてき》の多い泥沼に沿うた貧民窟みたようなところで、しかも海からは殆んど一里も距っている。沼を埋め立てた塵塚《ちりづか》の臭いが暑さに蒸せ返って鼻をつく厭な場末で、そんなところに土着の台湾人のせせこましい家が、不行儀に、それもぎっしりと立並《たちなら》んでいる。土人街のなかでもここらは最も用もない辺なのだが、私はその日、友人の世外民に誘われるがままに、安平港の廃市を見物に行ってのかえり路を、世外民が参考のために持って来た台湾府古図の導くがままに、ひょっくりこんなところへ来ていた。

* * *

人はよく荒廃の美を説く。又その概念だけなら私にもある。しかし私はまだそれを痛切に実感した事はなかった。安平へ行ってみて私はやっとそれが判りかかったような気がした。そこにはさまで古くないとは言え、さまざまの歴史がある。この島の主要な歴史と言えば、蘭人の壮図《そうと》、鄭成功《ていせいこう》の雄志、新しくはまた劉永福《りゅうえいふく》の野望の末路も皆この一港市に関聯《かんれん》していると言っても差支《さしつかえ》ないのだが、私はここでそれを説こうとも思わないし、また好古家で且詩人たる世外民なら知らないこと、私には出来そうもない。私が安平で荒廃の美に打たれたというのは、又必ずしもその史的知識の為めではないのである。だから誰でもいい、何も知らずにでもいい。ただ一度そこへ足を踏み込んでみさえすれば、そこの衰頽《すいたい》した市街は直ぐに目に映る。そうして若《も》し心ある人ならば、そのなかから悽然《せいぜん》たる美を感じそうなものだと思うのである。

台南から四十分ほどの間を、土か石かになったつもりでトロッコで運ばれなければならない。坦々たる殆んど一直線の道の両側は、安平魚《アンピンヒイ》の養魚場なのだが、見た目には、田圃《たんぼ》ともつかず沼ともつかぬ。海であったものが埋まってしまった——というより埋まりつつあるのだが、古図によるともともと遠浅であったものと見えて、名所図絵式のこの地図に水牛に曳《ひ》かせた車の輌《たが》が半分以上も水に漬《つか》っているのは、このあたりの方角であろう。しかし今はたとい田圃のようではあっても陸地には違いない。そうしてそこの、変化もとりとめもない道をトロッコが滑走して行く。熱国のいつも青々として草いきれのする場所でありながら、荒野のような印象のせいか、思い出すと、草が枯れていたような気持さえする。これが安平の情調の序曲である。

トロッコの着いたところから、むかし和蘭《オランダ》人が築いたというTE CASTLE ZEELANDIA所謂《いわゆる》土人の赤嵌《シヤカムシヤ》城を目あてに歩いて行く道では、目につく家という家は悉《ことごと》く荒れ果てたままの無住である。あまりふるくない以前に外国人が経営していた製糖会社の社宅であるが、その会社が解散すると同時に空屋になってしまった。何れも立派な煉瓦づくりの相当な構えの洋館で、ちょっとした前栽《せんざい》さえ型ばかりは残っている。しかし砂ばかりの土には雑草もあまり蔓《はびこ》ってはいない。その並び立った空屋の窓という窓のガラスは、子供たちがいたずらに投げた石の為めでもあろうか、破れて穴があいてないものはなく、その軒には巣でもつくっているのか驚くほどたくさんな雀が、黒く集合して喋りつづけている。

私たちは試みにその一軒のなかへ這入《はい》ってみた。内にはこなごなに散ばって光っているガラスの破片と壊れた窓枠《まどわく》とが塵埃《じんあい》に埋っているよりほかは何もなかった。しかし二階で人の話声がするので上って行ってみると、そこのベランダに乞食ではないかと思えるような装いをした老人が、これでも使えるのだろうかと疑われるぼろぼろになった漁網をつくろっている傍に、この爺の孫ででもあるか、五つ六つの男の子がしきりにひとり言を喋りながら、手であたりの埃《ほこり》を掻き集めて遊んでいたらしいのが、我々の足音に驚いて闖入《ちんにゅう》者を見上げた。老漁夫も我々を怖れているような目つきをした。彼等はどこか近所の者であろうが、暑さをこの廃屋の二階に避けていたのであろう。ともかくもこれほど立派な廃屋が軒を連ねて立っている市街は、私にとっては空想も出来なかった事実である。（この二三年後に台湾の行政制度が変って台南の官衙《かんが》でも急に増員する必要が生じた時、これらの安平の廃屋を一時、官舎にしたらよかろうという説があったが、尤《もつと》もなことである。）

赤嵌城址《シャカムシャし》に登って見た。ただ名ばかりが残っているので、コンクリートで築かれた古い礎のあとがあるというけれども、どれがどれだかさすがの世外民もそれを知らなかった。今は税関倶楽部の一部分になっている小高い丘の上である。私の友、世外民はその丘の上で例の古図を取ひろげながら、所謂安平港外の七鯤身《こんしん》のあとを指さし、また古書に見えているという鬼工奇絶と評せられる赤嵌城の建築などに就て詳しく説明をしてくれたものであるが、私は生憎《あいにく》と皆忘れてしまった。そうして私の驚いたことというのは、むかし安平の内港と称したところのものは今は、全く埋没してしまっているのだというだけの事であった——全くあまり単純すぎた話ではあるが。事実、私は歴史なんてものにはてんで興味がないほど若かった。そうしてもし世外民の影響がなかったならば、安平などという愚にもつかないところへ来てみるような心掛さえなかったろう。そういう程度の私だから、同じような若い身空で世外民がしきりと過去を述べ立てて咏嘆《えいたん》めいた口をきくのを、さすがは支那人の血をうけた詩人は違ったものだ位にしか思っていなかったのである。そのような私ではあり、またいくら蘭人壮図の址《あと》と言ったところで、その古《いにしえ》を偲《しの》ぶよすがになるようなものとても見当らないのだから一向仕方がなかったけれども、それでもその丘の眺望そのものは人の情感を唆《そそ》らずにはいないものであった。単に景色としてみても私はあれほど荒涼たる自然がそう沢山あろうとは思わない。私にもし、エドガア・アラン・ポオの筆力があったとしたら、私は恐らく、この景を描き出して、彼の「アッシャ家の崩壊」の冒頭に対抗することが出来るだろうに。

私の目の前に展《ひろ》がったのは一面の泥の海であった。黄ばんだ褐色をして、それがしかもせせっこましい波の穂を無数にあとからあとからと飜《ひるがえ》して来る、十重二十重という言葉はあるが、あのように重ねがさねに打ち返す浪を描く言葉は我々の語彙《ごい》にはないであろう。その浪は水平線までつづいて、それがみな一様に我々の立っている方向へ押寄せて来るのである。昔は赤嵌城の真下まで海であったというが、今はこの丘からまだ二三丁も海浜がある。その遠さの為めに浪の音も聞えない程である。それほどに安平の外港も埋まってしまったけれども、しかしその無限に重なりつづく濁浪は生温い風と極度の遠浅の砂とに煽《あお》られて、今にも丘の脚下まで押寄せて来るように感ぜられる。その濁り切った浪の面には、熱帯の正午に近い太陽さえ、その光を反射させることが出来ないと見える。光のないこの奇怪な海——というよりも水の枯野原の真中に、無辺際に重りつづく浪と間断なく闘いながら一葉の舢舨《サンパン》が、何を目的にか、ひたすらに沖へ沖へと急いでいる。

白く灼《や》けた真昼の下。光を全く吸い込んでしまっている海。水平線まで重なり重なる小さな浪頭。洪水を思わせるその色。翩翻《へんぽん》と漂うている小舟。激しい活動的な景色のなかに閴《げき》として何の物音もひびかない。時折にマラリヤ患者の息吹のように蒸れたのろい微風が動いて来る。それらすべてが一種内面的な風景を形成して、象徴めいて、悪夢のような不気味さをさえ私に与えたのである。いや、形容だけではない、この景色に接してから後、私は乱酔の後の日などに、ここによく似た殺風景な海浜を悪夢に見て怯かされたことが二三度もあった。——このような海を私がしばらく見入っている間、世外民もまた私と同じような感銘を持ったかも知れない、——このよく喋る男もとうとう押黙ってしまっていた。私は目を低く垂れて思わず溜息を洩した。尤も、多少は感慨のせいであったかも知れないが、大部分は炎天の暑さに喘《あえ》いだのである。今更だが、こういう暑さは蝙蝠傘《こうもりがさ》などのかげで防げるものではない。

「ウ、ウ、ウ、ウ——」

不意に微かに、たとえばこの景色全体が呻くような音が響き渡った、見ると、水平線の上に一隻の蒸気船が黒く小さく、その煙筒や檣《ほばしら》などが僅に鮮かに見える程の遠さに浮んでいた。沿岸航路の船らしい。そうしてさっきから浪に揺れている舢舨はそれの艀《はしけ》で、間もなく本船の来ることを予想して急いでいたものらしい。

「あの蒸気はどこへ着くのだい」

私が世外民に尋ねると、我々の案内について来たトロッコ運搬夫が代って答えをした——

「もう着いている。今の汽笛は着いた合図です」

「あそこへか。——あんな遠くへか」

「そうです。あれより内へは来ません」

私はもう一ぺん沖の方を念の為めに見てから呟いた――

「フム、これが港か！」

「そうだ！」世外民は私の声に応じた、「港だ。昔は、昔は台湾第一の港だ！」

「昔は……」私も思わず無意味に繰返した。それが多少感動的でいやだったと気がついた時、私は軽く虚無的に言い直した、「昔は……か」

丘を下りて我々の出たところは、もと来た路ではなかった。ここは比較的旧い町筋であると見えて、一たいが古びていた。あたりの支那風の家屋はみんな貧しい漁夫などのものと見えて、あのベランダのある二階建の堂々たる空屋にくらべるまでもなく、小さくて哀れであった。そうしてもともと所謂鯤身たる出島の一つであったと見えて、地質も自《おのず》から変っていた。砂ではなくもっと軽い、歩く度に足もとからひどい塵が舞い立つ白茶けた土であった。但《ただ》、来たときと一向変らない事は、そのあたりで私は全く人間のかげを見かけなかった事である。通筋の家々は必ずしも皆空屋でもないであろうのに、どこの門口にも出入する人はなく、また話声さえ洩れなかった。私たちが町を一巡した間に逢った人間というのはただあの廃屋のベランダにいた老漁夫と小児とだけである。行人《こうじん》に出逢うようなことなどは一度もなかった。深夜の街とてもこれほどに人気が絶えていることはないと言いたい。しかも眩《まぶ》しい太陽が照りつけているのだから、さびしさは一種別様の深さを帯びていた。我々は黙々と歩いた。不意にあたりの家並のどこかから、日ざかりのつれづれを慰めようとでもいうのか、絃《ヒエン》と呼ばれている胡弓をならし出した者があった。

「月下の吹笛《すいてき》よりも更に悲しい」

詩人世外民は、早くも耳にとめて私にそう言うのであった。月下の吹笛を聯想するところに彼の例のマンネリズムとセンチメンタリズムとがあるが、でも彼の感じ方には賛成していい。

私たちは再び養魚場の土堤の路をトロッコで帰ったが、それの帰り着いたところ、台南市の西郊が、私のこれから言おうとする禿頭港なのである。安平見物を完《まつと》うするためにこのあたりをも一巡しようと世外民が言い出した時、時刻が過ぎてしまってひどく空腹を覚えていながらも私が別に、もう沢山だと言わなかったところを見ても、私がこの半日のうちに安平に対して多少の興味を持つようになっていたことは判るだろう。

しかしトロッコから下りて一町とは歩かないうちに、私は禿頭港などは蛇足だったと、思い始めたのである。ただ水溜《みずたまり》の多い、不潔な入組んだ場末というより外には、一向何の奇もありそうには見えなかった。

* * * * * *

二　禿頭港の廃屋

道を左に折れると私たちはまた泥水のあるところへ出た。片側町で、路に沿うたところには石垣があって、その垣の向うから大きな榕樹《ようじゅ》が枝を路まで突き出していた。私たちはその樹かげへぐったりして立ちどまった。上衣を脱いで煙草へ火をつけて、さて改めてあたりを見まわすと、今出て来たこの路は、今までのせせっこましい貧民区よりはよほど町らしかった。現に私たちが背を倚せている石垣も古くこそはなっているけれども相当な家でなければ、このあたりでこれほどの石垣を外囲いにしたのはあまり見かけない。そう思ってあたりを見渡すと、この一廓は非常にふんだんに石を用いている。みな古色を帯びてそれ故目立たないけれども、このあたりが今まで歩いて来たすべての場所とその気持が全く違って、汚いながらにも妙に裕《ゆた》かに感ぜられるというのも、どうやら石が沢山に用いてあることがその理由であるらしい。

この町筋――と云っても一町足らずで尽きてしまうが、この片側町の私たちの立っている方は、それぞれに石囲いをした五六軒の住宅であるが、その別の側、即ち私たちが向って立った前方は例によって悪臭を発する泥水である。黒い土の上には少しばかりの水が漂うていて、浅いところには泥を捏《こね》り歩きながら豚が五六疋《ぴき》遊んでいるし、稍《やや》深そうなところには油のようなどろどろの水に波紋を画きながら家鴨《あひる》が群れて浮んでいる。この水溜の普通のものと違うところは、これは濠《ほり》の底に涸《か》れ残ったものであることである。大きな切石がこの泥池のぐるりを御叮寧《ていねい》に取囲んでいる。しかも幅は七八間もあり、長さはと言えばこの町全体に沿うている。深さは少くも十尺はある。この濠の向うには汀《みぎわ》からすぐに立った高い石囲いがある。長い石垣のちょうど中ほどがすっかり瓦解してしまっている。いや悉く崩れたのではないらしい。もともとその部分がわざと石垣をしてなかったらしい。その角であった一角がくずれたのに違いない。落ち崩れた石が幾塊か乱れ重なって、埋め残された角々を泥の中から現している。その大きな石と言い巨溝と言い、恰も小規模な古城の廃墟を見るような感じである。いや、事実、城なのかも知れないのだ――崩れた石垣の向うのはずれに遠く、一本の竜眼肉《ゲンゲン》の大樹が黒いまでにまるく、青空へ枝を茂らせていて、そのかげに灰白色の高い建物があるのは、ごく小型でこそはあれ、どうしたって銃楼でなければならない。円い建物でその平な屋根のふちには規則正しい凹凸《おうとつ》をした砦《とりで》があり、その下にはまた真四角な銃眼窓がある。

「君!」

私は、またしても古図をひらいている世外民の肩をゆすぶって彼の注意を呼ぶと同時に、今発見したものを指さした――

「ね、何だろう、あれは?」

そう言って私は歩き出した、その小さな櫓《やぐら》の砦の方へ。——屋敷のなかには、気がつくとほかにも屋根が見える。それの長さで家は大きな構だということがわかる。その屋敷を私は見たいと思った。石囲いの崩れたところからきっと見えると思った。何でもいい、少しは変ったものを見つけなければ、禿頭港はあまり忌々しすぎる。

石垣のとぎれた前まで来ると、それを通して案の定、家がしかも的面《まとも》に見えた。いや、偶然にそうだったのではない。この家はそう見るような意嚮《いこう》によって造られていたのである。また石囲いの中絶しているのはやはりただ崩れ果てたのではなく、もとからそこが特にあけてあった跡がある。水門としてであろう。何故かというのに濠はずっとこの屋敷の庭の中まで喰入っていて、崩れた石囲の彼方も亦《また》、正しい長方形の小さい濠である。十艘《そう》の舢舨を並べて繋ぐだけの広さは確にある。そうしてその汀に下りるために、そこには正面に石段が三級ある。しかもその水は涸《かわ》き切ってしまって、露《あら》わな底から石段まではどう見ても七尺以上の高さがある。——もしこの石段にすれすれになるほど水があったならば、今は豚と家鴨との遊び場所であるこの大きな空しい濠も一面に水になるであろう。それにしてもこれ程の濠を庭園の内と外とに築いた家は、その正面からの外観は、三つの棟によって凹字形をしている。凸字形の濠に対して、それに沿うて建てられている。正面に長く展がった軒は五間もあり、またその左右に翼をなして切妻を見せている出屋《だしや》の屋根は各四間はあろう。それが総二階なのである。——一たいが小造りな平家を幾つも並べて建てる習慣のある支那住宅の原則から見て、これは甚《はなは》だ大きな住居と言えるであろう。私はくたびれた足を休める意味でしゃがんだ序《ついで》に、土の上へこの家の見取図をかき、それから目分量で測った間数によって、この建物は延坪百五十坪は悠にあると計算した。一たい私は必要な是非ともしなければならない事に対してはこの上なくずぼらなくせに、無用なことにかけては妙に熱中する性癖が、その頃最もひどかった。

「何をしているんだい?」

世外民の声がして、彼は私のうしろに突立っていた。私は何故かいたずらを見つけられた小児のようにばつの悪いのを感じたので、立って土の上の図線を足で踏みにじりながら、

「何でもない……。――大きな家だね」

「そう。やっぱり廃屋だね」

彼から言われるまでもなく私もそれは看て取っていた。理由は何もないが、誰の目に見てもあまりに荒れ果てている。沢山の窓は残らずしまっているが、そうでないものは戸そのものがもう朽ちて、なくなってしまったに相違ない。

「全く豪華な家だな。二階の亜字欄《あじらん》を見給え。実に細かな細工だ。またあの壁をごらん。あの家は裸の煉瓦造りではないのだ。美しい色ですっかり化粧している。一帯に淡い紅色の漆喰《しっくい》で塗ってある。そのぐるりはまたくっきりと空色のほそい輪廓だろう。色が褪《あ》せて白っちゃけて

しまっているところが、却って夢幻的ではないか。走馬楼《ツアウベロウ》の軒下の雨に打たれないあたりには、まだ色彩がほんのりと残っている」

私が延坪を考えている間に、同じ家に就て世外民には彼の観方があったのだ。彼の注意によって私はもう一ぺん仔細《しさい》に眺め出した。なるほど、二階の走馬楼——ベランダの奥の壁には、淡いながらに鮮かな色がしっとり、時代を帯びていた。事実この廃屋は見ているほど、その隅々から素晴らしい豪華が滾々《こんこん》と湧き出して来るのを感じた。たとえばその礎である。普通土間のなかに住んでいる支那人の家は、その礎は一般にごく低い。地面よりただ一足だけ高くつくられている。それだのに今我々の目の前にあるこの廃屋の礎は、高さ三尺ぐらいはあり、やはり見事に揃った切石で積み畳んであった。もっと注意すると、水門の突当りにあたる場所には、その汀に三級の石段があることはもう知っているが、その奥の家の高い礎にもやはり二三級の石段がある。その間口二間ほどの石段の両側に、二本の円柱があって、それが二階の走馬楼を支えているのだが、この円柱は、……どうも少し遠すぎてはっきりとはわからないけれども、普通の外の柱よりも壮麗である。上の方には何やらごちゃごちゃと彫刻でもしてあるらしい。その根元にあたるあたり、地上にはやはり石の細工で出来た大きな水盤らしいのが、左右相対《シンメトリイ》をして据えつけてある。——これらの事物がこの正面を特別に堂々たるものにしているのが私の注意を惹いた。私には、そこがこの家の玄関口ではないかと思われて来た。

そこで私は自分の疑問を世外民に話した――

「このうちは、君、ここが正面、――玄関だろうかね」

「そうだろうよ」

「濠の方に向いて?」

「濠? ――この港へ面してね」

世外民の「港」という一言が自分をハッと思わせた。そうして私は口のなかで禿頭港と呼んでみた。私は禿頭港を見に来ていながら、ここが港であったことは、いつの間にやらつい忘却していたのである。一つには私は、この目の前の数奇な廃屋に見とれていたのと、もう一つにはあたりの変遷にどこにも海のような、港のような名残を捜し出すことが出来なかったからである。この点に於ては世外民は、殊に私とは異っている。彼はこの港と興亡を共にした種族でこの土地にとっては私のような無関心者《ストレンジャア》ではなく、またそんな理窟よりも彼は今のさっき古図を披《ひら》いてしみじみと見入っているうちに、このあたりの往時の有様を脳裡に描いていたのであろう。「港」の一語は私に対して一種霊感的なものであった。今まで死んでいたこの廃屋がやっと霊を得たのを私は感じた。泥水の濠ではないのだ。この廃渠《はいきょ》こそむかし、朝夕の満潮があの石段をひたひたと浸した。走馬楼はきららかに波の光る港に面して展かれてあった。そうして海を玄関にしてこの家は在ったのか。――してみれば、何をする家だかは知らないけれども、この家こそ盛時の安平の絶好な片身ではなかったか。私はこの家の大きさと古さと美しさとだけを見て、その意味を今まで全く気づかずにいたのだ。

今まで気づかなかっただけに、私の興味と好奇とが相纏《あいもつ》れて一時に昂った。

「這入ってみようじゃないか。――誰も住んではいないのだろう」私は意気込んでそう言ったものの、濠を距てまた高い石囲いを繞《めぐら》しているこの屋敷へはどこから這入れるのだか、ちょっと見当がつかなかった――道ばたの廃屋なら、さっき安平でやったようについ、つかつかと入り込んでみたいのだが。後に考え合せた事だが、入口が直ぐにわからないというこの同じ理由が、この廃屋を、その情趣の上でも事実の上でも、陰気な別天地として保存するのに有力であったのであろう。

その家のなかへ這入ってみたいという考えが、世外民に同感でない筈はない。世外民はきょろきょろとあたりを見廻していたが、我々が背をよせて立っていた石囲いの奥に、家の日かげに台湾人の老婆がひとり、棕櫚《しゅろ》の葉の団扇に風を求めて小さな木の椅子に腰かけているのを彼は見つけた。彼は直ぐにそこへ歩いて行って、何か話をしていた。向側の廃屋を指ざしたりしている様子で、そのふたりの対話の題目はおのずと知れる。

世外民はすぐに私の方へ帰って来た。「わかったよ、君。あの道を行って」彼は言いながら濠のわきにある道を指さして「向うに裏門があるそうだ。少し入組んでいるようだが、行けば解るとさ。――やっぱり廃屋だ。もう永いこと誰も住んでいないそうだ。もとは沈《シン》という台湾南部では第一の富豪の邸だったのだそうだ。立派な筈さ」

話しながら私たちはその裏門を捜した。世外民が不確な聴き方をして来ていたので、私たちはちっとまごついた。こせこせした家の間へ入り込んでしまった。尋ねようにもあたりに人は見当らなかった。このあたりは割に繁華なところらしいのだが、人気のないのは、今が午後二時頃の日盛りで、彼等の風習でこの時刻には大抵の人間が午睡を貪っているのである。私たちは仕方なしにいい加減に歩いたが、もともと近いところまで来ていた事ではあり、また目ざす家は聳《そび》えていたから自とわかった。但、その家はあの濠のあちらから見た時には、ただ一つの高楼であったが、裏へ来て見ると、その楼の後には低い屋根が二三重もつながっていた。所謂五落の家というのはこんなのであろうが、大家族の住居だということが一層はっきりすると同時に、あの正面の二階建が主要な部屋だということは更に確かだ。私たちは他の場所よりも、あの走馬楼のある二階や円柱のあった玄関が第一に見たかった。それ故、私たちは裏門を入るとすぐに、低い建物はその外側を廻って、表へ出た。

円柱はやはり石造りであった。遠くから、上部にごちゃごちゃあると見たものは果して彫刻で、二本の柱ともそこに纏《まとま》っている竜を形取ったものであったが、一つは上に昇っていたし、一つは下に降りようとしていた。雨に打たれない部分の凹みのあたりには、それを彩った朱や金が黒みながらもくっきりと残っていた。割合から言って模様の部分が多すぎて、全体として柱が低く感ぜられたし、また家の他の部分にくらべて多少古風で荘重すぎるように私は感じた。しかし私と世外民とは、この二つの柱をてんでに撫でて見ながら、この家が遠見よりも、ここに来て見れば近まさりして贅沢なのを知った、細部が自と目についたからである。尤も、もし私に真の美術的見識があったならば、たかが植民地の暴富者の似而非《えせ》趣味を嘲笑《あざわら》ったかも知れないが、それにしても、風雨に曝《さら》されて物毎にさびれている事が厭味と野卑とを救い、それにやっとその一部分だけが残されてあるということは却って人に空想の自由をも与えたし、また哀れむべきさまざまな不調和を見出すより前にただその異国情緒を先ず喜ぶということもあり得る。況《いわ》んや、私は美的鑑識にかけては単なるイカモノ喰いなことは自ら心得ている。

細長い石を網代《あじろ》に組み並べた床の縁は幅四尺ぐらい、その上が二階の走馬楼である。私たちはそこへ上ってみたいのだ。観音開きになった玄関の木扉は、一枚はもう毀《こわ》れて外れてしまっていた。残っている扉に手をかけて、私は部屋のなかを覗いた。――二階へ上る階段がどこにあるだろうかと思って。支那家屋に住み慣れている世外民には大たいの見当が判ると見えて、彼はすぐずかずかと二三歩広間のなかへ歩み込んだ。

「××××、××××！」

不意にその時、二階から声がした。低いが透きとおるような声であった。誰も居ないと思っていた折から、ことにそれが私のそこに這入ろうとする瞬間であっただけに、その呼吸が私をひどく不意打した。ことに私には判らない言葉で、だから鳥の叫ぶような声に思えたのは一層へんであった。思いがけなかったのは、しかし、私ひとりではない。世外民も踏み込んだ足をぴたと留めて、疑うように二階の方を見上げた。それから彼は答えるが如くまた、問うが如く叫んだ――

「××⁉」

「××⁉」

――世外民の声は、広間のなかで反響して鳴った。世外民と私とは互に顔を見合せながら再び二階からの声を待ったけれども、声はそれっきり、もう何もなかった。世外民は足音を竊《ぬす》んで私のところへ出て来た。

「二階から何か言ったろう」

「うん」

「人が住んでいるんだね」

私たちは声をしのばせてこれだけの事を言うと、入ってくる時とは大へん変った歩調で――つまり遠慮がちに、黙って裏門から出た。しばらく沈黙したが出てしまってからやっと私は言った、

「女の声だったね。一たい何を言ったのだい？　はっきり聞えたのに何だかわからなかった」

「そうだろう。あれや泉州人《ツエンチヤオナン》の言葉だものね」

普通に、この島で全く広く用いられるのは厦門《エイムン》の言葉で、それならば私も三年ここにいる間に多少覚えていた――尤も今は大部分忘れたが。泉州の言葉は無論私に解ろう筈はなかったのである。

「で、何と言ったの――泉州言葉で」

「さ、僕にもはっきり解らないが。『どうしたの？　なぜもっと早くいらっしゃらない。……』――と、何だか……」

「へえ？　そんな事かい。で、君は何と言ったの」

「いや、わからないから、もう一度聞き返しただけだ」

私たちはきょとんとしたまま、疲労と不審と空腹とをごっちゃに感じながら、自然の筋道として再び先刻の濠に沿うた道に出て来た。ふと先方を見渡すと、自分たちが先刻そこから始めてあの廃屋を注視したその同じ場所に、老婆がひとり立って、じっと我々がしたと同じように濠を越してあの廃屋をもの珍しげに見入っているのであった。それが、近づくに従って、今のさっき世外民に裏門への道を教えた同じ老婆だということが分った。

「お婆さん」その前まで来た時に世外民は無愛想に呼びかけた「嘘を教えてくれましたね」

「道はわかりませんでしたか」

「いいや。――でも、人が住んでいるじゃありませんか」

「人が？　へえ？　どんな人が？　見ましたか？」

　この老婆は、我々も意外に思うほど熱心な目つきで私たちの返事を待つらしい。

「見やしませんよ。這入って行こうとしたら二階から声をかけられたのさ」

「どんな声？　女ですか？」

「女だよ」

「泉州言葉で？」

「そうだ！　どうして？」

「まあ！　何と言ったのです⁉」

「よくわからないのだが、『なぜもっと早く来ないのだ？』と言ったと思うのです」

「本当ですか？　本当ですか！　本当に、貴方がた、お聞きになったのですか！　泉州言葉で、『なぜもっと早く来ないのだ』って⁉」

「おお！」

　台湾人の古い人には男にも女にも、欧洲人などと同じく演劇的な誇張の巧みな表情術がある。その老婆は今それを見せているが、彼女のそれはただの身振りではなく真情が溢れ出ている。

恐怖に似た目つきになり、気のせいか顔色まで青くなった。この突然な変化が寧ろ私たちの方を不気味にした位である。彼女はその感動が少し鎮まるのを待ちでもするように沈黙して、しかし私たちに注いだ凝視をつづけながら、最後に言った――

「早く縁起直しをしておいでなさい。――貴方がたは、貴方がたは死霊の声を聞いたのです！」

三　戦　慄

老婆は改めてやっと語り出した、初めはひとり言めいた口調で……

「……そういう噂は長いこと聞いてはいました。けれどもその声を本当に、自分が本当に聞いたという人を――貴方がたのような人を見るのは始めてです。若い男の人たちは、一たいそこへ近づいてはいけなかったのです。貴方がたは最初、私にその裏口をおききになった時に、私はほんとうはお留めしたいと思ったのですが、それには長い話がいるし、また昔ものが何をいうかとお笑いになると思ったものですから……。それに今はもう月日も経ったことではあり、私もまさかそんなことがあろうと信じなかったものだから……。でも、私は何か悪い事が起らねばいいと気がかりになって、実は貴方がたの様子をこちらから見守っていたところです。――あれは昔から幽霊屋敷だというので、この辺では誰も近づく人のなかったところなのです。

――ごらんなさい。あそこの大きな竜眼肉の樹には見事な実が鈴生《すずな》りにみのるのですが、それだって採りに行く人もない程です……」

彼女は向うに見える大樹を指さし、自とその下の銃楼が目についたのであろう――

「昔はあの家は、海賊が覘《ねら》って来るというので、あの櫓の上に毎晩鉄砲をもった不寝番が立った程の金持でした。北方の林《リン》に対抗して南方の沈と言えば、誰ひとり知らぬ人はなかったのです。いいえ、まだつい六十年になるかならぬかぐらいの事です。大きな戎克船《ジャンク》を五十艘も持って、泉州や漳州《チンチヤオ》や福州《フウチアオ》はもとより広東《カントン》の方まで取引をしたという大商人で船問屋を兼ねていました。『安平港の沈か、沈の安平港か』とみんな唄ったものです。――御存じのとおりそのころの安平港はまだ立派な港で、そのなかでも禿頭港と言えば安平と台南の市街とのつづくところで、港内でも第一の船着きでした。これほど賑やかなところは台南にもなかった程だといいます。――沈は本当に安平港の主だったと見える。――沈家が没落すると一緒に、安平港は急に火が消えたようになりました。沈のいない安平港へは用がないと言って来なくなった船が沢山あるそうです。それに海はだんだん浅くなるばかりで、しかもいつの間にか気がついた頃にはすっかり埋まっていたのですよ。この急な変り方までが、まるで沈家にそっくりだと、今もよくみんなして年寄りたちは話し合いますよ。……沈の家ですか？　それがまた不思議なほど急に、一度に、唯の一夏の、しかも只の一晩のうちに急に没落したのです。百万長者が目を開けて見ると乞食になっていたのです。夢でもこうは急に変るまい。他人事ながら考えれば人間が味気なくなる——と、家の父は、この話が出るとよくそう言いました。何でも沈の家ではその時、盛りの絶頂だったのです。今の普請もついその三四年前に出来上ったばかりで、その普請がまた大したもので、石でも木でもみんな漳州や泉州から運んだので、五十艘の持船がみんな、その為めに二度ずつ、それぱかりに通うたという程ですよ。それというのも沈家には、この子の為めなら、双親《ふたおや》とも目がないという可愛い、ひとり娘があって、それの聟《むこ》取りの用意にこんな大がかりな普請をしたものだそうです。それに美しい娘だったそうです——私が見た時には、もう四十ぐらいになってもいたし、落ぶれてへんになってはいましたが、それでもそう聞けばなるほどと思うようなところはありました。……」

「そんなにまた、急に、どうして沈の家が没落したのです?」世外民は、性急に話の重大な点をとらえてたずねた。

「ごめんなさい。私は年寄で話が下手で」——聞いているうちに解って来たが、この老婆は上品な中流の老婦人であった「怖ろしい海の颶風《はやて》だったのです。陸でも崩れた家が沢山あったそうです。それはそうでしょう。——ごらんなさい、あの沈の家の水門の石垣でさえあの角が吹き崩されたのだそうです。そうしてそれを直すことさえもう出来なかったので、今もそのままに残っているのですが、夜が明けてみてその石垣——そのころはまだ築いたばかりの新しい石垣の、あんな大きな石が崩れ落ちているのを見て、沈の主人は心配そうにそれを見ていたそうです。運の悪い事に、その晩、宵のうちは静かな満月の夜でもあったそうだし、沈の五十艘の船はみんな海に出ていたのだそうです。沈の主人は——五十位の人だったそうですが、崩れた石垣を見るにつけても、海に出ていた持船が心配だったのでしょう。船の便りは容易に知れなかったそうですが、五日立っても十日立っても帰る船はなかったそうです。ただ人間だけが、それも船出した時の十分の一ぐらいの人数がぽつぽつと病み呆《ほう》けて帰って来て、それぞれに難船の話を伝えただけでした。無事に帰った船は只の一艘もなかったそうです。尤も、人の噂では、港にいて颶風に出会わなかった船も三艘や五艘はあったに相違ないが、友船が本当に難船したことから悪企みを思いついて、自分達の船も難船して自分は死んだような顔をして、船も荷物も横領したまま遠くへ行ってしまって帰って来なかったものも、どうやらあるらしいと言います。現に何処とかの誰は広東で、死んだ筈の何の某《なにがし》に逢ったの、名前と色どりとこそ変っていたが沈の船の『躑躅』とそっくりのものを厦門で見かけたなどと、言う人もあったそうです。何にしても一杯に荷物を積み込んだ大船が五十艘帰って来なかったのです。その騒ぎはどんなだったか判るではありませんか。なかには沈自身の荷物ではないものも半分以上あって、荷主は、みんな沈の家へ申し合せて押かけて、その償いを持って帰ったそうです。普請や娘の支度などで金を費《つか》ったあとではあり、それに派手な人で商いも大きかっただけに、手許には案外、金も銀も少なかったと言います。人の心というものは怖ろしいもので、こうなって仕舞うと、取るものは残らず取立てても、払って貰える可《べ》きものは何も取れない。そればかりか殆んど日どりまで定っていた娘の養子は断って来たそうです。もともと金持の沈と縁組をする筈で貧乏人の沈と縁を結ぶつもりではなかったからでしょう。……おお、あそこに、いい日蔭が出来ました。あそこへ行ってまあ腰でもお掛けなさい」

老婆は、ちょうど前栽に一本だけあった榕樹が、少し西に傾いた日ざしによってやや広い影を造ったのを見つけて、そう言いながら自分がさきに立って小さな足でよちよちと歩いた。今まで別に気がつかずにいたが、この老婆の家というのも大したことはないが一とおりの家で、昔の繁華の地に残っているだけの事はあった。

樹かげで老婆は更に話しつづけた。彼女はよほど話好きと見えて、また上手でもある。ただ小さい声で早口で、それが私にとっては外国語だけに聴きとりにくい場合や、判らない言葉などもある。私は後に世外民にも改めて聞き返したりしたが、更に老婆の説きつづけたことは次のようである――

前述のような具合で沈の家が没落し出すと、それが緒《いとぐち》で主人の沈は病気になりそれが間もなく死ぬと同時に、縁談の破れたことを悲しんでいた娘は重なる新しい歎きのために鬱々としていた挙句、とうとう狂気してしまう。その娘を不憫《ふびん》に思っているうちにその母親も病気で死んでしまう。全く、作り話のように、不運は鎖になってつづいた。
一たいこの沈という家に就て世間ではいろいろなことを言う。

＊　＊　＊　＊　＊　＊

その四代ほど前というのは、何でも泉州から台湾中部の胡蘆屯《コロトン》の附近へ来た人で、もともと多少の資産はあったそうだが、一代のうちにそれほどの大富豪になったに就ては、何かにつけて随分と非常なやり口があったらしい。虚構か事実かは知らないけれどもこんなことを言う――例えば、或時の如き隣接した四辺の田畑の境界標を、その収穫が近づいたころを見計って、夜のうちに出来るだけ四方へ遠くまで動かして置く。その石標を抱いて手下の男が幾人も一晩のうちに建てなおして置くのだ。次の日になると平気な顔をして、その他人の田畑を非常な多人数で一時に刈入れにかかった。所有者達が驚いて抗議をすると、その石標を楯《たて》に逆に公事《くじ》を起した。その前にはずっと以前から、その道の役人とは十分結託していたから、彼の公事は負る筈はなかった。彼は悪い役人に扶《たす》けられまた扶けて、台湾の中部の広い土地は数年のうちに彼のものになり、そこのどの役人達だって彼の頤《あご》の動くままに動かなければならないようになった、悪い国を一つこしらえた程の勢いであった。一たいこの頃、沈は兄弟でそんなことをしていたのだが、兄の方は鹿港《ロッカン》の役所で役人と口論の末に、役人を斬ろうとして却って殺されてしまった。これだっても、どうやら弟の沈が仕組んで兄を殺させたのだという噂さえある程で、兄弟のうちでも弟の方に一層悪声がある。実際、兄の方はいくらかはよかったらしい。ある時、彼等のいつもの策で、隣の畑へ犂《すき》を入れようとしたのだ。その時にはその畑に持主が這入っているのを眼の前に見ながら最も図太くやりだしたのだ。というのはその畑の持主というのは七十程の寡婦だった。だから、何の怖れることもなかったのだ。しかし第一の犂をその畑に入れようとすると、場にあったこの年とった女は、急に走って来て、その犂の前の地面へ小さな体を投げ出した。——

「助けて下さい。これは私の命なのです。私の夫と息子とがむかし汗を流した土地です。今は私がこうして少しばかりの自分の食い代《しろ》を作り出す土地です。——この土地を取り上げる程なら、この老ぼれの命をとって下さい!」

沈の手下に働くだけに悪い者どもばかりではあったけれども、さすがに犂をとめたまま、土をさえ突こうとする者もなかった。男どもは帰ってこの事を兄の沈に話すと、彼は苦笑をして

「仕方がない」と答えたそうだ。弟の沈はその時は何も知らなかった。しかし、その後二三日して畑を見廻りに来て、馬上から見渡すと彼等の畑のなかにひどく荒れているところがあるので作男どもを叱った。するとそれが例の寡婦の畑だと判って、始めてその事情を聞いた。なるほど、今もひとり老ぼれの婆さんがそこにいるのを見ると、彼は馬を進めた。そうして近くに

働いていた自分の作男に、言った――

「犁を持って来い。」

　主人の気質を知っているから作男は拒むことが出来なかった。主人は再び言った――

「ここの荒れている畑へ、犁を入れろ。こら！　いつもいう通り、おれは自分の地所の近所に手のとどかない畑があるのは、気に入らないのだ」

　老寡婦はこの前と同じ方法を取って哀願した。作男が主人の命令とこの命懸けの懇願との板《いた》挟《ばさ》みになって躊躇しているのを見ると、沈は馬から下りた。畑のなかへ歩み入りながら、

「婆さん。さあ退《ど》いた。畑というものは荒して置くものじゃない」

　そう言いながら、大きな犁を引いている水牛の尻に鞭《むち》をかざした。婆さんは沈の顔を見上げたきり動こうとはしなかった。

「本当に死にたいんだな。もう死んでもいい年だ」

　言ったかと思うと、ふり上げていた鞭を強《したた》かに水牛の尻に当てた。水牛が急に歩き出した。無論、婆さんは轢殺《ひきころ》された。

「さあぐずぐずせずに、あとを早くやれ――。こんな老ぼれのために広い地面を遊ばして置いてなるものか」

　いつもと大して変らない声でそう言いながら、この男は馬に乗って帰ってしまった。これほ

どの男だからこそ、その兄があんな死に方をした時にも、世間では弟の穽《わな》に落ちたのだと言って、でも自分の手に懸けないだけがまだしも兄弟の情だ、などと噂したそうである。何にしても、兄が死んでしまってから弟がその管理を一切ひとりでやった。その後、その家は一層栄えるし、彼は七十近くまで生きていて——悪い事をしても報いはないものかと思うような生涯を終る時に、彼は一つの遺言をしたのだ。その遺言は甚だ注意すべきものである。

「今から後、三十年経ったら我々の家族は、田地をすっかり売り払って仕舞わなけやならない。それから南部の安平へ行ってそこで船を持って本国の対岸地方と商売をするのだ」

その理由を尋ねようと思うともう昏睡してしまっていた。しかし子供はその遺言を守って、安平の禿頭港へ出て来たのだと言う。——この遺言の話はやっぱり沈の一族からずっと後に洩れたというので皆知っていたが、あの一晩の颶風が基で、それこそ颶風のように沈家に吹き寄せた不幸の折から、世間の人々は沈家の祖先の遺言から、またその祖先のした悪行をさまざまに思い出して、因果は応報でさすがに天上聖母は沈の持船を守らない。——あの遺言こそまるで子孫に今日の天罰を受けさせようと思って、老寡婦の死霊が臨終の仇敵に乗り移ったのだとか、あの颶風はその老寡婦が犁で殺されてから何十何年目の祥月命日であるとか、人々は沈家の悲運を同情しながらもそんなことを噂した。何にしても、大きな不運の後であとからあとから一時に皆、死に絶えてしまって、遺った人というのは年若い娘ひとりで、それさえ気が狂って生きていた。

祖先にたといどんな噂があろうとも、こうして生きている繊弱《かよわ》い女をほって置くわけにはいかないというので、近隣の人々は、いつも食事くらいは運んでやった。それが永い間絶えなかったというのも、いわば金持の余徳とも言えよう。というのは食事を運んでやる人たちは、その都度何かしら、その家のそこらに飾ってある品物の手軽なものを、一つ二つずつこっそりと持って来る者があるらしかった。部屋にあったものは自と少くなり、そうなると近隣でも相当な家の人達はもうそこへ行かなくなった——他人のものを少しずつ掠《かす》めてくるような人たちの一人と思われたくないと思って、自と控えるようになったのである。その代りにはまた厚かましい人があって、当然のような顔をして品物を持って来てそれを売払ったりするような人も出て来た。下さいと言って頼むと気の違っている人は、極く大様にくれるということであった。

——「さあ、お祝いに何なりと持っておいで」高価なものをそういう風に奪われて、やっぱりあの家では昔の年貢を今収めているのだよなどと、口さがない人々は言った。

どういう風に、娘は気が違っているのかというのに、娘は刻々に人の——恐らくは彼女の夫の、来るのを待っているらしかった。人の足音が来さえすれば叫ぶのだ——泉州言葉で、

「どうしたのです。なぜもっと早く来て下さらない？」

——つまり、我々が聞いたのと全く同じような言葉なのだ。彼女は姿こそ年とったがその声

は、いつまでも若く美しかった！——我々が聞いたその声のように？

その声を聞いて、人々は深い哀れに打たれながら、その部屋へ這入って行くと、彼女は人々を先ず凝視して、それからさめざめと泣くのだ。待っていた人でなかった事を怨むのだ。そこで人々は明日こそその当の人が来るだろうと言って慰める。彼女はまた新しい希望を湧き起す。彼女はいつも美しい着物を着て人を待つ用意をしていた。たしかに海を越えて来るその夫を待っているのだということは疑いなかった。そういう風にして彼女は二十年以上も生きていたのだろう——

「私が十七の年に、始めてこの家へ来たころには、その人はまだ生きていたものです」と、この長話を我々に語った禿頭港の老婦人は言った。——この婦人ももう六十に近いであろうが四十年位前にこの家へ嫁に来たものと見える「私は近づいてその人を見た事はありませんけれども、天気の静な日などには、よく皆が『またお嬢さんが出ているよ』というものだから、見ると走馬楼の欄干によりかかって、ずっと遠い海の方を長いこと——半日も立って見ているらしいようなことがよくありました。夫を乗せた船の帆でも見えるように思ったものですかねえ。いずれやっぱりその海が見えるからでしょう、お嬢さんのいる部屋というのは、あの二階ばかりで外の部屋へは一足も出なかったそうです。皆はお嬢さん、お嬢さんと呼び慣わしてはいましたが、その頃はもうやがて四十ぐらいにはなっているだろうという事でした。それが、何日からかお嬢さんの姿をまるで見かけなくなったのです。病気ででもあろうかと思って人が行ってみると、お嬢さんはそこの寝牀《ねどこ》のなかでもう腐りかかろうとしていたそうです。金簪《きんさん》を飾って花嫁姿をしていたと言いますよ。——それが不思議な事に、それだのに、その人が二階へ上ろうとすると、やっぱりお嬢さんが生きていた時と同じように、涼しい声でいつもの言葉を呼びかけたそうです。ね！　貴方がたが聞いたのと少しも違わない言葉ですよ！　だから死んでいようなどとは露思《つゆおも》わなかっただけにその人は一層びっくりしたとの事です。それから後にも、その声をそこで聞いたという人は時々あったのです。——お嬢さんは病気というよりは、もしや飢えて死んだのではあるまいかと云う人もあります。というのはその家のなかには、昔そここにあった見事な様々の品物が、もう何一つ残っていなかったそうですから。そうして死骸《しがい》に附いていた金簪は葬《とむらい》の費用になったと言います」

四　怪傑沈氏

この風変りな一日の終りに私と世外民とは酔仙閣《ツイツエンコ》にいた。——私たちのよく出かける旗亭《きてい》である。

これが若し私が入社した当時のような熱心な新聞記者だったら、趣味的ないい特種《とくだね》でも拾った気になって、早速「廃港ローマンス」とか何とか割註をして、さぞセンセイショナルな文字を羅列することを胸中に企てていただろうが、その頃は私はもう自分の新聞を上等にしてやろうなどという考えは毛頭なかった。毎日の出社さえ満足には勤めずにわが酒徒世外民とばかり飲み暮していた。諸君はさだめし私の文章のなかに、さまざまな蕪雑《ぶざつ》を発見することだろうと覚悟はしているが、それこそ私がそのころ飲んだ酒と書き飛ばした文字との覿面《てきめん》の酬いであろう……。

——で、私たちは酔仙閣で飲んでいた。

世外民は禿頭港の廃屋に対して心から怪異の思いがしているらしい。そう言えばあの話はいかにも支那風に出来ている。廃屋や廃址《はいし》に美女の霊が遺っているのは、支那文学の一つの定型である。それだけにこの民族にとってはよく共感できるらしい。しかし、私はというとどうもそうは行かない。私がそのうちで少しばかり気に入った点と言えば、その道具立が総て大きくその色彩が悪くアクどい事にあった。もしこれを本当に表現することさえ出来れば、浮世絵師芳年の狂想などはアマイものにして仕舞うことが出来るかも知れない。そのなかにある人物は根強く大陸的で、話柄の美としてはそれが醜と同居しているところの野蛮のなかに近代的なところがある。幽霊話とすればそれが夜陰や月明ではなしに、明るさもこの上ない烈日のさなかなのが取柄だが、総じてこの話は怪異譚《かいいたん》としては一番価値に乏しい。それだのに世外民などは専らそこに興味を繋いでいるらしい。いや、むしろ恐怖してさえいる。彼は自分が幽霊と対話したと思っているのかも知れない。

私は世外民の荒唐無稽好きを笑っている。——というのはそれに対しては私はもうとっくに思い当ったことがあるからだ。なぜ私はあの時すぐ引返して、あの廃屋の声のところへ入込んでいなかったろうか。そうすれば世外民に今こうは頑張らせはしないのだ。それをしなかったというのも世外民があまり厭がるのと、それよりも空腹であったのと、また億劫な思いをして行ってみるまでもなく解っていると信じたからだ。それもすぐに、そうと気がついたのならよかったのに、あんな判りきった事が、なぜ一時間も経ってからやっと気がついたというのだろう。多分、あまりに思いがけなく踏込もうとするその刹那であった為めと、二階から響いて来た言葉が外国語だったのと、それにつづいてあの老婦人の大袈裟な戦慄の身振りやら、ちょっと異様な話やらで、全くくやしい事だが私も暫くの間は、多少驚かされたものと見える。本当に理智の働く余裕はなかったらしい。——廃屋だと確めて置いた家の中から人声がしたのであってみれば、それはその家の住人でない誰かが、そこにいたのにきまっている。その人のために我々が這入って行くことを遠慮する理由は少しもなかった筈だ。現に安平の家のなかにだって網を繕っていた人間の声がしても我々は平気で闖入して行った程だ。何のために我々は躊躇したか。世外民が「人が住んでいるんだね」と言ったからだ。世外民は何故そんなことを言ったか。それはその時の彼の心理を考えなければならない。多分、声が我々の踏み込んだ瞬間に恰もそれを咎《とが》めるがごとく響いた事が一つ——しかも、その言葉の意味は、あとで聞けば全く反対のものであるが。またあの廃屋は安平のものよりも数十倍も堂々としていて荒れながらにもなお犯しがたい権威を具えていた事。最後に一番重《おも》なる理由としてはそれが単に、女の若そうな玲瓏《れいろう》たる声であったが為めに、若い男である世外民も私も無意識のうちに妙にひるんでいたのである。そうして、その声に就ては何の考えることをもせずに、ただびっくりして帰って来てしまったのである。

「何にしても這入って見さえすればよかったのになあ。馬鹿馬鹿しい、誰が幽霊の声などを聞くものか。生きて心臓のドキドキしている若い女——多分、若くて美しいだろうよ、そんな気がするな——それがそこにいただけの事さ。——生きていればこそものも言うのさ……」

「でも、むかしから伝わっているのと同じ言葉を、しかも泉州言葉を、それもそのたった一言を、その女が何故我々に向って言うのだ」世外民は抗議した。

「泉州言葉は幽霊の専用語ではあるまいぜ。泉州人なら生きた人間の方がどうも普通に使うらしいぜ。アハ、ハハ。それが偶然、幽霊が言い慣れた言葉と同じだったのは不思議と言えば不思議さね。——でもたったそれだけの事だ。君はあの言葉が我々に向って言われたと思い込むから、幽霊の正体がわからないのだよ。——外の人間に向って言った言葉が偶然我々に聞かれたのだ。いや、我々を外の人間と間違えて、その女が言いかけたのさ。そうと気がついたから、たった一言だけしか言わなかったのだ。君、何でもないよくある幽霊だぜ、あれや……」

「それじゃ、昔からその同じ言葉を聞いたというその人達はどうしたのだ」

「知らない」私は言った「それや僕が聞いたのじゃないのだからね。――ただ、多分は君のような、幽霊好きが聞いたのだろうよ。だから僕は自分の関係しない昔のことは一切知らないのだ。ただ今日の声なら、あれは正《まさ》しく生きてる若い女の声だよ！　世外民君、君は一たいあまり詩人過ぎる。旧《ふる》い伝統がしみ込んでいるのは結構ではあるが、月の光では、ものごとはぼんやりしか見えないぜ。美しいか汚いかは知らないが、ともかく太陽の光の方がはっきりと見えるからね」

「比喩などを言わずに、はっきり言ってくれ給え」一本気な世外民は少々憤っているらしい。

「では言うがね、亡びたものの荒廃のなかにむかしの霊が生き残っているという美観は、――これや支那の伝統的なものだが、僕に言わせると、……君、憤ってはいかんよ――どうも亡国的趣味だね。亡びたものがどうしていつまでもあるものか。無ければこそ亡びたというのじゃないか」

「君！」世外民は大きな声を出した「亡びたものと、荒廃とは違うだろう。――亡びたものはなるほど無くなったものかも知れない。しかし荒廃とは無くなろうとしつつある者のなかに、まだ生きた精神が残っているということじゃないか」

「なるほど。これは君のいうとおりであった。しかしともかくも荒廃は本当に生きていることとは違うね。だろう？　荒廃の解釈はまあ僕が間違ったとしてもいいが、そこにはいつまでもその霊が横溢《おういつ》しはしないのだ。むしろ、一つのものが廃《すた》れようとしているその影からは、もっと力のある潑剌とした生きたものがその廃朽《はいきゆう》を利用して生れるのだよ。ね、君！　くちた木にだってさまざまな茸《きのこ》が簇《むらが》るではないか。我々は荒廃の美に囚われて歎くよりも、そこから新しく誕生するものを讃美しようじゃないか――なんて、柄にない事を言っていら。そういう人生観が、腹の底にちゃんとしまってある程なら、僕だって台湾三界でこんなだらしない酒飲みになれやしないだろうがね。だからさ、僕がそういう生き方をしているかどうかは先ず二の次にしてさ」

「成程。――ところでそれが、禿頭港の幽霊――でないというならば、その生きた女の声と何の関係があるんだろう？」

「下らない理窟を言ったが僕のいうのは簡単なことなのだ。ね、我々の聞いたあの声の言ったのは『どうしたの？　なぜもっと早くいらっしゃらない。……』云々というのだったそうだね。それや無論誰が聞いても人を待っている言葉さ。で、あの場所の伝説のことは後にして、虚心に考えると、若い女が――生きた女がだよ、人に気づかれないような場所にたったひとりでいて、人の足音を聞きつけて、今の一言を言ったとすれば、これは男を待っているのじゃないだろうかという疑いは、誰にでも起る。あたりまえの順序だ。我々があの際、すぐそう感じなかったのが反って不思議だ。あの際、僕があれを日本語で聞いたのだったら一瞬間にそう感附くよ。そこであの場所だが、気味の悪い噂があって人の絶対に立ち寄らない場所だ。しかも時刻はというと近所の人々がみな午睡をする頃だ。恋人たちが人に隠れて逢うには絶好の時と所ではないか。――それも互によほど愛していると僕が考えるのは、それはいずれあそこからそう遠いところに住んでいる人ではなかろうが、それならあの家に纏わる不気味千万な噂はもとより知っているのだろうから、迷信深い台湾人がその恐ろしさにめげずに、あの場所を択ぶというところに、その恋人たちの熱烈が現れている。それから、また僕は考えるね。そのふたりは大分以前から、あの時刻とあの場所とを利用することに慣れているのだ。でない位なら、そんないやな場所へ、女が先に来て待つ度胸も珍しいし、男だってそれじゃあまり不人情さ。――君が、あの声を聞いて咄嗟にそれをその住人のものと断定してしまったのも無理はないよ。彼等はそこをもう自分たちふたりの場所と信じ切っているほど、その場所に安心し慣れ切っているのだ。それならばこそ我々の足音を聞いただけで軽々しく、あんな声をかけたりしたのだ。――あそこへは全く近よる人もないと見えるね。そのくせあの家は、女ひとりで入って行っても何の怖ろしい事もないほど、異変のない場所なのさ。若い美しい女――芸者《ゲイトア》の玉葉仔《ゲフユア》のような奴かな。いや、若い女ではなくって――」

「声は若かったがな」

「さ、声は若くっても、事実は図太い年増女かも知れないな。でなけや、やっぱり必ず若い熱烈なる少女か。――それはどうでもいい。判らない。しかし兎も角もさ、今日のあの声は不埓《ふらち》かは知らないが不思議は何もない生きた女のもので、あそこが逢曳《あいびき》の場所に択ばれていたという事と、又それだから、あそこにはほんの噂だけで何の怪異もない事は、おのずと明瞭さ。僕は疑わない――ああ、這入って行って見れやよかったのになあ」

「例によってそろそろと理窟っぽくなったぞ。――理窟には合っていそうだよ。ただね、それが僕の神経を鎮めるには何の役にも立たない」

「そうかい。困ったね」

世外民はやっぱり私に同感しようとはしない。私は少しばかり、ほんの少しだが、忌々しかった。私は酒を飲めば飲むほど、奇妙に理窟っぽくなる。人を説き伏せたくなる。そこでお喋りになるというごく好くない癖があった。自分では頭が冴えて来るような気がするんだが、それは酔っぱらいの己惚《うぬぼ》れで傍で聞いたらさぞおかしいのだろう。私はつづけた。

「仕方がない。君は何とでも思い給え。だが、今日の事実は怪異譚としてはまるで何の値打もないのだがなあ。禿頭港で聞いた話にしたって、因縁話にはなっているものか。――そんな見方をすれや、せいぜい三面特種の値打だ。寧ろ面白いのは、あんな荒っぽいいやな話のなかに案外、支那人というものの性格や生活が現れていることだ。……」

「夜中に境界標の石を四方へ拡げる話か。——あれや、君、台湾の大地主のことなら、みんなあんな風に言うんだ。あれこそ台湾共通の伝説だよ。——現に」と世外民は酒で蒼《あお》くなった顔を苦笑させて

「僕の家のことだってもそう言ってらあ！」

「へえ？　これはなお面白い。いずれはどこかに本当の例が、事実あったのだろうがね。多分、あの沈家が本当だろう。それにしてもそいつをどこの大地主にも応用するところはえらい。実際、あの話はあらゆる富豪というものを簡単明瞭に説明するからね。ふむ。そうかね。だがそれよりも僕にもっと面白いのは犁でよぼよぼの老寡婦を突き殺す話だ。——僕はその沈の祖先というのは粗野な悪党でこそあるがなかなかの人傑だったような気がするのだ。ね、そうでなければ道理に合わない。いかに清朝の末期に近い政府だって、また先が植民地の台湾だからと言って、そうそう腐敗した禄でなしの役人ばかりをあとへあとへ派遣したわけではあるまい。それが皆丸められるのだ。単に金の力だけではあるまい。沈にはきっと役人たちよりもえらい経営の才があったのだ——まあ聞きたまえ、僕の幻想だから。胡蘆屯附近と言えば、君、この島でも最も好く開墾された農業地だろう。『……いつもいう通り、おれは自分の地所の近所に

手のとどかない畑があるのは、気に入らないのだ。……婆さん。さあどいた。畑というものは荒して置くものじゃない。……本当に死にたいんだな。もう死んでもいい年だ』か。そう言ってひらりと馬を下りて自分の手で突き殺したと言ったね。僕には強い実行力のある男の横顔が見えるような気がするんだ。そういう男の手によってこそ、未開の山も野も開墾出来るのだ。草創時代の植民地はそういう人間を必要としたのだ。役人たちの目の利《き》いたものは、彼の事業を、政府自身の為めに楽しみにしていたかも知れないのだ。その報酬に悪徳を見逃すばかりか、暗には奨励していたかも知れないのだ。その男はちゃんとそれを心得ていた。その遺言が更に面白いではないか。『三十年すれば』いかに植民地政治でもだんだん行届いて整って来た挙句には、彼が折角開拓した広大な土地を、今度は彼よりももっと大きい暴虐者が出て左右することを見抜いていたのだ。何と怖ろしい識見ではないか——彼は政治というものの根本義を、まるで社会学者みたいに知っていて、それを利用したのだ。人のものを掠奪してそれへすっかり仕上げをかけて、やれ田だの畑だのと鍍金《めっき》をするさ、そいつを売払って金に代える。それから商売をするんだね。全く商売というものは世が開化した後の唯一の戦争だからね。しかも安全な戦争だ——元手の多い奴ほど勝つに決っている。彼は自分の子孫たちに必勝の戦術を伝授して置いたのさ。奴の仕事は何もかも生きる力に満ちている。万歳だ。ところでさ、そのような先見のある男でも、自然が不意に何をするかは知らなかったのが、人間の浅ましさだ。繁茂していた自然を永い間かかって斬り苛《さいな》んだ結果に贏《か》ち得た富を、一晩の颶風でやっぱりもとの自然に返上したというのだから好いな。態《ざま》を見やがれさ。――するとやっぱり因果応報ということになるのかな。僕はそんなことを説教するつもりではなかったっけな……」

私はいつの間にかひどく酔って来て、舌も縺《もつ》れては来るし、段々冴えて来ると己惚れていた頭がへんにとりとめがなくなり、ふと口走った――「花嫁の姿をして腐っていたって？　よくある奴さ。花嫁の姿をして死ぬ。それがだんだん腐ってくる、か。生きている奴で冷たくなって、だんだん腐ってくるのもある。金簪で飾ってさ、ウム」

世外民はこれも亦いつもの癖で、深淵のように沈黙したまま、私のおかしな言葉などは聞き咎めるどころか、てんで耳に入らぬらしく、老酒《ラオチユウ》の盃を持ち上げたままで中空を凝視していた。

「世外民、世外民。この男の盃を持っているところには少々魔気があるて」

＊　＊　＊　＊　＊　＊　＊

世外民という風変りな名を、私はこの話の当初から何の説明もなしに連発していることに気がついたが、これは私の台湾時代の殆んど唯一の友人である。この妙な名前はもとより匿名である。彼のペンネームである。彼の投稿したものを見て私はそれを新聞に採録した。私は彼の詩――無論、漢詩であるが、その文才を十分解したというわけではないが、寧ろその反抗の気概を喜んだのである。しかし、その詩は一度採録したきりだった。当局から注意があって、私は呼び出されて統治上有害だと言うのでその非常識を咎められた。再度の投稿に対しては、私は正直にその旨を附記して返送した。すると、世外民は私を訪ねて遊びに来た。見かけは優雅な若者であったが案外な酒徒で、盃盤が私たちを深い友達にした。彼は台南から汽車で一時間行程の亀山《クウソアム》の麓の豪家の出であった。家は代々秀才を出したというので知られていた。その頃の私は、つまらない話だが或る失恋事件によって自暴自棄に堕入って、世上のすべてのものを否定した態度で、だから世外民が友達になったのだ。この頃の私にいつも酒に不自由させなかったのがこの世外民だ。だが私が世外民の幇間《ほうかん》をつとめたと誰も思うまい。第一に世外民は友をこそ求めたが幇間などを必要とする男ではなかった。私はその点を敬していた。——この話として何の用もあることではないが、私の交友録を抄録したまでである。彼が私との訣別を惜んで私に与えた一詩を私は覚えている。——あまり上手な詩でもないそうだが、私にはそんなことはどうでもいい。

登彼高岡空夕曛
天辺孤雁嘆離群
温盟何不必酒杯
君夢我時我夢君

＊　＊　＊　＊　＊　＊

五　女誡扇

私がいやがる世外民を無理に強いて、禿頭港の廃屋のなかへ、今度こそ這入って行ったのは、彼がその次に台南へ出て来た時であった。多分最初にあの家を発見してから五日とは経ていなかったろう——世外民は当時少くとも週に二度は私を訪れたものなのだから。

「さあ。今日こそ僕の想像の的確なことを見せる。運がよければ、君がそれほど気に病む幽霊の正体が見られるかも知れないよ」

私はこう宣言して、この前の機会と同じ時刻を択んだ。そこに幽霊のいないことを信じている私は、しかし、自分の事を、高い雕欄《ちようらん》のいい窪みを見つけて巣を営んでいる双燕《そうえん》を驚愕させる蛇ではないかと思って、最初は考えたのだが構わないと思った。というのはもしそこに一対の男女がいるようならば、自分はその時の相手の風態によっては、わざと気がつかないふりをして、彼等をその家の居住者のように扱って、自分達が無法にも闖入したのを謝罪しようと用意したからである。私たちはそれだからごく普通の足音をさせて、あの石の円柱のある表からこの前の日のとおりに入口を這入った。その時、さすがに私もちょっと立止って聞き耳を立ててはみた。勿論どんな泉州言葉も聞かれはしなかった。それだのに困った事に、世外民は気味悪がって先に這入らないのだ。表の広間のなかはうす暗くて、またこんな家のどこに二階への階段があるか、私には見当がつきにくい。しかし世外民は口で案内して、表扉を這入って広間の奥の左或は右の小扉を開いてみたら、そこから上るようになっているだろう、というのである。その広間というのは二十畳以上はあるだろう。四つの閉めた窓の破れた隙間からの光で見ると、他には何一つないらしい。私は這入って行った。その時、思わず私が呻ったのは、例の声を聞いたからではないのだ。ただの閉め切った部屋の臭いである。どんな臭いとも言えない。ただ蒸れるようなやつで、それがしかし建物がいいから熱いのではない。割に冷たくっていて蒸れるとでもいうより外には言い方がない。この臭いを、世外民は案外平気らしかった。天井を見ると真白に粉がふいて黴《かび》がはえている。その黴の臭いだったかも知れない。私たちは先ず右の扉を開けた。——果してすぐそこが階段であった。幅二尺位の細いのが一直線に少し急な傾斜で立っている。それが上からの光で割に明るい。何も怖気《おじけ》がさすようなものは一つもないが、また私は伝説をそう眼中におかないが、それでもやはりそう明るい心持にはなれないことは確だ。気味が悪いと言っては言いすぎるが、私はよく世外民をひっぱって来たと思った。私はひとりででも一度来てみる意志はあったのだが、もしもひとりだったらあまり落着いて見物はしにくいかと思う。それにしてもあんな伝説を迷信深く抱いている人々が、たといそれは二人連れであった事が確でも、第一日によくまあここへ来たものだと言える。いや、よくもここを択ぶ気になったものだ。私はこの細い階段を恋人たちが互に寄りそいながらおずおずして、のぼって行った時を想像してみた。

私は世外民を振り返って促しながら、階段を昇り出した。そこには私の想像を満足させることには、ごく稀にではあるがこのごろでもそこを昇降する人間があることは疑えなかった。というのは、それは何も鮮かな足跡ではないのだが、寧ろ譬《たと》えば冬原の草の上におのずと出来た小径《こみち》という具合に、そこだけは他の部分より黒くなって、白い塵埃のなかから、階段の板の色がぼんやり見えているのであった。二階には人のけはいはない。私は幽霊の正体は先ず見られそうにもないと思った。二階へ出た。

案外にそこは明るかった。その代りどうしてだか急に暑くムッとした。人影のようなものは何もなかった。気が落着いて来たので私は何もかも注意して見ることが出来たが、床の上にもまた人の歩いたあとがあって、それがまた一筋の道になって残っている。L形になった部屋の壁のかげから、光が帯になって流れて来る。この部屋へ沢山の明るさを供給しているのは、その窓で、人の歩いたあともまたその窓の方へ行っている。壁のかげに誰かがピッタリと身をよせて隠れているような気もする。私はその窓の方へおのずと歩いて行った。我々の足元から立つ塵は、光の帯のなかで舞い立った。顔に珍しく風が当って、明るい窓というのが開いていること、その壁に沿うて一つの台があることが、一時に私の目についた。台というのはごく厚い黒檀《こくたん》で出来たもので、四方には五尺ほどの高さの細い柱が、その上にはやはり黒檀の屋根を支えている。その大きさから言って寝牀のように思われた。

「寝牀だね」

「そうだ」

これが私と世外民とが、この家へ這入ってからやっと第一に取交した会話であった。寝牀には塵は積ってはいなかった――少くとも軽い塵より外には。そうして黒檀は落着いた調子で冷々と底光りがしていた。私は世外民を顧みながら、その寝牀の上を指さした。私の指が黒檀の厚板の面へ白くうつった。

世外民は頷いた。

その寝牀の外には家具と言えば、目立つものも目立たないものも文字通りに一つもなかった。話に聞いたあの金簪を飾った花嫁姿の狂女は、この寝牀の上で腐りつつあったのではないだろうか。それにしてはこれだけの立派な檀木の家具を、今だにここに遺してあるのは、憐憫によってではなく、やはり恐怖からであろう。

寝牀のうしろの壁の上には大小幾疋かの壁虎《やもり》が、時々のっそりと動く。尤もこれは珍しい事ではない。この地方では、どこの家の天井にだって多少は動いている。内地に於ける蜘蛛ぐらいの資格である。ただこの壁の上には、広さの割合から言って少々多すぎるだけだ。六坪ほどの壁に三四十疋はいた。

世外民はどうだか知らないが、私はもう充分に自分の見たところのもので満足であった。帰ろうと思って、帰りがけにもう一度窓外の碧い天を見た。その他の場所はあまりに気を沈ませたからだ。帰ろうとして私はふと自分の足もとへ目を落すと、そこに、ちょうど寝牀のすぐ下に、扇子見たようなものがある——骨が四五本開いたままで。私は身をかがめて拾った。そのままハンケチと一緒に自分のポケットのなかへ入れた。なぜかというのに世外民はいつの間にか帰るために、私に背を向けて四五歩も歩き出していたからだ。

世外民も私も下りる時には何だかひどく急いだ。表入口を出る時には今まで圧《おさ》えていた不気味が爆発したのを感じて、我々は無意識に早足で出た。そうして無言をつづけてその屋敷の裏門を出た。

「どうだい。世外民君。別に幽霊もいなかったね」

「うむ」世外民は不承不承に承認しはしたが「しかし、君、君はあの黒檀の寝台の上へ今出て来た大きな紅い蛾を見なかったね。まるで掌《てのひら》ほどもあるのだ。それがどこからか出て来て、あの黒光りの板の上を這っているのを一目は美しいと思ったが、見ているうちに、僕はへんに気味が悪くなって、出たくなったのだ」

「へえ。そんなものが出て来たか。僕は知らなかった。僕はただ壁虎を見ただけだ。君、君の詩ではないのか。幻想ではないのか」

――私は世外民があの寝牀の上で死んだ狂女のことをそう美化しているのだろうと思った。

「いいや、本当だとも。あんな大きい紅い蛾を、僕は始めてだ」

私は歩きながら、思い出してさっきの扇をとり出してみた。そうして予想外に立派なのに驚き、また困りもした。

その女持の扇子というのは親骨は象牙で、そこへもって来て水仙が薄肉で彫ってある。その花と蕾との部分は透彫《すかしぼり》になっている。それだけでも立派な細工らしいのに、開けてみると甚だ凝ったものであった。表には殆んど一面に紅白の蓮を描いている。裏は象牙の骨が見えて――表一枚だけしか紙を貼っていないので、裏からは骨があらわれるように出来ていたのだが、その象牙の骨の上には金泥《きんでい》で何か文章が書いてある。

「君、」私はもう一度表を見返しながら世外民に呼びかけた「王秋豊というのは名のある画家かね」

「王秋豊? さ。聞かないがね。なぜ」

私は黙ってその扇子を渡した。世外民が訝しがったのは言うまでもない。私もちょっと何と言っていいかわからなかった――私は無頼児ではあったが、盗んで来たような気がしていけないのだ。私はそのままの話をすると、世外民は案外何でもないような顔をして、それよりも仔細にその扇をしらべながら歩いていた――

「王秋豊？　大した人の画ではないが職人でもないな。不蔓不枝《ふまんふし》」彼はその画賛を読んだのだ「愛蓮説のうちの一句だね。不蔓不枝。――だが女の扇にしちゃ不吉な言葉じゃないか。蔓せず枝せざるほど婦女にとって悲しい事はあるまいよ。どうしてまた富貴多子《ふうきたし》にでもしないのだろう――平凡すぎると思ったのかな」

「一たい幸福というのは平凡だね。で、その富貴多子とかいうのは何だい」

「牡丹《ぼたん》が富貴、柘榴《ざくろ》が多子さ」世外民は扇のうらを返して見て、口のなかで読みつづけながら「おや、これは曹大家の女誡の一節か。専心章だから、なるほど、不蔓不枝を択んだかな……」

扇は案外に世外民の興味をひいたと見える。それを吟味して彼がそんなことを言っている間に、私はまた私で同じ扇に就て全く別様のことを考えていた。

その扇はうち見たところ、少くとも現代の製作ではない。そうしてその凝った意匠は、その親が、愛する娘が人妻になろうとする時に与えるものに相当している。――恐らく沈家のものに相違ないであろう。昔、狂女がそれを手に持って死んでいなかったとも限らない。その扇だ。更に私は仮に、禿頭港の細民区の奔放無智な娘をひとり空想する。彼女は本能の導くがままに凄惨な伝説の家をも怖れない。また昔、それの上でどんな人がどんな死をしたかを忘れ果ててあの豪華な寝牀の上に、その手には婦女の道徳に就て明記しまた暗示したこの扇をそれが何であるかを知らずに且つ弄《もてあそ》び且つ翻して、彼女の汗にまみれた情夫に涼風を贈っている……。彼女は生きた命の氾濫にまかせて一切を無視する。――私はその善悪を説くのではない。「善悪の彼岸」を言うのだ……

六　エピロオグ

あの廃屋はそういうわけで私の感興を多少惹いた。何ごとにもそう興味を見出さなかったその頃の私としては、ほんの当座だけにしろそんな気持になったのは珍しいのだが、それらすべての話をとおして、私は主として三個の人物を幻想した。市井《しせい》の英雄児ともいうべき沈の祖先、狂念によって永遠に明日を見出している女、野性によって習俗を超えた少女、――とでもいう、ともかく、そんな人物が跳梁《ちょうりょう》するのが私には愉快であった。そいつを活動のシネリオにでもしてみる気があって、私は「死の花嫁」だとか「紅の蛾」などという題などを考えてみたりしたほどであった。しかしそう思ってみるだけで、やらないと言うかやれないと言うか、ともかく実行力のないのが私なので、その私が前述の三人物の空想をしたのだからおかしい。意味がそこにあるかも知れない。そうして私自身はというと、いかなる方法でも世の中を征服するどころか、世の力によって刻々に圧しつぶされ、見放されつつあった。尤も私は何の力もないくせに精一杯の我儘《わがまま》をふるまって、それで或程度だけのことなら押し通してもいたのだ。それでは何によって私がやっとそれだけでも強かったか。自暴自棄。この哀れむべき強さが、他のものと違うところは、第一自分自身がそれによって決して愉快ではないということにある。私は事実、刻々を甚だ不愉快に送っていた。それというのも私は当然、早く忘れてしまうべき或る女の面影を、私の眼底にいつまでも持っていすぎたからである。

私は先ず第一に酒を飲むことをやめなければならない。何故かというのに私は自分に快適だから酒を飲むのではない。自分に快適でないことをしているのはよくない。無論新聞社などは酒よりもさきにやめたい程だ。で、すると結局は或は生きることが快適でなくなるかも知れない惧《おそ》れがある。だが、若しそうならば生きることそのものをも、やめるのが寧ろ正しいかも知れない。……

柄になく、と思うかも知れないが、私は時折にそんなことをひどく考え込む事があった。その日もちょうどそうであった。折から世外民が訪れた。

「君」世外民はいきなり非常な興奮を以て叫んだ「君、知っている？——禿頭港の首くりはね……」

「え？」私はごく軽くではあるが死に就て考えていた折からだったから少しへんな気がした

「首くくり？　何の首くくりだ？」

「知らないのか？　新聞にも出ているのに」

「僕は新聞は読まない。それに今日で四日社を休んでいる」

「禿頭港で首くくりがあったのだよ。——あの我々がいつか見た家さ。——誰も行かない家さ。あそこで若い男が縊死《いし》していたのだ。新聞には尤も十行ばかりしか出ない。僕は今、用があって行ったさきでその噂を聞いて来たのだからよく知っているが、あの黒檀の寝牀を足場にしてやったらしいのだ。美しい若い男だそうだよ、それがね、口元に微笑をふくんでいたというので、やっぱり例の声でおびき寄せられたのだ『花嫁もとうとう婿をとった』と言っているよ——皆は。それがさ、やっぱりもう腐敗して少しくさいぐらいになっていたのだそうだ。僕は聞いていてゾクッとした。我々が聞いたあの声やそれに紅い蛾なぞを思い出してね」

私もふっと死の悪臭が鼻をかすめるような気がした——あの黴くさい広間の空気を鼻に追想したのだろう。世外民はその家の怪異を又新しく言い出して、私がそこで拾った扇を気味悪がり私にそれを捨ててしまうように説くのであった。——この間はあんなに興味を持って、自分でも欲しいようなことを言った癖に。尤も私がやろうと言った時にはやはり、今と同じく不気味がって、結局いらないとは言ったが。私としてはまた世外民にやろうと思った程だから、捨ててしまっても惜しいとも思わないが、私はその理由を認めなかった。またいざ捨てよと言われると、勿体ないほど珍奇な細工にも思えた。私は世外民の迷信を笑った。

「大通りの真中で縊死人があってそれが腐るまで気がつかない、とでもいうのなら不思議はあるだろうが、人の行かないところで自殺したり逢曳したりするのは一向当り前じゃないか。——ただあんな淋しいところが市街のなかにあるのは、何かとよくないね」

私はその家の内部の記憶をはっきり目前に浮べてそう言った。

同時に私にはこの縊死の発見に就て一つの疑問が起った。というのは、あの部屋のなかで起った事は誰もそこに這入って行かない以上は、一切発見される筈がない。あそこには開いた窓が一つあるにはあったが、そこには青い天より外には何も見えない——つまり天以外からは覗けない。もし臭気が四辺《あたり》にもれるにしては、あの家の周囲があまりに広すぎる。そう考えているうちに、私は大して興味のなかったこの話が又面白くなって来るのを感じながら言った。

「出鱈目《でたらめ》さね。いや、死人はあったろう。若い美しい男だなんて。もう美しいか醜いか年とったか若いかも見分けがつくものか」

「いや、でも皆そう言っている」

「それじゃ、誰がその死人を発見したのだ？　あそこならどこからも見えず、誰も偶然行ってみるわけはないがな」ふと、私は場所が同じだということから考えて、この縊死人——年若く美しいと伝えられる者と、いつか私が空想し独断したあの逢曳とがどうも関係ありそうに思えて来た。そこで私は世外民に言った「いつでもいいが今度序に、その死人を発見したのはどんな人だか聞いてきてもらいたいものだ。それがもし泉州生れの若い女だったらもう何もかもわかるのだよ。——いつか我々が聞いたあの廃屋の声の主も。それから今度の縊死人の原因も。——本当に若い男だったというのなら、それや失恋の結果だろう。——幽霊の声にまどわされて死ぬより失恋で死ぬ方がよくある事実だものね。尤も二つとも自分から生んだ幻影だという点は同じだが」

私は大して興味はなかった。しかし世外民が大へん面白がった。罪を人に着せるのではない。これは本当だ。事実、世外民は先ず興味をもちすぎた。そうしてそれが私に伝染したのだ。世外民は私の観察に同感すると早速、その場を立って発見者を調べるために出かけた程なのだ。近所へ行って聞けばわかるだろうというので。

間もなく、世外民は帰って来たが、その答を聞いて私は、台湾人というものの無邪気なのに、今更ながら驚いたのである。彼等の噂するところによると、それは黄という姓の穀物問屋の娘が、——家は禿頭港から少し遠いところにあるそうだが——彼女が偶然に夢で見たというその男がどうやら死んだ若者だし、それが這入って行った大きな不思議な家というのが、どうも禿頭港のあの廃屋らしい。その暗示によって、なくなった男の行衛《ゆくえ》を捜していた人々はやっと発見することが出来たというのである。霊感を持った女だという風に人々が伝えていると言う。

私は無智な人々が他を信ずることの篤《あつ》いのに一驚すると同時に、そんな事を言ってうまうまと人をたぶらかすような少女ならば、いずれは図々しい奴だろうと思うと、何もかもあばいてやれという気になった。私はまだ年が若かったから人情を知らずに、思えば、若い女が智慧《ちえ》に余って吐いた馬鹿々々しい嘘を、同情をもって見てやれなかったのだ。

「世外民君。来て一役持ってくれ給え」

私は例の扇をポケットに入れ、それから新聞記者の肩書のある名刺がまだ残っているかどうかを確めた上で外へ出た。無論、その穀物問屋へ行こうと思い立ったからである。そうして娘に逢えば扇を突きつけて詰問しさえすれば判るが、ただその親が新聞記者などに娘を会わせるかどうかはむつかしい。逢わせるにしてもその対話を監視するかもしれない。世外民がうまくその間で計らってくれる手筈ではあるが、それにしてもその娘が泉州の言葉しか知らなかったらそれっきりだがなどと思っているうちに、私はもうさっき勢い込んだことなどはどうでもよくなった。自分に何の役にも立たない事に興味を持った自分を、私は自分でおかしくなった。

「つまらない。もうよそう」

世外民はしかし折角来たのだからという。それに穀物問屋はすぐ二三軒さきの家だった。それから後の出来事はすべて私の考えどおりと言いたい所だが、事実は私の空想より少しは思いがけない。

まず第一にその穀屋《こくや》というのは思ったより大問屋であった。又、主人というのは寧ろ私の訪問を歓迎した位だ。この男は台湾人の相当な商人によくある奴で内地人とつきあうことが好きらしく、ことに今日は娘がそんな霊感を持っている噂が高まって、新聞記者の来るのがうれしいと言うのであった。そうして店からずっと奥の方へ通してくれた。

「汝来《ニライア》仔請坐《チンツオ》」

と叫んだのは娘ではなく、そこに、籠の中ではなくて裸の留木《とまりぎ》にいた白い鸚鵡《おうむ》である。

娘は、しかし、我々の訪れを見てびっくりしたらしく、私の名刺を受取った手がふるえ、顔は蒼白になった。それをつつみ匿《かく》すのは空しい努力であった。彼女は年は十八ぐらいで、美しくない事はない。私はまず彼女の態度を黙って見ていた。

「あ、よくいらっしゃいました」

思いがけなくも娘は日本語で、それも流麗な口調であった。椅子にかけながら私は言った

――

「お嬢さん。あなたは泉州語をごぞんじですか?」

「いいえ!」

娘は不意に奇妙なことを問われたのを疑うように、私を見上げたが、その好もしい瞳のなか

に嘘はなかった。私はポケットから扇をとり出した。それを半ばひろげて卓子の上に置きながら私はまた言った――

「この扇を御存じでしょう」

「まあ、」娘は手にとってみて「美しい扇ですこと」物珍しそうに扇の面を見つめていた。

「あなたはその扇を御存じない筈はないのです」私は試みに少しおこったように言ってみた。

「ケ、ケ、ケッ、ケ、ケ」

鸚鵡が私の言葉に反抗して一度に冠を立てた。

みんな黙っているなかに、不意に激しく啜泣《すすりな》く声がして、それは鸚鵡の背景をなす帳《とばり》の陰から聞えて来たのだ。涙をすすり上げる声とともに言葉が聞えてきた――

「みんなおっしゃって下さいまし、お嬢さま。もう構いませんわ。その代りにその扇は私にいただかしてください」

「…………」

誰も何と答えていいかわからなかった。世外民と私とは目を見合した。

姿の見えない女はむせび泣きながら更に言った「誰方《どなた》だか存じませんが、お嬢さまは少しも知らない事なのです。わたしの苦しみを見兼ねて下さっただけなのです。ただあなたが拾っておいでになったその扇――蓮の花の扇を私に下さい。その代りには何でもみんな申します」

「いいえ。それには及びません」私はその声に向って答えた。「私はもう何も聞きたくない。扇もお返ししますよ」

「私のでもありませんが」推測しがたい女は口ごもりながら「ただ私の思い出ではあります」

「さよなら」私たちは立ちあがった。私は卓上の扇を一度とり上げてから、置き直した。「この扇はあの奥にいる人にあげて下さい。どういう人かは知らないが、あなたからよく慰めておあげなさい。私は新聞などへは書きも何もしやしないのです」

「有難うございます。有難うございます」黄嬢の目には涙があふれ出た。

＊　＊　＊　＊　＊　＊

幾日目かで社へ出てみると、同僚の一人が警察から採って来た種のなかに、穀商黄氏の下婢《かひ》十七になる女が主人の世話した内地人に嫁することを嫌って、罌粟《けし》の実を多量に食って死んだというのがあった。彼女は幼くて孤児になり、この隣人に拾われて養育されていたのだという。この記事を書く男は、台湾人が内地人に嫁することを嫌ったというところに焦点を置いて、それが不都合であるかの如き口吻《こうふん》の記事を作っていた。——あの廃屋の逢曳の女、——不思議な因縁によって、私がその声だけは二度も聞きながら、姿は終に一瞥《べつ》することも出来なかったあの少女は、事実に於ては、自分の幻想の人物と大変違ったもののように私は今は感ずる。

西班牙犬の家

(夢見心地になることの好きな人々の為めの短篇)

フラテ(犬の名)は急に駆け出して、蹄鍛冶屋の横に折れる岐路のところで、私を待って居る。この犬は非常に賢い犬で、私の年来の友達であるが、私の妻などは勿論大多数の人間などよりよほど賢い、と私は信じて居る。で、いつでも散歩に出る時には、きっとフラテを連れて出る。奴は時々、思いもかけぬようなところへ自分をつれてゆく。で近頃では私は散歩といえば、自分でどこへ行こうなどと考えずに、この犬の行く方へだまってついて行くことに決めて居るようなわけなのである。蹄鍛冶屋の横道は、私は未だ一度も歩かない。よし、犬の案内に任せて今日はそこを歩こう。そこで私はそこを曲る。その細い道はだらだらの坂道で、時々ひどく曲りくねって居る。おれはその道に沿うて犬について、景色を見るでもなく、考えるでもなく、ただぼんやりと空想に耽《ふけ》って歩く。時々、空を仰いで雲を見る。ひょいと道ばたの草の花が目につく。そこで私はその花を摘んで、自分の鼻の先で匂うて見る。何という花だか知らないがいい匂である。指で摘《つま》んでくるくるとまわし乍《なが》ら歩く。するとフラテは何かの拍子にそれを見つけて、ちょっと立とまって、首をかしげて、私の目のなかをのぞき込む。それを欲しいという顔つきである。そこでその花を投げてやる。犬は地面に落ちた花を、ちょっと嗅いで見て、何だ、ビスケットじゃなかったのかと言いたげである。そうして又急に駆け出す。こんな風にして私は二時間近くも歩いた。

歩いているうちに我々はひどく高くへ登ったものと見える。そこはちょっとした見晴《みはらし》で、打開けた一面の畑の下に、遠くどこの町とも知れない町が、雲と霞との間からぼんやりと見える。しばらくそれを見て居たが、たしかに町に相違ない。それにしてもあんな方角に、あれほどの人家のある場所があるとすれば、一たい何処なのであろう。私は少し腑《ふ》に落ちぬ気持がする。しかし私はこの辺一帯の地理は一向に知らないのだから、解らないのも無理ではないが。それはそれとして、さて後《うしろ》の方はと注意して見ると、そこは極くなだらかな傾斜で、遠くへ行けば行くほど低くなって居るらしく、何でも一面の雑木林のようである。その雑木林は可なり深いようだ。そうしてさほど太くもない沢山の木の幹の半面を照して、正午に間もない優しい春の日ざしが、楡《にれ》や樫《かし》や栗や白樺などの芽生したばかりの爽《さわ》やかな葉の透間から、煙のように、また匂のように流れ込んで、その幹や地面やの日かげと日向《ひなた》との加減が、ちょっと口では言えない種類の美しさである。おれはこの雑木林の奥へ入って行きたい気もちになった。その林のなかは、かき別けねばならぬというほどの深い草原でもなく、行こうと思えばわけもないからだ。

私の友人のフラテも私と同じ考えであったと見える。彼はうれしげにずんずんと林のなかへ這入ってゆく。私もその後に従うた。約一丁ばかり進んだかと思うころ、犬は今までの歩き方とは違うような足どりになった。気らくな今までの漫歩の態度ではなく、織るようないそがしさに足を動かす。鼻を前の方につき出して居る。これは何かを発見したに違いない。兎の足あとであったのか、それとも草のなかに鳥の巣でもあるのであろうか。あちらこちらと気ぜわしげに行き来するうちに、犬は其の行くべき道を発見したものらしく、真直ぐに進み初めた。私は少しばかり好奇心をもってその後を追うて行った。我々は時々、交尾して居たらしい梢の野鳥を駭《おどろ》かした。斯《こ》うした早足で行くこと三十分ばかりで、犬は急に立ちとまった。同時に私は潺湲《せんかん》たる水の音を聞きつけたような気がした。（一たいこの辺は泉の多い地方である）犬は耳を癇性《かんしょう》らしく動かして二三間ひきかえして、再び地面を嗅ぐや、今度は左の方へ折れて歩み出した。思ったよりもこの林の深いのに少しおどろいた。この地方にこんな広い雑木林があろうとは考えなかったが、この工合ではこの林は二三百町歩もあるかも知れない。犬の様子といい、いつまでもつづく林といい、おれは好奇心で一杯になって来た。こうしてまた二三十分間ほど行くうちに、犬は再び立とまった。さて、わっ、わっ！　という風に短く二声吠えた。その時までは、つい気がつかずに居たが、直ぐ目の前に一軒の家があるのである。それにしても多少の不思議である、こんなところに唯一つ人の住家があろうとは。それが炭焼き小屋でない以上は。

打見たところ、この家には別に庭という風なものはない様子で、ただ唐突にその林のなかに雑《まじ》って居るのである。この「林のなかに雑って居る」という言葉はここでは一番よくはまる。今も言った通り私はすぐ目の前でこの家を発見したのだからして、その遠望の姿を知るわけにはいかぬ。また恐らくはこの家は、この地勢と位置とから考えて見てさほど遠くから認め得られようとも思えない。近づいてのこの家は、別段に変った家とも思えない。ただその家は草屋根ではあったけれども、普通の百姓家とはちょっと趣が違う。というのは、この家の窓はすべてガラス戸で西洋風な造《こしら》え方なのである。ここから入口の見えないところを見ると、我々は今多分この家の背後と側面とに対して立って居るものと思う。その角のところから二方面の壁の半分ずつほどを覆うたつたかずらだけが、言わばこの家のここからの姿に多少の風情と興味とを具えしめて居る装飾で、他は一見極く質朴な、こんな林のなかにありそうな家なのである。私は初め、これはこの林の番小屋ではないかしらと思った。それにしては少し大きすぎる。又わざわざこんな家を建てて番をしなければならぬほどの林でもない。と思い直してこの最初の認定を否定した。兎も角も私はこの家へ這入って見よう。道に迷うたものだと言って、茶の一杯ももらって持って来た弁当に、我々は我々の空腹を満そう。と思って、その家の正面だと思える方へ歩み出した。すると今まで目の方の注意によって忘れられて居たらしい耳の感覚が働いて、私は流れが近くにあることを知った。さきに潺湲たる水声を耳にしたと思ったのはこの近所であったのであろう。

正面へ廻って見ると、そこも一面の林に面して居た、ただここへ来て一つの奇異な事には、その家の入口は、家全体のつり合から考えてひどく贅沢にも立派な石の階段が丁度四級もついて居るのであった。その石は家の他の部分よりも、何故か古くなって所々苔が生えて居るのである。そうしてこの正面である南側の窓の下には家の壁に沿うて一列に、時を分たず咲くであろうと思える紅い小さな薔薇の花が、わがもの顔に乱れ咲いて居た。そればかりではない。その薔薇の叢の下から帯のような幅で、きらきらと日にかがやきながら、水が流れ出て居るのである。それが一見どうしてもその家のなかから流れ出て居るとしか思えない。私の家来のフラテはこの水をさも甘《うま》そうにしたたかに飲んで居た。私は一瞥のうちにこれらのものを自分の瞳へ刻みつけた。

さて私は静に石段の上を登る。ひっそりとしたこの四辺の世界に対して、私の靴音は静寂を破るというほどでもなく響いた。私は「おれは今、隠者か、でなければ魔法使の家を訪問して居るのだぞ」と自分自身に戯れて見た。そうして私の犬の方を見ると、彼は別段変った風もなく、赤い舌を垂れて、尾をふって居た。

私はこつこつと西洋風の扉を西洋風にたたいて見た。内からは何の返答もない。私はもう一ぺん同じことを繰返さねばならなかった。内からはやっぱり返答がない。今度は声を出して案内を乞うて見た。依然、何の反響もない。留守なのかしら空家なのかしらと考えているうちに私は多少不気味になって来た。そこでそっと足音をぬすんで——これは何の為であったかわからないが——薔薇のある方の窓のところへ立って、そこから脊《せ》のびをして内を見まわして見た。

窓にはこの家の外見とは似合しくない立派な品の、黒ずんだ海老茶《えびちゃ》にところどころ青い線の見えるどっしりとした窓かけがしてあったけれども、それは半分ほどしぼってあったので部屋のなかはよく見えた。珍らしい事には、この部屋の中央には、石で彫って出来た大きな水盤があってその高さは床の上から二尺とはないが、その真中のところからは、水が湧立って居て、水盤のふちからは不断に水がこぼれて居る。そこで水盤には青い苔が生えて、その附近の床——これもやっぱり石であった——は少ししめっぽく見える。そのこぼれた水が薔薇のなかからきらきら光りながら蛇のようにぬけ出して来る水なのだろうということは、後で考えて見て解った。私はこの水盤には少なからず驚いた。ちょいと異風な家だとはさきほどから気がついたものの、こんな異体の知れない仕掛まであろうとは予想出来ないからだ。そこで私の好奇心は、一層注意ぶかく家の内部を窓越しに観察し始めた。床も石である、何という石だか知らないが、青白いような石で水で湿った部分は美しい青色であった。それが無造作に、切出した時の自然のままの面を利用して列べてある。入口から一番奥の方の壁にこれも石で出来たファイヤプレイスがあり、その右手には棚が三段ほどあって、何だか皿見たようなものが積み重ねたり、列んだりして居る。それとは反対の側に——今、私がのぞいて居る南側の窓の三つあるうちの一番奥の隅の窓の下に大きな素木《しらき》のままの裸の卓があって、その上には……何があるのだか顔をぴったりくっつけても硝子《ガラス》が邪魔をして覗き込めないから見られない。おや待てよ、これは勿論空家ではない、それどころか、つい今のさきまで人が居たに相違ない。というのはその大きな卓の片隅から、吸いさしの煙草から出る煙の糸が非常に静かに二尺ほど真直ぐに立ちのぼって、そこで一つゆれて、それからだんだん上へゆくほど乱れて行くのが見えるではないか。

私はこの煙を見て、今まで思いがけぬことばかりなので、つい忘れて居た煙草のことを思出した。そこで自分も一本を出して火をつけた。それからどうかしてこの家のなかへ入って見たいという好奇心がどうもおさえ切れなくなった。さてつくづく考えるうちに、私は決心をした。この家の中へ入って行こう。留守中でもいい這入ってやろう、若し主人が帰って来たならばおれは正直にそのわけを話すのだ。こんな変った生活をして居る人なのだから、そう話せば何とも言うまい。反って歓迎してくれないとも限らぬ。それには今まで荷厄介にして居たこの絵具箱が、おれの泥棒ではないという証人として役立つであろう。私は虫のいいことを考えて斯う決心した。そこでもう一度入口の階段を上って、念のため声をかけてそっと扉をあけた。扉には別に錠も下りては居なかったから。

　私は入って行くといきなり二足三足あとすだりした。何故かというに入口に近い窓の日向に真黒な西班牙《スペイン》犬《いぬ》が居るではないか。顎《あご》を床にくっつけて、丸くなって居眠して居た奴が、私の入るのを見て狡《ずる》そうにそっと目を開けて、のっそり起上ったからである。

　これを見た私の犬のフラテは、うなりながらその犬の方へ進んで行った。そこで両方しばらくうなりつづけたが、この西班牙犬は案外柔和な奴と見えて、両方で鼻面を嗅ぎ合ってから、向《むこう》から尾を振り始めた。そこで私の犬も尾をふり出した。さて西班牙犬は再びもとの床の上へ身を横《よこた》えた。私の犬もすぐその傍へ同じように横になった。見知らない同性同士の犬と犬とのこうした和解はなかなか得難いものである。これは私の犬が温良なのにも因るが主として向うの犬の寛大を賞讃しなければなるまい。そこでおれは安心して入って行った。この西班牙犬はこの種の犬としては可なり大きな体で、例のこの種特有の房々した毛のある大きな尾をくるりと尻の上に巻上げたところはなかなか立派である。しかし毛の艶《つや》や、顔の表情から推して見て、大分老犬であるということは、犬のことを少しばかり知って居る私には推察出来た。私は彼の方へ接近して行って、この当座の主人である彼に会釈するために、敬意を表するために彼の頭を愛撫した。一体犬というものは、人間がいじめ抜いた野良犬でない限りは、淋しいところに居る犬ほど人を懐しがるもので、見ず知らずの人でも親切な人には決して怪我をさせるものではない事を、経験の上から私は信じて居る。それに彼等には必然的な本能があって、犬好きと犬をいじめる人とは直ぐ見わけるものだ。私の考は間違ではなかった。西班牙犬はよろこんで私の手のひらを舐めた。

それにしても一体、この家の主人というのは何者なのであろう。何処へ行ったのであろう。直ぐ帰るだろうか知ら。入って見るとさすがに気が咎めた。それで入ったことは入ったが、私はしばらくはあの石の大きな水盤のところで佇立《ちよりつ》したままで居た。その水盤はやっぱり外から見た通りで、高さは膝まで位しなかった。ふちの厚さは二寸位で、そのふちへもってって、また細い溝が三方にある。こぼれる水はそこを流れて、水盤の外がわをつとうてこぼれて仕舞うのである。成程、斯うした地勢では、斯うした水の引き方も可能なわけである。この家では必ずこれを日常の飲み水にして居るのではなかろうか。どうもただの装飾ではないと思う。

一体この家はこの部屋一つきりで何もかもの部屋を兼ねて居るようだ。椅子が皆で一つ……二つ……三つきりしかない。水盤の傍と、ファイヤプレイスとそれに卓に面してと各一つずつ。見何れもただ腰を掛けられるというだけに造られて、別に手のこんだところはどこにも無い。見廻して居るうちに私はだんだんと大胆になって来た。気がつくとこの静かな家の脈搏《みやくはく》のように時計が分秒を刻む音がして居る。どこに時計があるのであろう。濃い樺色《かばいろ》の壁にはどこにも無い。ああれだ、あの例の大きな卓の上の置時計だ。私はこの家の今の主人と見るべき西班牙犬に少し遠慮しながら、卓の方へ歩いて行った。

卓の片隅には果して、窓の外から見たとおり、今では白く燃えつくした煙草が一本あった。時計は文字板の上に絵が描いてあって、その玩具のような趣向がいかにもこの部屋の半野蛮な様子に対照をして居る。文字板の上には一人の貴婦人と、一人の紳士と、それにもう一人の男が居て、その男は一秒間に一度ずつこの紳士の左の靴をみがくわけなのである。馬鹿々しいけれどもその絵が面白かった。その貴婦人の襞《ひだ》の多い笹べりのついた大きな裾を地に曳いた具合や、シルクハットの紳士の頰髯《ほおひげ》の様式などは、外国の風俗を知らない私の目にももう半世紀も時代がついて見える。さて可哀想なのはこの靴磨きだ。彼はこの平静な家のなかの、その又なかの小さな別世界で夜も昼も斯うして一つの靴ばかり磨いて居るのだ。おれは見て居るうちにこの単調な不断の動作に、自分の肩が凝って来るのを感ずる。それで時計の示す時間は一時十五分——これは一時間も遅れて居そうだった。机には塵まみれに本が五六十冊積上げてあって、別に四五冊ちらばって居た。何でも絵の本か、建築のかそれとも地図と言いたい様子の大冊な本ばかりだった。表題を見たらば、独逸《ドイツ》語らしく私には読めなかった。その壁のところに、原色刷の海の額がかかって居る、見たことのある絵だが、こんな色はイスラアではないか知ら……私はこの額がここにあるのを賛成した。でも人間がこんな山中に居れば、絵でも見て居なければ世界に海のある事などは忘れて仕舞うかも知れないではないか。

私は帰ろうと思った、この家の主人には何れまた会いに来るとして。それでも人の居ないうちに入込んで、人の居ないうちに帰るのは何だか気になった。そこで一層のこと主人の帰宅を待とうという気にもなる。それで水盤から水の湧立つのを見ながら、一服吸いつけた。そうして私はその湧き立つ水をしばらく見つめて居た。こうして一心にそれを見つづけて居ると、何だか遠くの音楽に聞き入って居るような心持がする。うっとりとなる。ひょっとするとこの不断にたぎり出る水の底から、ほんとうに音楽が聞えて来たのかも知れない。あんな不思議な家のことだから。何しろこの家の主人というのはよほど変者《かわりもの》に相違ない。……待てよおれは、リップ・ヴァン・ウィンクルではないか知ら。……帰って見ると妻は婆になって居る。……ひょっとこの林を出て、「K村はどこでしたかね」と百姓に尋ねると、「え？　K村、そんなところはこの辺にありませんぜ」と言われそうだぞ。そう思うと私はふと早く家へ帰って見ようと、変な気持になった。そこで私は扉口のところへ歩いて行って、口笛でフラテを呼ぶ。今まで一挙一動を注視して居たような気のするあの西班牙犬はじっと私の帰るところを見送って居る。私は怖れた。この犬は今までは柔和に見せかけて置いて、帰ると見てわっと後から咬みつきはしないだろうか。私は西班牙犬に注意しながら、フラテの出て来るのを待兼ねて、大急ぎで扉を閉めて出た。

さて、帰りがけにもう一ぺん家の内部を見てやろうと、背のびをして窓から覗き込むと例の真黒な西班牙犬はのっそりと起き上って、さて大机の方へ歩きながら、おれの居るのには気がつかないのか、

「ああ、今日は妙な奴に駭かされた。」

と、人間の声で言ったような気がした。はてな、と思って居ると、よく犬がするようにあくびをしたかと思うと、私の瞬きした間に、奴は五十恰好の眼鏡をかけた黒服の中老人になり大机の前の椅子によりかかったまま、悠然と口には未だ火をつけぬ煙草をくわえて、あの大形の本の一冊を開いて頁をくって居るのであった。

ぽかぽかとほんとうに温い春の日の午後である。ひっそりとした山の雑木原のなかである。

のんしゃらん記録

慈善デー

下層社会――どん底の世界。そんな言葉は今や単に抽象的な表現ではない。具象的なものとして文字どおりに実現された。地下三百メートルにある人間社会の最下層の住宅区（?）（これをしも住宅と呼べるならば！）である。

彼はここに来てから幾日目かの朝を目ざめた。朝ということがこんな世界でもわかるのが第一に不思議であった。ラジオは絶え間なしに明確に響いて来た。しかし、そんなものは生きるためには何の必要もない。欲しいものは空気だ。それから日光だ。それにくらべると食用瓦斯《ガス》などはずっと後でもいい。（約十世紀ほど以前に、その内容はわかっていないが、「早過ぎた埋葬」という題で、これらの人間生活の悲惨を予言した文学者があった。又同じ頃に「もっと光を！」と言いながら死んだ詩人があったと伝わっている。多分彼等は賤民文学者の先駆者であったに違いない）日光はここでは到底その見込みはなかったけれども、空気と食用瓦斯とは、最も小さい銀貨が一つずつありさえしたならば、それを自動メーターのなかへ投げ込んで買うことも出来た。しかし彼は銀貨どころではない銅貨一つ無かった。どうしたらそれが果して得られるものかさえも知らなかった。彼はこの社会の生活の様式に就ては少しものみ込んでいなかった。ここへ投げ込まれてからそれほどまだ日が浅かった。それに彼がどんなに声を出して見ても、彼の声は決して少しも響を立てなかった。（ラジオがこんなによく響いているにもかかわらずこれは又、何と不思議な事である）そうして彼は何事をも人に質問する方法がなかった。文字はここでは多分通用しないであろう。何人も知らないに決っていた。たとい皆が知っているにしたところが、何よりも第一にそれを書く可き、又読むべき光線がなかった。

欲しいのは空気と光とだ。もし彼が今までここで育っていたのだとすれば、彼は自ずとここに慣れていたかも知れなかったが、彼にとっては急激な変化であった。こういう生活をこれ以上にもう三十時間もつづけていたならば、きっと自然に死ぬだろうと彼は自覚した。彼は今更のように彼が生きていたあの秘密の世界がこのような社会生活にくらべると如何に幸福であったかを痛感せずにはいられないにつけても、その幸福な秘密の世界の創造者であった人、そうして彼一箇にとっては恐らく彼が生涯の唯一の知人であるだろうところのあの老人は、その後どうなっただろうか。彼にはこれが心がかりであった。彼がラジオに耳を傾けているのは、外にする事もなかったからではあるが、一つにはもしやその老人のその後の消息が、そこから聞かれはしないかと思われたからでもある。

彼自身の声音が響を失っているだけに、この空間に鳴り渡る声が彼には腹立しかったが、ラジオは引きりなしに鳴りひびいていた。昨日一日人間の世の中であった事を残らず喋りつづけるつもりらしい。別に誰もそれを聞こうと企ててその仕掛けをしたのではなかったけれども、この音は闇と同じようにこの階級にまで這入り込んで来るのであった。尤もそれは社会教育に必要と認められるところの日々のニュースのたぐいであって、娯楽に関する一切の放送は地下十階以下から、徐々にかき消されていて、これらの最下層の住宅には、全く何ものも洩れては来なかった。何故かというのに、社会道徳は何人も心得て置かなければならない必須事項であったが、娯楽は決してその必要のないものであり、いや反《かえ》ってあらゆる人間が同時に平等にそれを味っているという事実は娯楽の魅力の質と量とを稀薄にしてしまうという理由で、娯楽に関する放送が下層社会へ伝わることには、特別に異常な苦心を払って完全にこれを防止してあったのだ。こういうわけで彼が聞いているラジオは何の面白い事とてもなかった。たとえば市会議員の何の某が贈賄を拒否したがために告発された——この男の言い分は、一般市民に不利益と思える議決に賛成してそれによって自己の利益を受けることは心苦しいから拒否したというのであるが、これは社会の風習に反し市会議員の特権を侮蔑するものであるというのが告発者の意見であるが、被告に同情する人々は、一応被告の精神状態を鑑定することが必要であると力説している云々、というような報道は彼にとっては少しも興味のない問題であった。こういう報道でラジオは終りになって、もしやと思っていた彼の知人の処罰に就ては何事も聞かれなかった。

然し、ラジオの最後に、彼は自分の耳を疑い度いような言葉に接した。ラジオは響く――

「本日は×××の祝賀一周年記念として（彼にはこの意味がよくわからなかった）慈善デーを催します。上流社会の人々は特に半日の散歩を割愛して、平常空気と日光とに欠乏を感じている下層社会の人々のために、自動車遊歩円形広場を提供します。一切の陸上交通機関は本日の午後停止しますから、乗物を持たない階級の人々も少しも危険を感ぜずに、街を通行することが出来ます……」

彼はここに到って始めて思わず呻き声を発した。いや、彼ばかりではなかった。あまりの嬉しさに我を忘れて発した叫び声は彼の身辺の四辺から起った。隣の枡《ます》（家でも部屋でもなかったから）のなかに住んでいる男たちの声なのである。そうしてその叫びに消されて、肝腎のラジオはそれからあと、よく聞えなくなって了った。

彼はすぐに決心して這い上った（立ち上がる事は出来なかったのだ。ここの住宅区ではそれ以上の高さは贅沢だというので、天井まで一メートルしか無かった）。あちらでもこちらでも起き直って這上るけはいが盛んに感ぜられたが、彼は間もなくいつの間にか這いながら犇《ひしめ》いている一部の人間の流れのなかに押し込まれていた。

地上へ

一つの突立っている非常に巨大な円筒であった。その上部の底は眩しい光の円であった。しかしその光は決して下部の底まで達せずに、下は真黒であった。その上部の光明こそは地上である。そうしてそこに達するためには、この円筒の中心に何か非常に大きな玩具ででもあるかのように、一条の最も長い螺旋《らせん》形の梯子《はしご》が、上の光の円の方へグルグルグルグルと巻きねじれながら上っていた。（これがこの下層の世界から地上へ上る唯一の通路であった。あの立体軌道――その同一台のものが地上では自動車となり建物のなかではエレベーターに役立ち空間では軌道飛行をする交通機関は、地下十五層以下へは延長の必要が認められなかったので、それ以下の低い階級の人々が交通するためには、どうしてもこの螺旋階による外に方法がなかった。）

それを見上げると目が廻りそうであった。いや、事実、その上り口で卒倒して、交通整理上適当に処置された人間が幾人あったか知れない。(適当な処置というのは死屍《しかばね》として手早く取片づけられることを言うのだが、これらの設備は、歴史家の言うところに憑《よ》ると中古のモナコ王国の賭博場《カジノ》の建築から発達したものである)。平常、日光や空気や食用瓦斯や飲料瓦斯やあらゆる栄養物に欠乏している人々がしかもこんな簇った押合いの中で、しかもこんな刺戟的な構造を見上げたならば気絶するのが当然であった。

彼は誘惑を感ずるにもかかわらずもう二度と上部は見ない様に努めながら、彼が階段へ上れる順番がくる迄はただ彼の周囲に押合っている人々に注意していた。彼と同じ社会の人達はどの人間も彼と同じようにもの言う事が出来ないのかそれとも極度の緊張からであったか、隻語《せきご》を発する者もなかった。閴としてこの群集の沈黙は物凄かった。彼の順番が来た。彼は階段の番人によって攀上《はんじよう》を許可された。彼が階段に足をかけて二三段上った時に、彼の後から上ってくる人間が呟くのを彼は聞いた。

「ああ、生きていたという思い出には一つ、日の光というものを充分に……」

彼は、人がもの言うのを珍らしく思って、ふりかえって見下した。それは彼の直ぐ後から攀上して来る人の言葉だった。しかも、彼がそれを知った瞬間には、気の毒なその人はまだ日の光一すじ浴びないうちにもう階段からすべり落ちて、既に適当に処置されているところであった。多分あまりのうれしさにうっかりして踏み外したのであろう。彼はかすかに身震いをして、改めてしっかりと階段の手すりを握り、足を注意ぶかく踏みしめた。

すさまじい勢いで、風を呼びながら墜落する者があった。やはり階段を攀《よ》じているうちに力尽きたものであろう。その叫び声がこの円筒のなかで反響した。これらの墜落者が幾つも幾つもつづいて階段の外を嘯《うそぶ》きながら落ちて行った。有難い事にはどういう仕掛があるのか墜落者は決して階段の上にまくれ落ちて来ずに、階段の外を落ちて行った。見下ろすと、こういう出来事は日常の普通事であると見えて、この階段の周囲は、墜落者を早速に自動的に処置するように出来ているらしかった。（彼が悟った通りである。そうして墜落者の数は、やはり自動的示針によって明確に指示されていたのだ。何事にも完全な統計は文明国の政府として忽《ゆるがせ》にすべからざるものだからである）

最初のうちは墜落者を見るごとに足がふるえて、彼自身も危く墜《お》ちそうであったが、いつの間にかそんなものにも慣れてしまった。彼はもう大分、攀じただろうと思って、上部を見上げた。彼の攀上がまだ三分の一にも及ばなかったのを発見した時には、彼は思わず溜息をつき、こんな激しい疲労で果して無事に地上に到達することが出来るかと思うと、危く墜落するところであった……

（額に油汗を流しながら螺旋階を上っている彼が果して無事に地上に登ることが出来るかどうか。（いや、大丈夫登るであろう。さもなければこの話はもうこれ以上には発展しないわけなのだから）彼がこの単調なしかし緊張し切った命懸けの仕事をしている間に、我々は彼の過去に就て知って置こう）彼の生い立ちは――尠《すくな》くともその二分の一以上を、彼は自分でも知らなかった。それは決して無理もない事である。個人が個人の経験を尊重してそれを記憶して置く習慣はここには無かったが上に、彼はその頃あまりに幼少であったらしい。

或る日、彼は実にまぶしいような光線のなかで目を見開いたのだ。すべてが今まで身に覚えないほど快適な状態であった。そうして彼のぐるりには五六人のおとなが眠っていた。その外に一人の見慣れない老人がこれは起きていて彼の枕もとにしゃがんでいた。

彼が最も快適に思ったのは、彼が今まで経験したこともないものが彼の口のなかへ流れ込んで来ていたのが重大な原因であるらしかった。（ただ飲用瓦斯をのみ知っていた彼はその日まで水というものを知らなかったのだ）。彼の居るところは隅から隅まで光に満ちていた。そこで彼はその見慣れない老人と対話をしているうちに、突然に起ったこんな変化の理由を、ぽつぽつと悟るようになった。老人が言うのには、彼は道路で自殺をしたのである――交通機関のために跳ね飛ばされる事を総括して自殺と呼び慣わしていたが、その自殺者として彼は、適当な処置によって、交通整理車に運搬され、地下道に掃き捨てられたに違いなかった。

「わたしもその一人なのだ」老人は言った「今日の社会の状態では有料散歩道以外のところを乗物に乗らないで歩行するぐらいな人間は、自殺志望者と見做《みな》されているよ。無理もない事だ。あの道路を、どんな注意を払ったとしても車に轢《ひ》かれずに三メートルと歩行出来る筈はない。それを承知しながら、そこに出ているということは、その決心の有無にかかわらず自殺志願者に違いないわけだ。そうしてここへは毎日無数の所謂自殺遂行者たちが運ばれて来るよ。そのなかに無論お前のように単に気絶したにすぎないだけの人も随分あるのだ。わたしも丹念にそれを拾い上げては助けてみる。しかし誰も満足には回復しない。もう今までにさんざん衰弱し切っている連中ばかりだからね。ここにいる人たちもせっかく拾い上げてはみたけれど、もうみんな駄目なのだ」

言いながらその老人は、彼を抱き上げて、それを片隅に置き直し、それからこれは彼にも以前味ったような気のする食用瓦斯のパイプを彼の口に当てがった。そうして老人は彼以外の人間を抱いて、ひとりびとり下の方へ投げた。その度に、ものを吸込むらしいゴオというすさまじい音が地の下の方でうなった。眠っている者と思った人たちは、みんな死人であったと見える。

　この老人は実に不思議千万であった。どうしてこんな所にたったひとりで生きているのか、それが第一に判らなかった。その上にこの人は何事でも知っていた。彼等は次のような問答をした——

「お前のいたところは真暗だったかい」

「いいえ。少しは明るかったの、ぼんやりと」

「お前は婦人というものを見たことがあったかい」

「婦人って、どんなもの？　小父さん」

「知らないのか。それじゃ見たことが無いのだろう。お母さんも無論知らないのだね。婦人はどんな人だって地下の十階以下には決して住んではいないよ。——特別にいい職業があるからね。それでお前、何かい。空気は管から毎日吸ったかい？」

「ううん。時々なの——随分おいしかったの」

「うむ。するといろいろ考え合せて、お前の住んでいたのは多分地下の三十階附近だったらしい。わたしは地上の一階から十九階までは知らないけれどもその外ならば知らないところは無いのだからね。ハ、ハ、ハ、ハ、ハ、ハ。」老人はどうしてだか知らないけれども大声でながい間ひとり笑った。それから「それにしてもお前はきっと随分といい生れなのだね。実際、出産税はおそろしく高い。それを満足に払えるのは地階の二十階までがせいぜいだ。その外の階級ではただ社会税を支払って捨子をするより仕方のない世の中だからね。地下三十階に捨子をするために支払う社会税だって並大抵なものではない。お前のお母さんはそれが出来る程の人だったとすると、お前はなかなかのいい生れだということがわかる……」

老人はその他いろいろなことを話した。彼には了解しがたい事ばかりであった。その後何年かの間、この老人は彼の養い親になった。老人は彼を愛育した。彼が生長するに従ってこの老人がどんな人であるかということが少しずつ判って来るのであった。行路病者或は街頭自殺者の死屍を地下へ運搬する入口に当っているこの人知れない一角へ人知れない世界をひとりで開いているこの老人は、その人自身の言うところによると、死屍のなかで新しい世界を夢みている人であった。この追放された半羊神は気の毒な笛をこんなところでひとり吹いていた。簡単に言うとこの老人は、人間には霊というものがあるという考を抱いていた。しかし彼があると信じているその霊なるものは、今までにどんなえらい解剖学者も人体のなかからその存在を発見した事のなかったもので、そのような目に見ることも出来ないものを信じているということがこの老人の今日の社会のどの階級にも生存出来なかった根本の原因であったらしい。彼は何百層とある社会の種々雑多な階級から一段一段と追われた。今日の社会ではどの階級にも彼の行動を理解する人々がなかったから、彼は誰にも相手にされなかったのだ。そうして彼は彼のような考はこの星以外の世界——多分火星あたりでは通用し、そこではそういう別の文明によって社会が出来ているかも知れないと思っていた。彼は火星との通信を今も熱心に計画していた。

「もともと私は歴史の学者だ。そうして二十世紀と二十一世紀という昔の時代のことに興味を持っていてね。それは実に面白い時代なのだ。当時、新らしい煉金術が流行してね。何でもこの世界という立体を一度逆にひっくりかえして置き直して見ると、人生はどこもかしこも光明的なものに、黄金になるという思想なのだ。そこで世界が非常に動揺し出してね。その結果はひどくごった返した後にやっとどうやらひっくりかえしに置き換えたのだ。折角だんだん落着いて新らしい世界が出来てみると今日の世の中なのさ。私が二十世紀に興味をもっているというのは、そのころ極度に発達していたその当時の世界の状態が、不思議と今日の世界と大へん似ているからなのだ。こういう研究を私はまだ若くって地上の二十階に住んでいた頃に、発表したものなのだ。そこで私はその学者の社会から追い出されたのだ。それ以来というものは私が物を言う毎に、人は聞かないふりをして横を向くのだ。私は地上の二十階を見棄てなければならなかった。又、日光や空気は人間には階級の如何にかかわらずその健康上必要なものだと説明した上で、それらのものは古代では人類が殆んど平等に享有することが出来たところを見るとこの意味では近代の文明は呪《のろ》うべきだという説を私が発表した時、私は二十一階の社会から追い出された。何でも私は時代の常識に従わずどんな事実にも特別の意見を抱く卓越個人とかいうものらしいというので人々は排斥し出したのだ。」老人は声を上げて笑ったが「お前はまだ子供だから話しても判るまい。そのうちに追々といろんな私の考を聞いて貰おうよ」

こういう風に、老人は折にふれては彼の身の上を話したり、或は少年を教育しようとしたりした。夜になると、老人は小さな機械を組み立てていた。その火星に通ずるべきラジオは、もしここに充分なアンテナを設ける高さなり広さなりがあったならば必ず役立つのだけれども、この秘密の地下窟にはそれだけの余裕のないのを、老人は専《もっぱ》ら歎息しながら、研究に没頭しているのであった。

この二人の住んでいた小世界では、日光もよく射したし、空気にも飲食物にも不自由しなかった。適当な温度まであった。老人はそれらの事に就ては一言も言わなかった。少年も亦はじめのうちこそそれを奇異にも有難くも思ったがそのうちいつの間にかもう人間当然の権利として怪しまなくなった。

突然、或る日、数人の人間が――いつものような死骸ではない珍らしい生きた人間が、この人知れない場所へ侵入して来た。それは警官というものであった。十幾年間に渉《わた》る永い間、日光や、空気や、食料瓦斯、又は最も貴重な飲用水などというものが、どこかで洩れていることが、メータアに現われ、それを研究して見ると丁度一個の人間の必要分だけに相当することがわかり、しかも数年前からはそれが二人分だけの分量が消費されていることが知れた。政府はそれらのものの使用区域を小さく区切って取調べた結果、警官たちはとうとうここに踏み入ることが出来たのであった。そうして未曾有《みぞう》の大胆不敵な犯罪者だといいながら、警官たちは、老人と少年とを捕縛したのであった。（少年が神仙のように思い込んでいた者は泥棒であった。）最も科学的に巧緻《こうち》な方法で行われていたこの犯罪は少年には不可能であったし、老人は罪責を無論ひとりで負うたから少年は直ぐに釈放されることになった。放免される前に少年は法官から、過去の記憶を失う方がいいか、それとも声音《せいおん》を失う方がいいかと質問された。この難問を受けたものは暫く熟考してから、声音を失おうと申し出た。何故かというのに彼はあの老人の敬愛すべき人柄と恩義とを忘れたくなかったからであった。法官は彼に一杯の無味無色な液体を与えた。それを彼は嚥《の》み干すと、口が利けなくなってしまった。そうして彼は警官に導かれて地下の最下層の社会へ送られたのであった。

彼の養父ともいうべきあの老人のその後の消息は杳《よう》として知られない。

街上奇観

両側の極端な高層建築は、見上げると遠近法の理に従って正に一点に集中しようとするかのように両方から今に崩れかかって来そうに見えた。そういう直線が上に向って延びていると同時に平面的に前方へも延長され、これら左右の平行線も亦一点で結びつこうとして遠くへ行くほど切迫していた。これらの堅い冷酷な巨大な立体用器画の風景はどこもかしこも毒々しい赤や青で縦横無尽に出鱈目に不規則に大小さまざまな形で区劃されて、塗りつぶされてあった。それは極度に強烈なあらゆる色彩の稲妻が建築物の広大な壁面へぶっつかって、その痕《あと》にその色彩の断片を落して行ったようであった。その頭痛を催させる一つ一つの色の上には、それと対応して最も不愉快な効果を強める別の色でさまざまな文字が書かれてあった。それはとても理性では理解することはおろか、推測することも出来ない文句であった。或る一角には

「数千円ガ僅ニ一円！」

という不思議な算術が書かれてあった。それよりもっと大きな一区劃のなかには、又何事であるかは知らないが、次のような破天荒な宣言があった。

「自分ノ店ノ最モ粗悪ナ商品ヲ買イ、自分ヲシテ成金タラシメルコトハ、社会ノ正義ヲ重ンズル市民ノ忘ルベカラザル義務デアル。何トナレバ我等ノ商品ハ無智ノ幸福ト無反省ノ美徳トヲ適当ニ配合シタルモノデアル。偉大ナル哉「俗悪」ノ大精神！　大臣モ将軍モ博士モコノ配合ノ絶妙ヲ讃美シ保証ス」

目に触れるそれらの文句の一つとして不思議不可解でないものはなかった。

やっと地上へ這い上った彼はこれらの街上の奇観を一瞥して、線の交錯と色の分裂とで先ず肉体の恐怖に脅かされたが、壁上の不思議な文字を読んだ時には、自分自身が発狂しているのではないかという不安に襲われた。彼はせめては空とやらいうものの色を見たいと思って上を見上げたが、屹立《きつりつ》して落ちかかるような家と家との間の僅かな隙間にある空間の色は、壁面の毒々しさのために色を失ってただ鈍く光っているだけであった。そうしてそんなに高く仰いでいると眩暈《めまい》を感じて打倒れそうであった。

彼はいつの間にか群集のなかに混ってどこともしれないところへひとりでに動き出していた。群集は恰《あたか》も深い溝の底のようなこの街を、さながら引潮の時刻の掘割に浮漂した泥や芥《あくた》のように一定の方向へ移動していた。彼等は人の話に聞く日光というありがたいものの恩恵に浴しようというので、一生懸命に走っているつもりであった。しかし気力を失った彼等はやっと歩くことが出来ただけであった。中にはもう死んでしまっていて、死んだままでやっと、生きている人間と人間との間に介在しているがために動いているものもあった。我々の主人公はこの群集の中で、もう何が何であるか充分に意識することも出来なくなり、ただあの壁上の最も非理性的なさまざまな文句が、どういう特別な仕掛があるのか、嫌応なしに目のなかへ飛込んで来ることを防ぐために目をつぶり首は自ずと垂れていた。彼はもう自分の行くところを忘れてしまった。そうしていつまでこうして歩いているのだか知らないけれども、多分この街上でこうして歩きながら死んでしまうだろうと考えていた。

突然、群集の叫び声に驚かされて彼は目を開いてみた。眼前には大きな広場が展開し、その中心は色が変っていた。それは太陽から直射する光線の当っているところに違いなかった。彼は一目見るとへんなことにはそれに対して食慾を感じた。この広場には八方からたくさんの路が通じていて（多分この広場を中心にして放射線状に出来ていたのである）その一つ一つの路――高い建築物と建築物との足もとにある小さな深い凹《くぼみ》の隙間からは、黒い群集が皆一度にこの広場の日向にむかって注ぎ寄せていた。（彼等のすべても亦食慾を感じているであろうか）

広場は瞬くうちに無数の人間で一ぱいになった。

いつの間にか彼の体にも日が当っていた。正午の太陽が空の真中にあった。彼は日光を手で掬《すく》うて食ってみた。日光は香気がした。体中が熱くなって来た。酔を感じた。ここでもまた人死が沢山に見られた。彼等は目がくらみ又かつて経験のないこの快感のために中毒したものらしかった。しかし、彼等は陶酔のうちに太陽を讃美しながら死んだものであった。

一台の甲虫《かぶとむし》のような形の飛行機が現われ、群集はざわめいた。機は低く下りて来て着陸しそうに見えた。群集は不安の中にもこの有難い場所からもう動こうとはしなかった。機は、しかし群集の頭の上をおもむろに一周しながら無数の紙片を撒き散らすと、再びどこかへ消えた。彼はひらひらと光りながら彼の肩の上へ落ちて来た一片を拾い、それを手に取ってみた。それ

は、

「諸君ハ果シテ幸福カ」

という見出しであった。どうも宣伝ビラであるらしい。

救世の福音

彼が読んだところのものは、全く驚嘆すべき宣伝文に相違なかった。冒頭、先ず植物の幸福を力説してあった。それは空気にも日光にもあらゆる食物にも、決して事欠く憂のない種族だということを、充分本当に説いてあった。それから次にはその植物とはどんなものであるかを説明してあった。(何故かというのに、神聖な種族である植物は、数世紀前からその傾向を示していたが、既に二三世紀前には悉くこの地上を見棄てて、そこからその影を没して了っていたからである)。その説明によると植物と人間との単なる相違は只三つである。その第一はその形態。その第二は発言能力の有無。その第三は自己の意志で動くことの可能と不可能。僅にこれだけの事にしか過ぎない。若し生命の長短を論ずるならば植物の殆んど無限ともいうべき生命は、到底人間などの比ではないのである。そうして、植物の形態がどんな立派なものであるかということは、古来の諸文献に徴して最も明瞭な事である。してみれば残されたところの唯一問題は発言能力及び自己の自由なる意志による運動能力の二点にある。

「コノ点ハ諸君ノ熟慮ヲ待ツベキモノナリ」

と、そう述べている——この宣伝文の筆者は、賤民があの最下層住宅区の高さ一メートル、幅は三分の二メートル、長さ一メートル半の場所のなかで自己の自由な意志で運動出来ることを喜べる者と想像しているらしいのは寧ろ滑稽であった。

それにしても何のために植物の幸福を説き、又人間との比較を試みているのだろうかと疑っていると、文章は忽然として次のように結ばれていた——。

「充分ナル日光、新鮮ナル空気、飽クナキ栄養分ノ摂取！　又、無限ノ長寿！　之ヲ欲スルモノハ進ンデ植物タルコトヲ希望セヨ！　コレ実ニ諸君ノ幸福ニシテ、又、諸君ガ植物タルコトニヨッテ、今日ノ過剰ナル人間ヲ調節シ、又諸君ハ人間ノ呼吸ニ必要ナル瓦斯体ノ発生者トシテ更生スルノ一事ハ、諸君ガ無意味ナル今日ノ存在ニ比シテ、亦人間社会ニ貢献スル点ニ於テモ迥《ハルカ》ニ優《マサ》レリ……」

この宣伝文の末節には別に細説があって、それに依ると簡単で絶対に無痛な一方法によって人間を植物に変化させるところの手術が、或る医学者によって発明され、政府は本年の慈善デーの第一の計画としてその医学者に命じて志望者を植物に変形させるというのであった。そうしてこの細説の最後の一項には次の如く書かれてあった。

「尚、当日手術場ニハ多数貴婦人ノ御臨席アルヲ以テ、被手術者ハ該貴婦人達ニ見物セラルルノ光栄ヲ得ベシ」

皆一様にそれを読んでいた群集は、やっと読み終ったと見えて、口々に何か囁《ささや》き合っていた。感嘆の声が洩れた。（どんな点に感じたのだかは解らなかったけれども）彼は宣伝文を再読し、三読した。彼は決心という程でもない決心で、植物になることを志望することにした。彼は決して植物になりたかった訳ではなかった。けれども彼は死にたくはなかった。そうして今日のままで人間の形を保とうとしたならば、もう十時間とは経たないうちに死ぬ外はない。死人に運動が可能だろうか。発言能力の如き、彼にはもう完全に無いではないか。

「俺もその植物とやらになるとしよう。本当にここに書いてあるとおり幸福だかどうだか知れないが。何にしろ今日の我々よりもみじめな存在物がこれ以上にあろうとも考えられないから、してみればやっぱりこれは本当に相違ないからね」

「然《そ》うだとも」

彼の周囲にはそんな会話をしているものもあった。

午後四時になった。それは植物たることを好まない人間だけはここを立去らなければならない時刻であった。然し、殆んど大部分の人間はこの場から動こうとはしなかった。それらの多数の人間を、百人ばかりの警官が来て整理した。何台かの巨大な車に乗り込ませた。車は電燈のかがやき出した街のなかをほんの暫く走ったが、急に空間疾走を始めた。その車室のなかで一人の役人は次のような注意を皆に与えた——

「君たちはこれからその実験室へ運ばれるのだがその前に一応注意をして置く。一体にこの研究は九分どおりは成功しているが、全く完全とは言いがたい。往々にして動物とも植物とも判明し難いものを発生することがある。尤も、それにしても今日の君たちのように悲惨にして又無意味な存在物ではない。つまり今日よりは確に幸福にはなれるのだから、この点は声明どおりに安心しているがいい。で、研究の不充分というのは同一の手術方法を講ずるにも拘《かか》わらずその結果がどうも同一の植物にはならないのだ。これは何か被手術者——つまり君たちの性質なども密接な関係があるらしい。第一にそれを知る必要があるし、また若し出来るだけ君たちをそれぞれ各自の希望にそうような植物にしたい。それらの必要上、只今カードを一枚ずつ上げる。何れお前たちは名前などという贅沢なものはあるまいから、そのカード番号が実験室ではお前たちの名前になる——よく覚えて置きなさい。そうしてそのカードの諸項目のなかへ適宜に書き入れなさい」

彼はNo.1928であった。

いよいよ植物に

彼等は大きな建物の内部をさまざまに上ったり下りたりした。そうして最後に真黒い小さな部屋のなかへぎっしりと密閉された。精神状態はいよいよ朦朧《もうろう》となってしまった。(既に変形手術の準備方法の下に於かれてあったのだ。)

No.1928はどういうわけか第一番に呼び出された。そうして彼は外光のなかへ連れ出された。彼の立っているぐるりには一面の座席が馬蹄《ばてい》形に連り、それは後方へ行くほど一段ずつ高くなって聳えていた。そこは人で埋っていた。(コロシウムに似ている)彼がそこへ連られて行った時には前方の講壇の上では堂々たる人が喋っていた。

「……こういうわけでこの手術は、かくの如く社会政策の上から頗《すこぶ》る有益なものであると同時に、また一種の奇術的興味の甚大なるものでありますから、特に公開して皆さまを御招待申したわけであります。なお製作された植物にして愛玩するに足るものは競売することに致してあります。何とぞよろしく願います」

人々は盛んに喝采するらしいが、彼の耳には非常に遠方から来たように感ぜられた。第一の人が降壇すると、別の男が現れた。この第二の男は彼――今から手術に取かかろうという

No.1928を臨席者に紹介するのであった。

「カードの記入は御覧のとおりであります」こういって説明者は後方をふり返った。見るとそこには彼の筆跡がそっくり拡大されて白昼の空間のなかにくっきりと浮び上っていた。説明者は言いつづけた「この記入は今回の応募者の中で最も特色のあるもので、それ故最初の被手術者として択んだのであります。この記入文は御一読しても了解し難いかと思います。先ず、No.1928はすべての賤民社会の例に洩れず名前は無論、年齢の自覚がありませんので、我々は十五歳位と推定しました。希望の項目の下には、愛サレタイという最も難解な文句があります。実はこの一語は我々にも充分には了解出来ませんので、言語学の方から言いますと二十世紀位までは使用された事があるらしく、それ以後は全く廃語になっています。そんな言葉をこの少年が何故知っていたかということは疑問であります。しかし下層階級には我々の想像を許さないような突飛なまた野卑な言葉が往々にしてあります。兎に角、廃語を復活した卑語の研究は我々の専門外のものであります。そこで「愛」という言葉の本来の意味は十八九世紀ごろまでは心理学的題目であったらしいのですが、その後我々医学の方で取扱うテーマとなり、簡単に申しますと心臓の薄弱から来る病的麻酔の作用なので、患者は多少の中毒的陶酔を感ずる者らしく、激烈なるものは無論生命を冒す危険を伴います。この流行性病症は前紀の人類社会では異常に流行し、時には人工的にこの病症を導く傾向さえあったものです。こういう途方もない希望を抱いている者がどんな植物になるかが、我々及び諸君にもきっと多少の興味を感じさせましょう。それから今までに最も楽しかりし経験という項目には、温カナ香《ニオイ》ノヨイ白イ人間ニ似タモノニ抱カレタ夢ヲ見タ事とあります。これも充分には理解出来ないのでありますが、下層社会では婦人というものを実際に見る機会は殆んど絶無でありますから、これは婦人のことを暗示し、多分異性に抱かれた夢を見たことがあるらしいのであります。」

婦人の笑うらしい嬌声《きょうせい》が方々から洩れた。この嬌声を聞いているうちにNo.1928はふと人間の情緒の最後の炎がもう一度一時に閃《ひらめ》き上ったらしい。彼は笑声の来る方をたずねてあたりを見まわした。座席には今まで気がつかなかったが見た事もないような種類の人間がたくさんいた。そうしてそれは彼が今までの夢のなかで時々見たことがあった種類の人間――婦人達であった。彼は気まりの悪い思をして目をふせたが、手術者はそんな事には一切無頓着で、彼を真裸にしはじめた。そうして腰部に淡い痛みを感ずる注射をされた上で彼は一段高い台の上へ登らせられた。座席の方からは貴婦人達のオペラグラスが一斉に彼の方へ向けられた。彼は益々首を垂れた。彼の登った円い台は、廻転し出した。だんだん早くなったと思うと、急に止まった。彼は再び台の下におろされた。彼の足が地上についたと思うと、その時彼は一度地面のなかへぐっと引込まれ、同時にうなだれていた彼の首が自分の胸のなかへ入ってしまったような気がした。

「もしや俺は香具師《やし》にだまされて殺されるのではないだろうか」

が、次の瞬間に彼は爽やかな空気を感じて愉快に呼吸をした。恥しいとか苦しいとかいう今までの感じは発散し消失してしまい、振返って見ると彼の腕は全く硬ばった上に新鮮な青色を呈し、指はだんだん扁平《へんぺい》になりやがてペラペラしたものに代った。腕ばかりではなかった。全身が真青になって、指の変形のようなものがあらゆる部分から発生するところだった。実際、彼の体は半分以上地面のなかへ引き入れられたと見えて、身長は今までの三分の一近くに縮められ、それよりも最も驚いたことにはただ感じばかりではなく自分の首が事実どこかへ無くなってしまっている事である。それでいてどこに視覚があるのか、外界のものははっきりと――今までの朦朧たる状態よりも幾倍かはっきりと見えた。「先生、見事な成功でしたね」助手が言うと先生は黙ってうなずいた。それを聞いて彼自身も安心したような気になった。別に一人の教授が彼の傍へ近よった。彼を凝視していたが、「薔薇科に属する植物である」と鑑定した。それはどんなものであるか自覚できなかったが、彼はたしかに幸福感を持った。

この時第二の被手術者が現われた。それは番外と呼ばれていた。この番外を見た時に、薔薇は出来るだけ大きな声を張り上げて叫んだ。というのは番外とは実に彼を地下の別世界で養育したあの老人に外ならなかったからである。彼の声は彼自身の耳にははっきりと聞かれたのに、何人もそれに応ずるものはなかった。植物の言葉が人間に通じないことを彼は自覚した。そうして叫び立てることをあきらめて、黙ってただ深い感慨に打たれていた。この老人は死刑の処罰をうける代りとして変形させられるのであった。それ故、何等の希望をも述べることを許されないばかりか、普通の注入薬液でないところの特別のものを使用されることになっていた。彼は植物界に於て最も哀れな状態にある微小な生存の蘚苔類《せんたいるい》にならなければならない——それは太陽に面することも出来ず、永久に不健康な場所から決して移動することは出来ない。それは植物の世界に於ける最下層階級である——そう宣言せられていた。気の毒な老人は何の抗弁もせず、又落胆や悲傷の様子もなく、手術者たちの為すがままに任せていた。彼は裸体にされ、廻転台の上に乗せられ、さて地上に置かれた。その時である。突然、薔薇は激しい不安に打たれてよろめくのを感じた。下半部をそのなかに生かしている地面が、むくむく持ち上がるような事が起ったからである。驚いたのは、しかし薔薇のみではなかった。周囲の見物人たちは泣き叫び、総立ちになり、手術者はその威厳をも忘れて、その場に坐ってしまい、茫然《ぼうぜん》自失していた。これらの騒動のなかに、地面を震動させながら根を張った奇怪な発生物は、双腕を高く天に挙げ二本の腕の周囲からはまた諸所に各々の新らしい二本の腕を生じ、瞬くうちに数千の腕を生み出した者は、その手の指から最も壮《さか》んな火焔のような美しい緑を滴らせながら、なおも刻々に高く拡がり延びる事をやめようとはしなかった。巨大な魔物は風を呼び起した。そうしてその新鮮な葉はサラサラと鳴り響いた。それは植物の言葉では哄笑に外ならなかった。

(薔薇は久しぶりに、彼の養父の楽しげな笑声を聞いた。そうして恐怖はしずまった)
この一大事はその後どうなったか知らない。何故かとならば薔薇は間もなく別の場所へ移されたからである。

幸福なる窓

それは一人の中流以上の婦人だということを、薔薇は本能的に知った。そうして歓喜したが、彼女は薔薇を鉢のまますっかりつつんだ。彼の視野はすべて遮られた。彼は持上げられた。それから彼女の腕に抱かれた。(見ることは出来なかったけれども、彼はすべてを感ずることが出来たのだ)彼は彼女とともに滑走し、飛行し、上昇した。すべてが夢の中の出来事のようで好かったが、只一つ困却したのはこの乗物が絶えず高低の定まらない不快な音響を響かせる一事であった。人間の世界というものが如何に喧噪《けんそう》極まるものであったかを彼は薔薇になって始めて気づいた。(軋《きし》るような音響の美を感じられなければ、この時代の音楽は理解されないだろう。歯の浮くことの快感ほど深刻なものはない! 彼の乗せられたものは音楽を奏していたのを、薔薇は知らないのだ)
動くことは止まった。薔薇は卓上に置かれた。覆《おおい》は取のぞかれた。明るすぎる燈火の下に曝《さら》された。薔薇は変形させられるために裸にされた時、四方から彼の上にそそがれた貴婦人たちのオペラグラスを思い出して、赧《あか》くなった。彼をここに運んだ若い女の外に、ひとりの男がいて、彼等は彼を見おろしながら話し合っている。

「うまく手に入ったな——競売はどんな具合だったかね」

「競売なんて、買い手はわたしひとりなのよ」

「そんなに不人気か——それじゃ、折角買って来ても看板にはならないではないか」

「大丈夫、その点は大丈夫。みんなはそれや、このへんなものに興味は持っているのだわ。でも何も使い道がないので買おうと言わなかったのですよ。それにこれを飼うのはなかなか贅沢ですよ——少くとも三十分は日光が必要なのですって」

この対話は薔薇の自尊心を傷けた。

その晩、薔薇は窓の外に置かれた。ここは地上の第何十階かは知らないけれど、彼は見下して身ぶるいした。窓は若い女の居室につづいていた。彼女のところには夜更けに、非常に美しい若い男子が訪問した。それは不思議だった。どこからとも知れず忍び入った。彼等は別に声をひそめるでもなくさまざまなことを語り、またさまざまな行動をした。薔薇ははずかしくって、まともには見られなかった。だからそれを茲《ここ》で話すなどということはとても出来ない。若い男は一時間ほどそこにいたが、再び掻き消すがごとく立去った。絶えず例の軋るような高低種々な音響が洩れ、それに夜は太陽の直射よりもあかるかった。空には大きくサアチライト的発光空間帯があって、その上にはノンシャラン市と書かれてあった。（空間鉄道の目標なのであろう。その文字は時々赤くなったり青くなったりして信号した）薔薇は眩しさと騒がしさとで到底眠ることが出来なかった。喧騒がやや静まり、あたりの眩しさが消えてうとうとしたと思うと、睡苦《ねぐる》しい薔薇としての第一夜は明けたと見えてもう朝日が彼の上に注がれたので目を醒《さま》さざるを得なかった。太陽光は、しかし直射ではなかった。幾つかの反射鏡で屈折せられてやっとこの窓に到達するらしかった。こんな光でもしかし、彼の赤い蕾を養うには役立った。そうして三十分ほど照していたがもう当らなくなってしまった。（特に彼のために日光が買われていることを薔薇自身知ったのはずっと後の事であった。）彼は日当りのなくなった窓の上で過去のことを思い、またこの境遇の変化を考え、たしかに看板にされるのだと聞いたが、ここは一体どんな店なのだろうかという軽い不安に襲われ、夜の睡苦しいのも困ったものだと思った。しかし、人間であった時のことを考えると、その幸福はまるで雲泥の相違ではないか。然うだ。——そう思うと、彼は彼の不平を勿体ないと気づかずにはいられなかった。然し、薔薇自身は自覚しなかったけれども、たった一晩の間に彼は既にこの階級の空気の洗礼を受けて、余程贅沢な気持になっていたのである。

薔薇は窓から運ばれて、大きなガラスの箱のなかに入れられた。そのまわりには彼のものに似たさまざまの花が首だけもぎ取られて、皿の上にころがっていた。花屋のウインドウかと思われた。——「人ハ瓦斯ノミニテ生クベカラズ」という文字が、ガラスの上に書かれているのが、その裏から左文字になって読めるのであった。ウインドウの外では往来の人々が物珍らしげに立どまって、皆は彼を指した。何か言っているらしいけれどもガラス越しで少しも聞えなかった。人が立ちどまってのぞくので彼は満足だった。店の主人は彼以上に満足らしかった。薔薇は退屈のあまり自分の見物人を見物していた。彼はこの階級の人間というものを、はじめて熟視したのであるが、彼等はどれもこれも見分のつかない程同じ顔をしていた。服装に到っては男と女との二つの区別より外、皆一様だった。何か制服でも決まっているらしかった。——しかし、彼のこの観察が間違っていた事は二三日するとすぐ判った。(彼が地下の人知れぬ別世界のなかで老人から聞いた事のあった話をふと思い出したのだ)なるほど人々は一様の服装ではあった。しかもそれは日毎に一様に変化していた。流行の型に従い、そうして流行は一日一日と変ったのだ。翌日の流行はラジオで前日の夕刻報道された。一日おくれになった流行はやがて次の階級の社会の流行になった。人々は一日だけ着た古着を次の社会へ売り払って、日毎に新らしい——つまりより一段上流の社会から来た古着を着用した。政府は流行税を徴し、また流行省は古着の専売局を経営した。これは社会経済の上から立案されたものだそうで、これによって下層民になればなるほど安い衣服を手に入れることが出来るという趣意だと言われている。が、何よりも先ず政府直営の古着専売局の日々の利得は絶大なものであった。人々は流行に支配されないわけには行かなかった。流行に従わない——従う能力のない人間は風俗を紊《みだ》るものとして、社交界から追われなければならなかった。それ故、この流行制度を呪いながら、着用した衣服のお供をして下層へ落ちて行く人々の悲劇は日々無数にあった。

悲劇と言えば、薔薇がそのウインドウに置かれたこの店は、どうも花屋ではなく、菓子屋であるらしかった。客は相当にあった。只、茲に不思議なことには、客が来ると店の女は必ず、先ず、

「悲劇の方にいたしましょうか。喜劇の方に致しましょうか」

と問うのであった。そうして客の注文に応じて、それぞれの箱を出し、客はそのなかから択び出した。これが薔薇には全く了解しがたかった。しかし、日常の見聞で遂に彼の了解に苦しむものは一二には止まらなかった。この店にいる二人の女も一人の男も、それがどんな関係の者であるか、いくら注意して観察してもわからなかった。最後に、男はこの家の主人で、女のひとりはその娘で、もうひとりの女は売子だろうということに一先ず決定した。又、毎週一度ずつ必ず夜間になって娘のところへひそかに訪問するところの男子もわからないものの一つであったが、これはこっそりとは来るけれども、どうも公然の夫であるらしかった。(これが映像と音声とそれに触感まで組合わされて電送される幻影で、産児制限の最も確実なる方法とし

て、政府が最近に奨励しているものであったことを、薔薇はまだ知らなかったのだ）そうして薔薇は有夫の婦人を好まない性質であったので、この女ではなく売子の娘の方を愛することにした。彼はいつもこの女の心づかいで、窓に出されたりウインドウに置かれたりしているうちに、自ずとそんな感情を抱くに到ったと思える。――彼は非常なさびしがりやだったものだから。

芸術の極致

窓のそばの机に対しながら、この家の二人の女たちは一冊の書物をのぞき合って、「いいわね」「あら、素的じゃなくって」などとしきりに感嘆しているのを見た。薔薇は直覚的に彼女たちは詩集を読んでいると考えた。そうしてこんな不可解な社会にも芸術のあるのを知って欣《きん》快《かい》を覚えた。そこでその横綴の小冊子をのぞき込んで見ると、それは実に（！）模擬紙幣の図案集ではないか。しかも彼女たちがそれを一とおり愛読（？）して了って本を閉じた時、表紙には現代文芸大全集の第八巻とあった。彼女たちはそれを閉じ、しばらくの間文芸論を談《かた》合《り》っていた。彼女たちは頬をほてらし目をかがやかしていた。ひとりはリアリスチックな芸術を、ひとりはロマンチックなものを愛好するらしかった。精々百円ぐらいなものの方がより多く実感に訴えるというのに対し、片一方は一万円などの方がいかに空想を豊富にし生命力を充実させるかを力説した。するとリアリズムの信者は、巨大な額面をテーマにすることの好ましい事に異議はなかったけれども、それらを取扱ったものはどうも実際百万円などという観念に伴うだけの荘厳な権威を表現し得なくて空疎な気持がすると反駁した。

当時文芸は、「いかにして金を儲けようか」とか「若し自分が百万長者であったならば」という近代文化の唯一の生活題目を文字によって表現する方法は一世紀も前にすたってしまって、今日ではどの定期刊行物も単行本も、また一円版全集も（現に今ふたりの女が愛読しているものもその一つであったが、――そうして「数百万円ガ僅ニ一円」という宣伝はこれだったが）同一の題目に対する、より直接的な効果に訴える手法として、最近は殆んど悉く模擬紙幣の図案集になっていた。中にはその過大な迫真力のために人心を動揺させるというので社会の風教のために発売を禁止されるものもあった。人々はそれを熟視して生活の豊富になるのを痛感した。人生の目的を知って生甲斐を感じた。さまざまの空想を誘われて人生を光明的に感じた。そうして人々はこの種の芸術のことを精神的芸術と呼んで、もう一つの感覚的芸術と区別していた。

薔薇は間もなく知ったが、彼が飾られているこの店というのは花屋でも菓子屋でもなく実は、感覚派の芸術家のギャラリイであった。しかもこの主人というのはこの社会ではなかなか権威のある芸術家に相違なかった。精神派芸術の発達のために一時衰滅に瀕《ひん》していた感覚派芸術に一生面を開いた人物こそ彼であった。彼は彼のところへ訪問する後輩に向って、よくそう言っているのを薔薇は聞いた――「色だとか香いだとかそんなものをいくら強烈にしてみたところで、もう誰も何も感じはしないのだからね。そんなもので満足したのは昔の話だ。例えばこの薔薇さ（薔薇は指されて侮蔑を感じた）こんな馬鹿なものを見て喜んでいた古代の人間は、滑稽な話さ。そこでこんな花なんてものを食べられるように工夫したのは、確に前時代の天才の仕事だった。実際人間は瓦斯体ばかりでは本当の味覚は充たされない。固形体を齧《かじ》って見たいという慾望は深く根ざしているのだ。この点を発見して色や香の結合した固形体にその色なり匂なりから当然聯想される味をさまざまに工夫したのは、正しく一大進歩だったのだ。ところが然し、それだけでは要するに古代の所謂お菓子と代りのないもので女や子供の為めの芸術にはなっても一般人士の要求には応ずるに足りないよ。そんなものをそういつまでも誰が喜ぶものか。だからこそ、まるで愚にもつかないつかまえどころのない精神派の芸術を、かえって神韻があるなどと思って、一般の芸術的流行はその方へうつって行ったのだ。それにあの派の芸術も実際一時に進歩したからね。紙幣そのものの情緒を直接に目に見せ、その用途などは全然看る者の自由意志に任せるという手法が時代の風潮をうまく捕えたものだ。その単純で直接なところは大にいい。ところで近代芸術の上で吾輩のやった仕事というと、これは諸君も幸に認めてくれるとおり、強烈な肉体的刺戟の創造だ。吾輩の製作を食えばとめどなく笑えるものもあるし、涙の湧き出すのもある。深刻なのになると今にも死にそうな苦痛の感覚を呼びおこさせる。死ぬような珍らしい感覚に打たれながら、それでいて一方、これは芸術の作用だから決して本当に死ぬ気づかいはないという安心はどこまでも失わない。つまり私のお蔭で人間はその時の気分に応じて無数の肉体的感覚を勝手に発生させられる。交感神経や迷走神経などに適当な刺戟を与えるものなどは尤も通俗的製作だよ。要するに吾輩は色彩や形態や味覚の芸術のなかへ文学的要素を取入れたのだ。吾輩の芸術は紙幣図案などという浅薄なものとは自ら違う。諸種の伝統的芸術に一大綜合を加えたわけだ。吾輩は実際、今までのどの芸術家も芸術のなかへ薬物学を取入れることを拒んでいたのが不思議でならない。その癖、太古からアルコールの芸術的価値は知られていたし、迷信につつまれた十九世紀二十世紀などでさえオピヤムやコカインなどの芸術的用法は知っていたのだ。あの薬物学の全くの啓蒙時代に於てもさ。しかもそれを自覚することが出来なかった。――というのもつまりは芸術を形而上《けいじじょう》的なものなどと迷信していたからさ。そこで吾輩は君に一つのテーマを与えたいが、どうだろう、一つ我々が賤民になったような珍らしい諸感覚を一時に人々に味わせる方法を工夫して見る気はないかね。この贅沢な好奇的な希望を上流社会の人間に味わせると、きっと流行するよ」

偸《ぬす》み聞いて薔薇は少しもその意味を解することが出来なかった。それでいて不思議にひどく腹が立って来るのであった。何を見ても何を聞いてもあまりに腑に落ちない事ばかりで、彼の最初の幸福感はどうやら段々うすれて行くのであった。ただ一つ喧ましいのや眩しいのにはもう自ずと慣れてしまって、睡ることだけはよく出来た。それに毎朝の太陽は一日ましに温さを増して来た。日光の中でうつらうつらしているのが彼には唯一の幸福であった。ところがその夢のなかには彼の同類のこの上なく繁茂したものが現われて彼に話しかけるのであった。

「お前は月というものを知っているか」

「お前は星というものを知っているか」

「お前は虹を知っているか」

「小鳥たちを――夜鶯を知っているか」

「黒土の芳ばしいにおいは?」

「泉の囁きは?」

「夜の露は?」

「少女の接吻は?」

彼はそれらの問に、何一つ答えることが出来なかった。そうしてそんなむずかしい問いを発する者は誰だと言って反問すると、相手は言うのであった。

「私はお前の祖先だ。千八百年代の薔薇だ」

そう答えて、その頃の花の生活というものを語り出した。——夢がさめて薔薇は身慄《みぶる》いをした。日光は消えてしまって彼はガラスの箱のなかへ運び込まれた。空気は生気がなかった。人々は楽しい夏の熱さをいやがって、このいい季節にアルプス山頂の空気を毎日幾リットルだか混和してしまったのだ。薔薇は夢のなかの祖先の言葉を思い出し、彼の身辺を見まわして自分を囚人だと感じ出した。その夢は彼が毎日、三十分間日向に置かれる度ごとに現われた——さめてから後に彼の現実を嘲笑うために。花はどれもこれも三分の一だけ開いてしなびた。

——噫《ああ》、病気だ。

新しき恐怖

或日、一群の女たちが興奮しながら我勝ちに店のなかへ入込んで来た。主人も二人の店の女たちも口々に品切だと言ってあやまりながら、熱心なたくさんの客たちをかえした。そうして慌てて店を閉じ、本日休業の札をかかげた。店の者たち、特に主人は狼狽してふさぎ込んでしまった。薔薇にはこの一場の異様な光景の意味がよくわからなかったが、聞くところを適当につぎ合せるとこうである。その世界に不思議な恐ろしい病気がこの都市で発生し、若い女で理由も判明しないうちに同じような症状で瞬間に死んだものが、この半日にすでに九百何人に及んだ。この新奇な噂が拡がるとともにその強烈な新種の戦慄を一刻も早く実感してみたいというので、かくも騒々しく婦人たちはこの芸術家の店に殺到したのだ。けれども、さすがに有名な肉体実感の製作家たるこの店の主人もこの異常に新奇な感じを如実に表現する製作は無論持ち合せていなかったのだ。彼はその名声を失墜させないために店を閉じたのだが、この奇病が世界に全く始めてのものである以上、これは要求者の方が無理と云わなければならない。

夜になって薔薇は窓の外に睡っていた。と、不意にどこか近いところで、人間の歎息を聞いたが、その次には多少人間の訛《なま》りのあるアクセントのややちがった植物語で、

「全くわれわれは欺かれた」

と言っているものがあるのに気づいた。薔薇は目をあけて四辺を見た。姿はどこにもなかった。

「誰です、僕に話かけたのは」

するると声はごく近くの壁のあたりで答えた。

「一たい君は誰だ」

「僕は薔薇科に属する植物だ」

「それではお前も、近ごろ人間から変形したひとなのだね」

「そうです」

「そうして一たいお前さんは幸福か」

「………」薔薇は否と言いかけて口をつぐみその代りに「で、君は一たいどうなのだ」

「先ずお前の方から言うがいい」

「僕ですか。僕はそれや幸福でない事はないのだが」薔薇は曖昧な口調であった。彼は相手が、いつか同じく変形させられた連中であると知ると、どうしてだか不幸だと告白したくなかったのだ。

「それは俺たちだって幸福でない事はないさ。空気はある、日光もともかくある。それに植物はものを言えないなどと言ったが立派にこのとおり口が利ける。それから飛ぶことさえ出来るのだ」

「飛ぶことが？　植物でいながら飛ぶ事が？」

「然うだ」相手は吐き出すように言った「俺は出来そこないなのだ」

「一たいどこにいるのです」

「壁に吸いついているさ」

薔薇はここで始めて、今まで全く忘れていたあの円形広場の群集たちのことを思い起し、自分以外のあの時の人間がどうなったかを知る機会を得た。本当の植物になったものは薔薇自身と槲《かしわ》の大樹——あの処刑された彼の養い親だけであったらしい。他の無数のものは皆ただ一片の厚ぼったい葉っぱのような物になって了ったらしい！　そうして彼等は昨日までは槲の木のどこかへ寄生して巣喰うていたのだ。

「その槲の木はどうしている。それは僕のお父さんとも言うべき人なのだが」

「気の毒に、切られてしまったよ。根元から」

薔薇は驚き悲しんだ「どうして！　又」

「知らない。あの人は毎日、この地上の空気は悪い――地面は人間の細工で硬《こわ》ばっている――燈が地上には明るすぎて夜になっても星は見られない、とそう言ってこぼしていた。それでもどこか星から声がすると言って時々は笑っていたのに、突然人間が来てその根のまわりの土を掘り出したのだ。とても掘り切れないのを知って今度は根元から切りはじめたのだ。どうなりとするがいい――俺は何度でも芽を生やすのだから。あの人はそう言いながら切られてしまった。恐ろしい電気鋸《のこぎり》だ。困ったのは俺達だ。無数の俺たちはあの人が吸い上げるものを振舞われて生きていた。もう俺は今日から喉が渇いてならない。俺は人間の血を吸おうと決心している。渇いている。それに変形させられる時一目よく見た貴婦人とかいうものの肌に俺はちょっとでも触って見たい。ヒ！ヒ！ヒ！ヒ！」

この笑声は不気味さ浅ましさが人間のものに似ていた。

夜は更けて行った。薔薇は眠ることが出来なかった。どうしてだか久しく決して思い出せなかったあの地下窟の老人を、榭の大樹になった人のことを思いつづけたのだ。またこの地面のなかに自分はたった一つの植物らしいという自覚がこの上なく淋しかったのだ。夜があけた。朝日が彼の上を照し出した。その時どこかから直径一吋《インチ》ほどの丸い葉っぱがひらひらと飛んで来て、彼の鉢の横腹へとまった。

「ちょっとここで休ましてくれ！」

この不思議な植物性断片は吸盤のようなものを供えていると見えて、植木鉢へしっかりと吸いついていた。薔薇は半睡状態でいつもの日向の夢を見ていた。……日の光の洪水。青春。そよ風。夜鶯が来て歌った。月と星とは太陽と一緒に天にあった。虹がかかり、その中から蝶がおりて来た。泉がささやき――渇いた者はそこで呑むがいい。少女（それは店の売子の娘であったが）が満開の彼に接吻した。夢は消えた。日はかげって、毎日の如く彼をガラスの牢獄である飾り窓へ入れるために、彼女が彼の窓のそばに来た。薔薇ははっきり眠からさめた。昨夜の不思議な吸血植物の事に気づき、どうかして人間の言葉を思い出して警告しようとあせった時には、もう遅かった。彼女は不意に床の上に打倒れた。と、その日の流行によってすっかり露《あらわ》れていた右の乳頸《ちくび》が、ぽっかりと何者かに剔《えぐ》られ、全身は見る見るうちに紫色に変色した。

彼女の手から、驚きのあまり投げ出された薔薇の鉢は、窓の外にころがり出た。あたりに凮のうなるすさまじい勢で薔薇はぐんぐん墜落しながら、叫喚し、こんな世界に生き長らえるにも及ばないと閃光のごとく感じたが、それきり気が遠くなった。……

田園の憂鬱

或は　病《や》める薔薇《そうび》

I dwelt alone
In a world of moan,
And my soul was a stagnant tide,
Edgar Allan poe.

私は、呻吟の世界で
ひとりで住んで居た。
私の霊は澱《よど》み腐れた潮であった。
エドガア　アラン　ポオ

その家が、今、彼の目の前へ現れて来た。

初めのうちは、大変な元気で砂ぼこりを上げながら、主人の後になり前になりして、飛びまわり纏《まつ》わりついて居た彼の二疋の犬が、ようよう柔順になって、彼のうしろに、二疋並んで、そろそろ随《つ》いて来るようになった頃である。高い木立の下を、路がぐっと大きく曲った時に、

「ああやっと来ましたよ。」

と言いながら、彼等の案内者である赭毛《あかげ》の太っちょの女が、片手で日にやけた額から滴り落ちる汗を、汚れた手拭で拭いながら、別の片手では、彼等の行く手の方を指し示した。男のように太いその指の尖《さき》を伝うて、彼等の瞳の落ちたところには、黒っぽい深緑のなかに埋もれて、目眩《めまぐる》しいそわそわした夏の朝の光のなかで、鈍色《にびいろ》にどっしりと或る落着きをもって光って居るささやかな萱葺《かやぶき》の屋根があった。

それが彼のこの家を見た最初の機会であった。彼と彼の妻とは、その時、各々この草屋根の上にさまようて居た彼等の瞳を、互に相手のそれの上に向けて、瞳と瞳とで会話をした——

「いい家のような予覚がある。」

「ええ私もそう思うの。」

その草屋根を見つめながら歩いた。この家ならば、何日《いつ》か遠い以前にでも、夢にであるか、

幻にであるか、それとも疾走する汽車の窓からででもあったか、何かで一度見たことがあるようにも彼は思った。その草屋根を焦点としての視野は、実際、何処ででも見出されそうな、平凡な田舎の横顔であった。然も、それが却って今の彼の心をひきつけた。今の彼の憧れがそんなところにあったからである。そうして、彼がこの地方を自分の住家に択んだのも、亦この理由からに外ならなかった。

広い武蔵野が既にその南端になって尽きるところ、それが漸くに山国の地勢に入ろうとする変化——言わば山国からの微《かす》かな余情を湛《たた》えたエピロオグであり、やがて大きな野原への波打つプロロオグでもあるこれ等の小さな丘は、目のとどくかぎり、此処にも其処にも起伏して、それが形造るつまらぬ風景の間を縫うて、一筋の平坦な街道が東から西へ、また別の街道が北から南へ通じて居るあたりに、その道に沿うて一つの草深い農村があり、幾つかの卑下《へりくだ》った草屋根があった。それはTとYとHとの大きな都市をすぐ六七里の隣にして、譬えば三つの劇しい旋風《つむじかぜ》の境目に出来た真空のように、世紀からは置きっ放しにされ、世界からは忘れられ、文明からは押流されて、しょんぼりと置かれて居るのであった。

一たい、彼が最初にこんな路の上で、限りなく楽しみ、又珍らしく心のくつろいだ自分自身を見出したのは、その同じ年の暮春の或る一日であった。こんな場所にこれほどの片田舎があることを知って、彼は先ず愕《おどろ》かされた。しかもその平静な四辺の風物は彼に珍らしかった。ずっと南方の或る半島の突端に生れた彼は、荒い海と嶮《けわ》しい山とが激しく咬み合って、その間で人間が微小にしかし賢明に生きて居る一小市街の傍を、大きな急流の川が、その上に筏《いかだ》を長々と浮べさせて押合い乍ら荒々しい海の方へ犇き合って流れてゆく彼の故郷のクライマックスの多い戯曲的な風景にくらべて、この丘つづき、空と、雑木原と、田と、畑と、雲雀《ひばり》との村は、実に小さな散文詩であった。前者の自然は彼の峻厳《しゅんげん》な父であるとすれば、後者のそれは子に甘い彼の母であった。「帰れる放蕩息子《ほうとうむすこ》」に自分自身をたとえた彼は、息苦しい都会の真中にあって、柔かに優しいそれ故に平凡な自然のなかへ、溶け込んで了いたいという切願を、可なり久しい以前から持つようになって居た。おお! そこにはクラシックのような平静な幸福と喜びとが、人を待って居るに違いない。Vanity of vanity, vanity, all is vanity!「空《くう》の空《くう》、空《くう》の空《くう》なる哉《かな》都《すべ》て空《くう》なり」或は然うでないにしても……。いや、理窟は何もなかった。ただ都会のただ中では息が屏《つま》った。人間の重さで圧しつぶされるのを感じた。其処に置かれるには彼はあまりに鋭敏な機械だ、其処が彼をいやが上にも鋭敏にする。そればかりではない、周囲の騒がしい春が彼を一層孤独にした。「嗟、こんな晩には、何処でもいい、しっとりとした草葺の田舎家のなかで、暗い赤いランプの陰で、手も足も思う存分に延ばして、前後も忘れる深い眠に陥入って見たい」という心持が、華やかな白熱燈の下を、石甃《いしだたみ》の路の上を、疲れ切った流浪人のような足どりで歩いて居る彼の心のなかへ、切なく込上げて来ることが、まことに屢《しばしば》であった。「おお！　深い眠、おれはそれを知らなくなってからもう何年になるであろう？　深い眠！　それは言わば宗教的な法悦だ。おれの今最も欲しいのはそれだ。熟睡の法悦だ。即ち肉体がほんとうに生きている人の法悦だ。俺は先ずそれを求める。それのある処へ行こう。さあ早く行こう！」彼は自分自身の心のなかでそう呟いた。或は、口に出してさえ呟いた。そうして矢も楯もたまらない、郷愁に似たような名づけようのない心が、その何処とも知れない場所へ、自分自身を連れて行けとせがむのであった……。（彼は老人のような理智と青年らしい感情と、それに子供ほどな意志とをもった青年であった。）

その家が、今、彼の目の前に現れて来たのである。

道の右手には、道に沿うて一条の小渠《こみぞ》があった。道が大きく曲れば、渠もそれについて大きく曲った。そのなかを水は流れて行き流れて来るのであった。雑木山の裾や、柿の樹の傍や、厩《うまや》の横手や、藪の下や、桐畑や片隅にぽっかり大きな百合や葵《あおい》を咲かせた農家の庭の前などを通って。幅六尺ほどのこの渠は、事実は田へ水を引くための灌水《かんすい》であったけれども、遠い山間から来た川上の水を真直ぐに引いたものだけに、その美しさは渓《たにがわ》と言い度いような気がする。青葉を透して降りそそぐ日の光が、それを一層にそう思わせた。へどろの赭土を晒《さら》して、晒し尽して何の濁りも立てずに、浅く走って行く水は、時々ものに堰《せ》かれて、ぎらりぎらりと柄になく大きく光ったり、そうかと思うと縮緬《ちりめん》の皺のように繊細に或は或る小さなぴくぴくする痙攣の発作のように光ったりするのであった。或は、その小さな閃きが魚の鱗のように重り合って居るところもあった。涼しい風が低く吹いて水の面を滑る時には、其処は細長い瞬間的な銀箔であった。薄《すすき》だの、もう夙《とつ》くにあの情人にものを訴えるようなセンチメンタルな白い小さい花を失った野茨《のいばら》の一かたまりの藪《くさむら》だの、その外、名もない併しそれぞれの花や実を持つ草や灌木が、渠の両側から茂り合いかぶさりかかると、水はそれらの草のトンネルをくぐった。そうしてその影を黒く涼しく浮べては、ゆらゆらと流れ去った。或る時には、水はゆったりと流れ淀んだ。それは旅人が自分の来た方をふりかえって佇むのに似て居た。そんな時には土耳古玉《トルコだま》のような夏の午前の空を、土耳古玉色に——或は側面から透して見た玻璃板の色に、映して居るのであった。快活な蜻蛉《とんぼ》は流れと微風とに逆行して、水の面とすれすれに身軽く滑走し、時時その尾を水にひたして卵を其処に産みつけて居た。その蜻蛉は微風に乗って、しばらくの間は彼等と同じ方向へ彼等と同じほどの速さで、一行を追うように従うて居たが、何かの拍子についと空ざまに高く舞い上った。彼は水を見、また空を見た。その蜻蛉を呼びかけて祝福したいような子供らしい気軽さが、自分の心に湧き出るのを彼は知った。そうしてこの楽しい流れが、あの家の前を流れて居るであろうことを想うのが、彼にはうれしかった。

劇しい暑さは苦しい、楽しい、と表現しようとして木の葉の一枚一枚が宝玉の一断面のように輝くと、それらの下から蟬は焼かれて居るように呻いた。灼けた太陽は、空の真中近く昇って来て居た。併し、彼の妻は、暑さをさほどには感じなかった。併し、彼の妻から暑さを防いだものは、その頭の上の紫陽花色《あじさいいろ》に紫陽花の刺繍のあるパラソル——貧しい婦《おんな》の天蓋《てんがい》——ではなかった。それは彼の女の物思いであった。彼の女は今歩きながら考え耽って居る、暑さを身に感じる閑もないほど。彼の女は考えた——そうすれば今間借りをして居る寺のあの西日のくゎっと射し込む一室から涼しいところへ脱れられる。それよりもあの下卑《げび》た俗悪な慾張りの口うるさい梵妻《ぼんさい》の近くから脱れられる。そうして、静に、涼しく、二人は二人して、言いたい事だけは言い、言いたくない事は一切言わずに暮したい住みたい。そうすれば、風のように捕捉し難い海のように敏感すぎるこの人の心持も気分も少しは落着くことであろう。あれほどの意気込みで田舎を憧れて来ながら、僅ながらもわざわざ買って貰った自分の畑の地面をどう利用しようなどと考えて居るでも無く（それはもとよりそうであろうとは思ったけれども）それよりも本一行見るではなく字一字書こうとするでもなく、何一つ手にはつかぬらしい。そうして若しそんな事でも言い出せばきっと吐鳴《どな》りつけるにきまって居る、それでなくてさえも、もう全然駄目なものと見放されて居る——わけて自分との早婚すぎる無理な結婚の以後は、殊にそう思われて居るらしい父母への心づかいもなく、ただうかうかと——ではないとあの人自身では言っても、とにかくうかうかと、その日その日の夢を見て暮して居るのである。何時、建てるものとも的《あて》のない家の図面の、然も実用的というような分子などは一つも無いものを何枚も何十枚も、それは細かく細かく描いて居るかと思うと、不意に庭へ飛び出して、犬の真似をして犬と一緒になって、燃えて居る草いきれの草原を這ったり転げまわったり、そうかと思うと突然破れるような大声で笑い出したり叫び出したりするこの人は、ほんとうに何か非常に寂しいのであろう。何事も自分には話してくれはしないから解る筈もない。何か自分には隠して居るのではなかろうか……。彼の女は、五六日前に読み了《おわ》った藤村の「春」を思い出した。単純な彼の女の頭には、自分の夫の天分を疑うて見ることなどは知らずに、自分の夫のことをその小説のなかの一人が、自分の目の前へ——生活の隣りへ、その本のなかから抜け出して来たかのようにも思って見た……。あれほど深い自信のあるらしい芸術上の仕事などは忘れて、放擲《ほうてき》して、ほんとうにこの田舎で一生を朽ちさせるつもりであろうか。この人は、まあ何という不思議な夢を見たがるのであろう……。それにしても、この人は、他人に対しては、それは親切に、優しく調子よくしながら、何故こうまで私には気難かしいのであろう。若しや、あの人のある女に対する前の恋がまだ褪せきらない間に、私はあの人の胸のなかへ這入って行って、そのためにあの人はしばらくはあの女を忘れては居たけれども、根強く残って居たあの恋が何時の間にか再び自分をのけものにしてまた芽を出したのではなかろうか。そうして私には辛くあたる……。今のままでは、さぞかし当人も苦しいであろうが、第一そばに居るものがたまらない。返事が気に入らないといっては転ぶほど突きとばされたり、打たれたり、何が気に入らないのか二日も三日も一言も口を利こうとはしなかったり……。あの人はきっと自分との結婚を悔いて居るのだ。少くとも若し自分とではなく、あの女と一緒に住んで居たならばどんなに幸福だったろうかと、時時、考えるに違いない。考えるばかりではない、現に、自分にむかってそう言ったことさえある――「あの時、おれがあの女、あの純潔な素直な娘と一緒になれさえしたならば、あの人が私をよく統一して、おれは今ごろ、いろいろな意味でもっと美しいもっと善い生活が出来て居ただろうに」と……。実際あの女は、自分も知って居るけれども、自分などよりはもっと美しく、もっと優しい。私はあの人があの女をどんなに深く思って居るかはよく知って居る……いや、いや、そうではない。あの人はやっぱり彼の人自身で何か別のことを考え込んで居るのである……そうだ、夫は、「ただ、私をそっとして置いてくれ」と言った……

ふと、

「俺には優しい感情がないのではない。俺はただそれを言い現すのが恥しいのだ。俺はそういう性分に生れついたのだ。」

彼の女は、昨夜、いつになく打解けて彼が語った時、彼の女にむかって言った彼の女の夫の言葉を思い出すと、その言葉を反芻《はんすう》しながら歩いた。そうして未だ見たことのない家の間どりなどを考えた。たとい新婚の夢からはとっくに覚めたころであっても、こんな暑さの下ででも、ただ単に転居するというだけの動機で心持がふだんよりもずっと活き活きとして来て、こんなことを考えて悲しんだり、喜んだり、慰んだりすることの出来るのは、まだ世の中を少しも知らない幼妻《おさなづま》の特権であったからだ。そうしてそれがまた、あの案内の女が、喋りつづけに喋って居るその家の由来に就て、何の興味も持たぬらしく、ただ無愛想に空返事《そら》を与えて居るに過ぎなかった所以でもある。——この案内の女は、その長い暑苦しい道の始終を、ながながと喋りつづけて休まなかった。この女は自分の興味をもって居るほどの事なら、他の何人《なんぴと》にとっても、非常に面白いのが当然だと信じて居る単純な人人の一人であったから。

こんな道を、彼等は一里近くも歩いた。

そうしてその家は、もう、彼等一同の目の前に来ていた。

家の前には、果して渠が流れて居た。一つの小さな土橋が、茂るがままの雑草のなかに一筋細く人の歩んだあとを残して、それの上を歩く人人に、あの幅一間あまりの渠を越させて、人人をその家の入口へ導く。

入口の左手には大きな柿の樹があった。そうして奥の方にもあった。それらの樹の自由自在にうねり曲った太い枝は、見上げた者の目に、「私は永い間ここに立って居る。もう実を結ぶことも少くなった」とその身の上を告げて居るのであった。その老いた幹には、大きな枝の脇の下に寄生木《やどりぎ》が生えて居た。その樹に対して右手には、その屋敷とそれの地つづきである桐畑とを区限《くぎ》って細い溝があった。何の水であろう。水が涸れて細く——その細い溝の一部分を尚細く流れて男帯よりももっと細く、水はちょろちょろ喘ぎ喘ぎに通うて居た。じめじめとした場所を、一面に空色の花の月草が生え茂って居た。また子供たちが「こんぺとう」と呼んで居るその菓子の形をした仄赤《ほのあか》く白い小さな花や、又「赤まんま」と子供たちに呼ばれて居る草花なども、その月草に雑って一帯に蔓《はびこ》って居た。それはなつかしい幼な心をよびさます叢であった。昼間は螢の宿であろう小草のなかから、葉には白い竪《たて》の縞が鮮に染め出された蘆が、すらりと、十五六本もひとところに集って、爽やかな長いそのうえ幅広な葉を風にそよがせて、ざわざわと音をたてて居るのであった。屋敷の奥の方から流れ出て来た水は、それらの小草の、茎をくぐってそれらの蘆の短い節節を洗いきよめながら、うねりうねって、解きほぐした絹糸の束のようにつやつやしく、なよやかに揺れながら流れた。そうして、か細く長長しい或る草の葉を、生えたままで流し倒して、その草のために一時流動することをさえぎられたそれらのささやかな水は、その草の葉を伝うて、より大きな道ばたの渠のなかへ、水時計の水のようにぽたりぽたりと落ち濺《そそ》いで居た。彼にはこの家の屋後に、湧き立つ小さな清新な泉がありそうにも感ぜられた——そういう地勢ででもあったから。

家の背後は山つづきで竹藪になって居た。竹のなかには素晴しく大きな丈の高い椿が、この清楚な竹藪のなかの異端者のように、重苦しく立って居た。屋敷の庭は丈の高い——人間の背丈けよりも高くなった榊《さかき》の生垣で取り囲まれてあった。家全体は、指顧《しこ》の遠さで見た時にそうであった如く、目の前に置かれて見ても、茂るにまかせた樹樹の枝のなかに埋められて、茂るにまかせた草の上に置かれてあった。

犬は一疋ずつ土橋の側《い》から下りて行って、灌水の水を交交《こもごも》に味うた。

彼はその土橋を渡ろうともせずに、「三径就荒《さんけいこうにつけて》」と口吟《くちずさ》みたいこの家を、思いやり深そうにしばらく眺めた。

「ねえ、いいじゃないか、入口の気持が。」

彼はこの家の周囲から閑居とか隠棲《いんせい》とかいう心持に相応した或る情趣を、幾つか拾い出し得てから、妻にむかってこう言った。

「然うね。でも随分荒れて居ること。家のなかへ這入って見なければ……」

彼の妻は少々不安そうに、又さかしげに、気まぐれな夫をたしなめる時にすべての妻がする口調をもってそう答えた。併し、すぐ思いかえして、

「でも、今のお寺に居ることを思えば、何処だっていいわ。」

今飲んだ水から急に元気を得た二疋の犬は、主人達よりも一足さきに庭のなかへ跳り込んだ。松の樹の根元の濃い樹かげを択んだ二疋の犬どもは、わがもの顔に土の上へ長長と身を横えた。彼等は顔を突き出して、下顎から喉首のところを地面にべったりと押しつけ、両方から同じ形

に顔を並べ合った。そうして全く同じような様子に体を曲げて、後脚を投げ出した様子は、まことに愛らしいシンメトリイであった。赤い舌を垂れて、苦しげな息を吐き出し乍ら、庭に入って来た彼等の主人達の顔を無邪気な上眼で眺めて、静かに楽しそうに尾を動かして見せた。いかにも落着いたらしいその姿は、此処はもう自分たちの家だという事を、彼等の主人たちよりさきに十分に予覚して居るらしいようにも、彼には見られるのであった。若しこの時、妻が彼のそばに居たならば彼は妻にこう言ったろう――

「ね、フラテもレオ（二つとも犬の名）も賛成しているよ。」

けれども彼の妻は、案内の女と一緒にその縁側の永い間閉されて居た戸を開けようとして、鍵で鍵穴をがたがた言わせて居る。

樹という樹は茂りに茂って、緑は幾重にも積み重った。錯雑した枝と枝とは網の目になり壁になり軒になって、庭はほとんど日かげもさし込まなかった。土の匂は黒い地面から、冷々と湧いて来た。彼は足もとから立ちのぼるその土の匂を、香《こう》を匂う人のように官能を尖らかせて沁み沁みと味うて見た――じゃらじゃらと涼しく音を立てて居た鍵束の音がやまって、縁側の戸が開けられるまで。

＊　＊　＊　＊　＊

「やっと、家らしくなった。」

昨日、門前で洗い浄めた障子を、彼の妻は不慣れな手つきで張ったのである。最後の一枚を張り了った時、それを茶の間と中の間のあいだの敷居へ納めようとして立って居る夫の後姿を見やりながら、妻は満足に輝いてそう言った。

「やっと家らしくなった。」彼の女は同じ事を重ねて言った。「畳は直ぐかえに来るというし……。でも、私はほんとうに厭だったわ、おとつい初めてこの家を見た時にはねえ。こんな家に人間が住めるかと思って。」

「でも、まさか狐狸《こり》の住家ではあるまい。」

「でもまるで浅茅《あさじ》が宿よ。でなけや、こおろぎの家よ。あの時、畳の上一面にぴょんぴょん逃げまわったこおろぎはまあどうでしょう。恐しいほどでしたわ。」

「浅茅が宿か、浅茅が宿はよかったね……。おい、以後この家を雨月草舎と呼ぼうじゃないか。」

(彼等二人は――妻は夫の感化を受けて、上田秋成を讃美して居た。)

夫の愉快げな笑い顔を、久しぶりに見た妻はうれしかった。

「そこで、今度は井戸換えですよ、これが大変ね。一年もまるで汲《く》まないというのですもの、水だって大がい腐りますわねえ。」

「腐るとも、毎日汲み上げて居なければ。己《おれ》の頭のように腐る。」

この言葉に、「又か」と思った妻は、今まではしゃいだ調子を忘れておずおずと夫の顔を見上げた。しかし夫の今日の言葉はただ口のさきだけであったと見えて、その骨ばった顔にはもとのままの笑があった。それほど彼は機嫌がよかったのである。それを見て安心した妻は甘えるように言い足した。

「それに、庭を何とかして下さらなけやあ。こんな陰気なのはいや！」

疲れて壁にもたれかかった妻の膝には、彼と彼の女との愛猫《あいびょう》が、しなやかにしのび寄ってのっそりと上って居るところであった。

「青（猫の名）や。お前は暑苦しいねえ。」

と言いながらも、妻はその猫を抱き上げて居るのである。彼の家庭には犬が居る。猫が居る。一たん愛するとなると、程度を忘れて溺愛《できあい》せずには居られない彼の性質が、やがて彼等の家庭の習慣になって、彼も彼の妻も人に物言うように、犬と猫とに言いかけるのが常であった……。

＊　＊　＊　＊　＊

彼等夫婦がこの家に住むようになった日から、遡って数年の前である――

この村で一番と言われて居る豪家N家の老主人は、年をとって、ひどく人生の寂莫を感じ出した。普通、人にとってこういう時に最も必要なものは、老いと若きとを問わず異性であった。そうしてこの老人は、都会から一人の若い女を連れて来た。この豪家は、この風流人の代にその田の半分を無くしたのだけれども、流石《さすが》に老人の考えは金持らしいものであった——ただ美しいだけで、何の能もないような女はつれて来なかった。少し位は醜くとも、年さえ若ければ我慢するとして、村の為めにもなり、それよりも自分の経済の為めにもなるような女を択んだのであった。一口に言えば、彼は、今までは村に無くて不自由をして居た産婆を副業にする妾《めかけ》を蓄えたのだ。それから自分の家の離れ座敷をとり外して、彼の屋敷からはすぐ下に当るところへ、それを建て直した。冬には朝から夕方まで日が当るような方角を考えて、四間の長さをつづく縁があった。玄関の三畳を抜けて、六畳の茶の間には炉を切らせた。黒柿の床柱と、座敷の欄間に嵌込《はめこ》んだ麻の葉つなぎの桟のある障子の細工の細かさは、村人の目をそば立たせた。さすがはうちの山から一本択《え》りに択って伐《き》り出した柱だ、目ざわりな節一つない、と大工はその中古の柱を愛撫しながら自分のもののように褒めた。そうして農家の神々しいほど広い土間のある、太い棟《むね》や梁《はり》の真黒く煤《すす》けた台所とは変って、その家には、板をしきつめた台所に、白足袋を穿《は》いて、ぞろぞろ衣服の裾を引摺《ひきず》った女が、そこで立働くようになった。老人は、その家督を四十幾つかになった自分の長男に譲った。さてこの老人は幸福であった。村の人人は、自分の年の半分にも足らぬ若さの茶呑友達を得た隠居に就てかげ口を利いた。併し、そんな事位は隠居の幸福を傷《きずつ》けはしなかった。

けれども、併しすべての平和と幸福とは、短い人生の中にあって最も短い。それはちょうど、秋の日の障子の日向の上にふと影を落す鳥かげのようである。つと来てはつと消え去る。そうして鳥かげを見た刹那に不思議なさびしさが湧く。老人のこれ等の平和の日も束の間であった。

若い妾は、程なく、都会から一人の若い男を誘うて来た。村の人人は、この若い男を「番頭さん」「お産婆の番頭さん」と呼んだ。村の人人は産婆には、果して「番頭さん」が入用なものかどうかを知らなかった。そうしてこの隠居は、自分の若い妾が、自分には無断で、若い「番頭さん」を雇入れた事に就て不満であった。非常に不満であった。第一にこの若い男女の生活は田舎の人人の目には贅沢すぎた。隠居の予算とは少し違いすぎた。隠居は彼等がもっとつつましやかであり得ると考え初めた。その事を彼の妾に度度言いつけた。初めは遠まわしに遠慮勝ちに。併しだんだん思い切って言うようになった。或る夜には夜中言い募ることがあった。「番頭さん」は多分これ等の対話を壁一重に聞いただろう。或るそんな夜の後の日に——彼の女が初めて村へ来てから一年ばかりの後、若い「番頭さん」を若い妾が「雇入れ」てから半年ほどの後、或る夕方、彼等二人の男女の姿は、突然この村から消えた。夕方に村の方から帰って来た馬方は、山路の夕闇のなかで、くっきりと浮上って白い丸い頬が目についたので、よく見ると「Nさんのお産婆」だった、とその次の朝村の人人に告げた。併し、これは多分、この男が実際にこれを見たわけではなく、彼等が居なくなったと聞いた時に、思いついた嘘であったかも知れない。でなければ彼は帰って来ると直ぐその事を、珍らしげに、手柄顔に言うべき筈だからである。人はこんな時に、ちょっとこんな事を言って見たいような一種の芸術的本能を、誰しも多少持って居るものである。――それはどうでもいいとして、この話は、話題に饑《う》えて居る田舎の人人を喜ばせた、当分の間。そうして二十八の女には、七十に近いあの隠居よりは、二十四五の若者の方が、よく釣合うべき筈だったというのが、村の輿論《よろん》であった。痛ましいのは、若い妾に逃げられたこの隠居が、その後、植木の道楽に没頭し出した事である。

彼は花の咲く木を庭へ集め出した。今日はあの木をこちらに植え変え、昨日は別の庭からこの木を自分の庭にうつした。そうして明日は何かよい木を捜し出さねばと、毎日毎日、土いじりに寧日《ねいじつ》がなかった。春には牡丹があった。夏には朝顔があった。秋には菊があった。冬には水仙があった。そうして、彼の逃げて仕舞った妾の代りに、二人の十と七つとの孫娘を、自分の左右に眠らせた牀のなかで、この花つくりの翁《おきな》は眠り難かった。彼は月並の俳諧《はいかい》に耽り出した。

隠居は死んだ、それから丁度一年経った後に。彼は、こうして集めた花の木のそれぞれの花を僅かばかり楽しんだばかりであった。そうしてその家は、彼の末の娘と共に村の小学校長のものになった。村の校長はこの隠居の養子だったからである。すると抜目のない植木屋があって、算術の四則には長《た》けて居り、それを実の算盤《そろばん》に応用することにも巧《たくみ》ではあったけれども、美に就ては如何なる種類のそれにも一向無頓着な、当主の小学校長をたぶらかして、目ぼしい庭の飾りは皆引抜いて行った。大木の白木蓮《はくもくれん》、玉椿、槇《まき》、秋海棠《しゅうかいどう》、黒竹、枝垂《しだ》れ桜、大きな花柘榴《はなざくろ》、梅、夾竹桃《きょうちくとう》、いろいろな種類の蘭の鉢。そうしてそれ等の不幸な木はかくも忙しくその居所を変えなければならなかった。土に慣れ親しむ暇もなかった。こうしてそれ等のうちの或るものは、為めに枯れたかも知れない。

小学校長は、ちょうど新築の出来上った校舎の一部へ住んだ。自分の貰ったこの家は空家にして置いた。そうして居るうちにこの家を借り手があれば貸したいと考え出した。住む人が無ければ、家は荒廃するばかりである。たとい二円でも一円五十銭でも、家賃をとって損になることはない、と校長先生の考は極く明瞭である。ところが、田舎では大抵の人は自分自身の家を持って居る。たとい軒端がくずれて、朽ち腐った藁屋根《わらやね》にむっくりと青苔が生えて居るような破家《あばらや》なりとも、親から子に伝え子から孫に伝える自分の家を持って居た。どんな立派な家にしろ、借家をして住まねばならないような百姓は、最後の最後に自分の屋敷を抵当流れにしてしまった最も貧しい人人に決って居た。かくて、あの隠居が愛する女のために、又自分の老後の楽しみにと建てたこの家は実に貧しい貧しい百姓の家に化してしまったのである。隠居が茶の間の茶釜をかけた炉には、大きないぶり勝ちな松薪が、めちゃめちゃに投込まれて、その煙は田舎家には無駄な天井に邪魔されて、家から外へ抜けて行く路もなかった。そうして部屋を形造った壁、障子、天井、畳は直ぐに煤びて来た。気の毒な百姓の一家は立籠《たてこも》った煙などを苦にしては居られない。反《かえ》ってそれから来る温さに感謝して、秋の、冬の長い夜な夜なを、縄を綯《な》うたり、草鞋《わらじ》を編んだりして、夜を更《ふ》かさねばならなかった。屋賃は四月目五月目位から滞り出した。畳はすり切れた。柱へはいろいろな場合のいろいろな痕跡がいろいろの形に刻みつけられた。「せめては下肥位はたまるだろう」と校長先生が考えたにも拘わらず、校長先生の作男が下肥を汲みに行く朝は、其処は何時もからっぽだった。何となれば家の借り手の貧しい百姓が、自分の借りて居る畑へそれを運んでしまった後であったから。校長先生はひどくこの借家人を悪く思い初めた。会うほどの人には誰彼となく、貧乏な百姓の狡猾を罵り、訴えた。そうして「どうせ貧乏する位の奴は、義理も何も心得ぬ狡猾漢だ」という結論を与え去った。外の村人は、直ぐ校長先生の意見に賛同の意を示した。そこで校長先生は自分の論理が真理として確立されたのを感じ出した。次には、こんな男に家を貸して置くよりも、寧ろ荒れるにまかせて置いた方がどれほどよいか解らないと思い出した。何故かというに、この男に家を貸すことは、積極的に荒廃させることである。反って、空家として打捨てて置くことはその消極的な方法である。そうしてこの借屋人は逐《お》い立てられた。村の人人は校長先生の態度は合理的だと考えた。

これらの間——あの隠居が亡くなってから後は、その庭の草や木のことを考えるような人は、ひとりもなかった。家と庭とは荒れに荒れた。ただ一人、あの貧乏な百姓の小娘が、隠居が在世の折に植えられたままで、今は草の間に野生のようになって、年年に葉が哀れになり、茎がくねって行く菊畑の黄菊白菊の小さな花を、秋の朝毎に見出しては、ちぢくれた髪のかんざしにと折りとった……

……彼は縁側に立って、庭をながめながら、あの案内者であった太っちょの女が、道道語りつづけた話のうちに、彼一流の空想を雑えて、ぼんやり考えるともなく考え、思うともなくそんなことを思うて居た。

「フラテ、フラテ」裏の縁側の方では、彼の妻の声がして、犬を呼んで居る。「おおよしよし、レオも来たのかい。おお可愛いね。何も上げるのじゃなかったのだよ。フラテや、お前はね、今のようにあんな草ばかりのところで遊ぶのじゃありませんよ。蝮《まむし》が居ますよ。そらこの間のように、鼻の頭を咬まれて、喉が腫れ上って、お寺の和尚さんのようにこんな大きな顔になって来ると、ほんとうに心配じゃないか。いいかい。フラテはもうこの間で懲りたから解ったわね。レオや、お前は気をおつけよ。お前の方はおとなしいから大丈夫だね……」

彼の妻は牧歌を歌う娘のような声と心持とで、自分の養子である二疋の犬に物云うて居る。

そうして涼しい竹藪の風は、そこから彼の立って居る方へ抜けて通りすぎた。

＊　＊　＊　＊

真夏の廃園は茂るがままであった。

すべての樹は、土の中ふかく出来るだけ根を張って、そこから土の力を汲み上げ、葉を彼等の体中一面に着けて、太陽の光を思う存分に吸い込んで居るのであった。――松は松として生き、桜は桜として、槇は槇として生きた。出来るだけ多く太陽の光を浴びて、已を大きくするために、彼等は枝を突き延した。互に各《おのおの》の意志を遂げて居る間に、各の枝は重り合い、ぶっつかり合い、絡み合い、犇き合った。自分達ばかりが、太陽の寵遇《ちようぐう》を得るためには、他の何物をも顧慮しては居られなかった。そうして、日光を享《う》けることの出来なくなった枝は日に日に細って行った。一本の小さな松は、杉の下で赤く枯れて居た。榊の生垣は脊丈《せた》けが不揃いになって、その一列になった頭の線が不恰好にうねって居る。それは日のあたるところだけが生い茂り丈が延びて、諸《もろもろ》の大きな樹の下に覆われて日蔭になった部分は、落凹《おちくぼ》んで了ったからであった。又、それの或る部分は葉を生かすことが出来なくなって、恰も城壁の覗き窓ほどの穴が、ぽっかりと開いて居るところもあった。或る部分は分厚に葉が重り合ってまるく団《かたま》って繁って居るところもあった。或る箇所は全く中断されて居るのである。というのは、丁度その生垣に沿うて植えられた大樹の松に覆い隠されて、そればかりか、垣根の真中から不意に生い出して来た野生の藤蔓《ふじづる》が人間の拇指《おやゆび》よりももっと太い蔓になって、生垣を突分け、その大樹の松の幹を、恰かも虜《とりこ》を捕えた綱のように、ぐるぐる巻きに巻きながら攀じ登って、その見上げるばかりの梢の梢まで登り尽して、それでまだ満足出来ないと見える——その巻蔓は、空の方へ、身を悶えながらもの狂しい指のように、何もないものを捉えようとしてあせり立って居るのであった。その巻蔓のうちの一つは松の隣りのその松よりも一際高い桜の木へ這い渡って、仲間のどれよりも迥《はるか》に高く、空に向って延びて居た。又、庭の別の一隅では、梅の新らしい枝が直立して長く高く、譬えば天を刺貫こうとする槍のように突立って居るのであった。曾ては菊畑であった軟かい土には、根強く蔓った雑草があった。それは何処か竹に似た形と性質とを持った強そうな草であった。それの硬い茎と葉とは土の表面を網目に編みながら這うて、自分の領土を確実にするためにその節のあるところから一一根を下して、八方へ拡がって居た。試《こころみ》にその一部分をとって、根引にしようとすると、その房房した無数の細い根は黒い砂まじりの土を、丁度人間が手でつかみ上げるほどずつ持上げて来る。これが彼等の生きようとする意志である。又、「夏」の万物に命ずる燃ゆるような姿である。かく繁りに茂った枝と葉とを持った雑多な草木は、庭全体として言えば、丁度、狂人の鉛色な額に垂れかかった放埒な髪の毛を見るように陰鬱であった。それ等の草木は或る不可見な重量をもって、さほど広くない庭を上から圧し、その中央にある建物を周囲から遠巻きして押迫って来るようにも感じられた。

併し、凄く恐ろしい感じを彼に与えたものは、自然の持って居るこの暴力的な意志ではなかった。反って、この混乱のなかに絶え絶えになって残って居る人工の一縷《る》の典雅であった。それは或る意志の幽霊である。あの抜目のない植木屋が、この廃園から殆んどその全部を奪い去ったとは言え、今に未だ遺されて居るもののなかにも、確に、故人の花つくりの翁の道楽を偲ばずには置かないものが一つながら目につくのである。自然の力も、未だそれを全く匿《かく》し去ることは出来なかった。例えば、もとはこんもりと棗形《なつめなり》に刈り込まれてあろうと思える白斑《しらふ》入りの羅漢柏《あすなろう》である。それは門から玄関への途中にある。それから又座敷から厠《かわや》を隠した山茶花《さざんか》がある。それの下かげの沈丁花《じんちょうげ》がある。鉢をふせたような形に造った霧島躑躅《つつじ》の幾株かがある。大きな葉が暑さのために萎《しお》れ、その蔭に大輪の花が枯れ萎《しな》びて居る年経た紫陽花がある。それらのものは巨人が劇怒に任せて投げつけたような乱雑な庭のところどころにあって、白木蓮、沈丁花、玉椿、秋海棠、梅、芙蓉《ふよう》、古木の高野槇《こうやまき》、山茶花、萩、蘭の鉢、大きな自然石《じねんせき》、むくむくと盛上った青苔、枝垂桜、黒竹、常夏《とこなつ》、花柘榴の大木、それに水の近くには鳶尾《いちはつ》、其他のものが、程よく按排《あんばい》され、人の手で愛《いつくし》まれて居たその当時の夢を、北方の蛮人よりももっと乱暴な自然の蹂躙に任されて顧る人とてもない今日に、その夢を未だ見果てずに居るかと思えるのである。また仮りに、庭の何処の隅にもそんなものの一株もなかったとしたところが、門口にかぶさりかかった一幹《ひともと》の松の枝ぶりからでも、それが今日でこそ徒《いたず》らに硬く太く長い針の葉をぎっしりと身に着けて居ながらも、曾ては人の手が、懇《ねんごろ》にその枝を労わり葉を揃え、幹を撫でたものであったことは、誰も容易に承認するのであろう。実は、それの持主である小学校長は、この次にはその松を売ろうと考えて、この松だけはこん度の借家人が植木屋を呼ぶときには、根まわりもさせ鬼葉もとらせて置こうと思って居るのであった。

故人の遺志を、偉大なそれであるからして時には残忍にも思える自然と運命との力が、どんな風にぐんぐん破壊し去ったかを見よ。それ等の遺された木は、庭は、自然の潑剌たる野蛮な力でもなく、また人工のアアティフィシャルな形式でもなかった。反って、この両様の無雑作な不統一な混合であった。そうしてそのなかには醜さというよりも寧ろ故もなく凄然たるものがあった。この家の新らしい主人は、木の蔭に佇んで、この廃園の夏に見入った。さて何かに怯かされているのを感じた。瞬間的な或る恐怖がふと彼の裡に過ぎたように思う。さてそれが何であったかは彼自身でも知らない。それを捉える間《ひま》もないほどそれは速かに閃き過ぎたからである。けれどもそれが不思議にも、精神的というよりも寧ろ官能的な、動物の抱くであろうような恐怖であったと思えた。

彼は、その日、暫く、新らしい住家のこの凄まじく哀れな庭の中を木かげを伝うて、歩き廻って見た。

家の側面にある白樫《しろがし》の下には、蟻が、黒い長い一列になって進軍して居るのであった。彼等の或るものは大きな家宝である食糧を担《かつ》いで居た。少し大きな形の蟻がそこらにまくばられて居て、彼等に命令して居るようにも見える。彼等は出会うときには、会釈をするように、或は噂をし合うように、或は言伝《ことづて》を托して居るように両方から立停って頭をつき合せて居る。これはよくある蟻の転宅であった。彼は蹲まって、小さい隊商を凝視した。そうして暫くの間、彼は彼等から子供らしい楽《たのしみ》を得させられた。永い年月の間、こういうものを見なかった事や、若し目に入ったにしても見ようともしなかったであろう事に、彼は初めて気づいた。そう言えば、幼年の日以来――あの頃は、外の子供一倍そんなものを楽み耽って居たにも拘わらず、その思い出さえも忘れて居た――落ちついて、月を仰いだこともなければ、鳥を見たこともなかった。そんな事に気附いた事が、彼を妙に悲しく、また喜ばしくした。そういう心を抱きながら其処から立上って、歩み出そうとすると、ふと目に入ったのは、その白樫の幹に道化た態《なり》をして、牙のような形の大きな前足をそこへ突立てて噛りついて居る蟬の脱殻であった。それは背中のまんなかからぱっくり裂けた、赤くぴかぴかした小さな鎧であった。なおその幹をよく見て居ると、その脱殻から三四寸ほど上のところに、一疋の蟬が凝乎《じっ》として居るのを発見することが出来た。それは人のけはいに驚く風もないのは無理もない。その蟬は今生れたばかりだという事は一目に解った。それはまだ極く軟かで体も固まっては居ないのである。この虫はこうして身動《みじろ》ぎもせず凝乎としたまま、今、静かに空気の神秘にふれて居るのであった。その軟かな未だ完成しない羽は全体は乳色で、言うばかりなく可憐で、痛痛しく、小さくちぢかんで居た。ただそれの緑色の筋ばかりがひどく目立った。それは爽やかな快活なみどり色で、彼の聯想は白く割れた種子を裂開《さきひら》いて突出した豆の双葉の芽を、ありありと思い浮べさせた。それはただにその色ばかりではなく、羽全体が植物の芽生に髣髴《ほうふつ》して居た。生れ出すものには、虫と草との相違はありながら、或る共通な、或る姿がその中に啓示されて居るのを彼は見た。自然そのものには何の法則もないかも知れぬ。けれども少くもそれから、人はそれぞれの法則を、自分の好きなように看取することが出来るのであった。尚お熟視すると、この虫の平たい頭の丁度真中あたりに、極く微小な、紅玉色で、それよりももっと燦然たる何ものかが、いみじくも鏤《ちりば》められて居るのであった。その宝玉的な何ものかは、科学の上では何であるか（単眼というものでもあろう）彼はそれに就て知るべくもなかった。けれどもその美しさに就ては、彼自身こそ他の何人より知っていると思った。その美しさはこの小さなとるにも足らぬ虫の誕生を、彼をして神聖なものに感じさせ、礼拝させるためには、就中《なかんずく》、非常に有力であった。

彼のあるか無いかの知識のなかに、蟬というものは二十年目位にやっと成虫になるというようなことを何日か何処かで、多分農学生か誰かから聞き噛ったことがあったのを思い出した。おお、この小さな虫が、唯一口に蛙鳴蟬騒《あめいせんそう》と呼ばれて居るほど、人間には無意味に見える一生をするために、彼自身の年齢に殆んど近いほどの年を経て居ようとは！　そうして彼等の命は僅に数日――二日か三日か一週間であろうとは！　自然は一たい、何のつもりでこんなものを造り出すのであろう。いやいや、こんなものと言ってただ蟬ばかりではない、人間を。彼自身を？　神が創造したと言われて居るこの自然は、恐らく出たらめなのではあるまいか。そうして出たらめを出たらめと気附かないで解こうとする時ほど、それが神秘に見える時はないのだから。いやいや、何も解らない。そうだ、唯これだけは解る――蟬ははかない、そうして人間の雄弁な代議士の一生が蟬ではないと、誰が言おうぞ。蟬の羽は見て居るうちに、目に見えて、そのちぢくれが引延ばされた。同時にそれの半透明な乳白色は、刻刻に少しずつ併し確実に無色で透明なものに変化して来るのであった。そうしてあの芽生のように爽快ではあるけれどもひ弱げな緑も、それに応じて段々と黒ずんで、恰も若草の緑が常磐木《ときわぎ》のそれになるような、或る現実的な強さが、瞭《あきら》かに其処にも現れつつあるのであった。彼はこれ等のものを二十分あまりも眺めつくして居る間に――それは寧ろある病的な綿密さを以てであった――自ずと息が迫るような厳粛を感じて来た。

　突然、彼は自分の心にむかって言った。

「見よ、生れる者の悩みを。この小さなものが生れるためにでも、此処にこれだけの忍耐がある！」

それから重ねて言った。

「この小さな虫は俺だ！　蟬よ、どうぞ早く飛立て！」

彼の奇妙な祈禱はこんな風にして行われた。それはこの時のみならず常にこうして行われてあった。

*　*　*　*　*

さて、ここに幾株かの薔薇《そうび》がこの庭の隅にあった。

それは井戸端の水はけに沿うて、垣根のように植えつけられて居るのであった。若し十分に繁茂して居れば「一架《いっか》長条万朶春《ちょうじょうばんだのはる》」を見せて、二三間つづきの立派な花の垣根を造ったであろう。けれどもそれ等は甚だしく不幸なものであった。朝日をさえぎっては杉の木立があった。夕日は家の大きな影が、それらの上にのしかかって邪魔をした。そうして正午の前後には、柿の樹や梅の枝がこの薔薇の木から日の光を奪うた。そうしてそれ等杉や梅や柿の茂るがままの枝は、それ等の薔薇の木の上へのさばって屋根のようになって居た。こうしてこれ等の薔薇の木は、その茎はいたいたしくも蔓草のように細って、尺にもあまるほどの雑草のなかでよろよろと立上って居た。

八月半すぎというのに、花は愚かそれらの上には、一片の——実に文字どおりに一片の青い葉さえもないのであった。それ等の茎が未だ生きたものであることを確めるためには、彼はそれの一本を折って見るほどであった。日の光と温かさとは、すべての外のものに全く掠められて、土のなかに蓄えられた彼等の滋養分も彼等の根もとに蔓った名もない雑草に悉く奪われた。彼等は自然から何の恩恵も享けては居ないように見えた。ただこんな場所を最も好む蜘蛛の巣の丁度いい足場のようになって、ただ、それのためばかりに有用なものになって、薔薇はこうしてまでその生存を未だつづけて居なければならなかった。

　薔薇は、彼の深くも愛したものの一つであった。そうして時には「自分の花」とまで呼んだ。何故かというに、この花に就ては一つの忘れ難い、慰めに満ちた詩句を、ゲエテが彼に遺して置いてくれたではないか――「薔薇ならば花開かん」と。又、ただそんな理窟ばった因縁ばかりではなく、彼は心からこの花を愛するように思った。その豊饒《ほうじょう》な、杯《さかずき》から溢れ出すほどの過剰的な美は、殊にその紅色の花にあって彼の心をひきつけた。その眩暈《めくるめ》くばかりの重い香は、彼には最初の接吻の甘美を思い起させるものであった。そうして彼がそれを然う感ずる為めにとて、古来幾多の詩人が幾多の美しい詩をこの花に寄せて居るのであった。西欧の文字は古来この花の為めに王冠を編んで贈った。支那の詩人も亦あの絵模様のような文字を以てその花の光輝を歌うことを見逃さなかった。彼等も亦、大食国《タアジこく》の「薔薇露《そうびろ》」を珍重し、この「換骨香《かんこつこう》」を得るために「海外薔薇水中州未得方《かいがいそうびのみずちゅうしゅういまだほうをえず》」と嘆じさせた。それ等の詩句の言葉は、この花の為めに詩の領国内に、貴金属の鉱脈のような一脈の伝統を——今ではすでに因襲になったほどまでに、鞏《きょう》固《こ》に形造って居るのである。一度詩の国に足を踏み入れるものは、誰しも到るところで薔薇の噂を聞くほど。そうして、薔薇の色と香と、さては葉も刺《とげ》も、それらの優秀な無数の詩句の一つ一つを肥料として己のなかに汲み上げ吸い込んで——それらの美しい文字の幻を己の背後に輝かせて、その為めに枝もたわわになるように思えるほどである。それがその花から一しおの美を彼に感得させるのであった。幸であるか、いや寧ろ甚だしい不幸であろう。彼の性格のなかにはこうした一般の芸術的因襲が非常に根深く心に根を張って居るのであった。彼が自分の事業として芸術を択ぶようになったのもこの心からであろう。彼の芸術的な才分はこんな因襲から生れて、非常に早く目覚めて居た。……それ等の事が、やがて無意識のうちに、彼をしてかくまで薔薇を愛させるようにしたのであろう。自然そのものから、真に清新な美と喜びとを直接に摘み取ることを知り得なかった頃から、それら芸術の因襲を通して、彼はこの花にのみはこうして深い愛を捧げて来て居た。馬鹿馬鹿しいことのようではあるが、彼は「薔薇」という文字そのものにさえ愛を感じた。

それにしても、今、彼の目の前にあるところのこの花の木の見すぼらしさよ！　彼は、曾て、非常に温い日向にあった為めに寒中に蕾《つぼ》んだところの薔薇を、故郷の家の庭で見た事もあった。それは淡紅色な大輪の花であったが、太陽の不自然な温さに誘われて蕾《つぼみ》になって見たけれども、朝夕の日かげのない時には、南国とても寒中は薔薇に寒すぎたに違いない。莟は日を経ても徒に固く閉じて、それのみか白いうちにほの紅い花片《はなびら》の最も外側なものは、日日に不思議なことにも緑色の細い線が出来て来て、葉に近い性質、言わば花片と葉との間のものとでも言うようなものにまで硬ばって行くのを見た事があった。けれども、彼が今目の前に見るこれらの薔薇の木は、その哀れな点では曾てのあの莟の花の比ではない。彼はこれ等の木を見て居るうち、衝動的に一つの考えを持った。どうかしてこの日かげの薔薇の木、忍辱《にんにく》の薔薇の木の上に日光の恩恵を浴びせてやりたい。花もつけさせたい。こう言うのが彼のその瞬間に起った願いであった。併し、この願のなかには、わざとらしい、遊戯的な所謂詩的というような、又そんな事をするのが今の彼自身に適《ふさ》わしいという風な「態度」に充ちた心が、その大部分を占めて居たのである。彼自身でもそれに気附かずには居られなかったほど。（この心が常に、如何なる場合でも彼の誠実を多少ずつ裏切るような事が多かった）さて、彼はこの花の木で自分を卜《うらの》うて見たいような気持があった——「薔薇ならば花開かん」！

彼は自分で近所の農家へ行った。足早に出て行く主人の姿を、二疋の犬は目敏《めざと》くも認めて追駆けた。錆びた鋸と桑剪り鋏《きばさみ》とをかたげた彼が、二疋の犬を従えて、一種得意げに再び庭へ現れたのは、五分とは経たないうちであった。彼はにこにこしながら薔薇の傍らに立った。どうすれば其処を最もよく日が照すだろうと、見当をつけて上を見廻しながら、さて肩抜ぎになった。先ず鋸で、最ものさばり出た柿の太い枝を引き初めた。枝からはぼろぼろと白い粉が降るようにこぼれて、鋸の歯が半以上に喰い入ると、未だ断ち切れない部分は、脆《もろ》くもそれ自身の重みを支え切れなくなって、やがてぽきりと自分からへし折れ、大きな重い枝はそれの小枝を地面へ打《ぶっ》つけて落ちかかった。すると、その隙間からはすぐ、日の光が投げつけるように、押し寄せるように、沁み渡るように、あの枯木に等しい薔薇の枝に降り濺《そそ》いだ。薔薇を抱擁する日向は追々と拡くなった。押しかぶさった梅や杉や柿の枝葉が、追々に刈られたからである。

彼は桑剪り鋏で、薔薇の木の上の蜘蛛の巣を払うた。其処にはいろいろの蜘蛛が潜んで居た。蠅取り蜘蛛という小さな足の短い蜘蛛は、枝のつけ根に紙の袋のような巣を構えて居た。鼈甲《べっこう》のような色沢《つや》の長い足を持った大きな女郎蜘蛛は、大仕掛な巣を張り渡して居た。鋏がその巣を荒すと、蜘蛛は曲芸師の巧さで糸を手繰りながら逃げて行く。それを大きな鋏が追駆ける。彼等は糸を吐きながら鋏のさきへぶら下がって、土の上や、草のなかや、水溜りの上に下りて逃げる。それを鋏がちょん斬った。

そんなことが彼の体を汗みどろにした。又彼の心を興奮させた。最初に、最も大きな枝が地に墜ちた音で、彼の珍らしい仕事を見に来た彼の妻は、何か夫に喚《よ》びかけたようであったけれども、彼は全く返事をしなかった。犬どもは主人が今日は少しも相手になってくれないのを知ると、彼等同士二疋で追っかけ合って、庭中を騒ぎ廻って居た。何か有頂天とでも言いたい程な快感が彼にはあった。そうして無暗に、手当り次第に、何でも引き切ってやりたいような気持になった。

彼は松に絡みついて居るあの藤の太い蔓を、根元から、桑剪り鋏で一息に断ち切った。彼は案外自分にも力があると思った。その蔓を縒《より》をもどすようにくるくる廻しながら松の幹から引き分けると松は其時ほっと深い吐息をしてみせたように、彼には感ぜられた。彼は蔓のきり端を両手で握ると、力の限りそれを引っぱって見た。併し、勿論それは到底無駄であった。松の小枝から梢へそれから更に隣の桜の木へまでも纏《まつわ》りついた藤蔓は、引っぱられて、ただ松の枝と桜の枝とをたわめて強く揺ぶらせ、それ等の葉を捥《も》ぎ取らせて地の上に降らせ、又桜の枝にくっついて居た毛虫を彼の麦稈《むぎわら》帽子の上に落しただけで、蔓自身は弓弦《ゆづる》のように張りきったのであった。「私はお前さんの力ぐらいには驚かんね！　どうでも勝手に、もっとしっかりやって見るがいい！」と、その藤蔓は小面憎くも彼を揶揄《やゆ》したり、傲語《ごうご》したりするのであった。彼はこの藤蔓には手をやいて、とうとうそれぎりにして置くより外はなかった。そうして今度は生垣を刈り初めた……

正午すぎからの彼のこの遊びは、夕方になると、生垣の頭がくっきりと一直線に揃い、その壁のように平になった側面には、折りから、その面と平行して照し込む夕日の光線が、榊の黒い硬い葉の上に反射して綺麗にきらきらと光った。こうなって見るとあの大きな穴が一層見苦しく目立ったのであった。

「やあ、これやさっぱりしましたね。」

と、こんな風な御世辞を言いながら、その穴から家のなかを見通して行く野良帰りの農夫もあった。それから、彼はその序にあの渠の上へ冠さって居る猫楊《ねこやなぎ》の枝ぶりを繕うても見た。その夕方、彼は珍らしく大食した。夜は夜で快い熟睡を貪り得た。而《しか》も翌朝目覚めた時には、体が木のように硬ばり節々が痛むところの自分を、苦笑をもって知らなければならなかった。

その幾日か後の日に、今度は本当の植木屋――といっても半農であるが――が、彼の家の庭に這入った時には、あの松と桜とにああまで執念深く絡みついて居た藤蔓は、あの百足《むかで》の足のような葉がしおれ返って、或る部分はもうすっかり青さを失うて居るのであった。そうしてあのもの狂おしい指である巻蔓は、悉くぐったりとおち入って居た。彼は悪人の最後を舞台で見てよろこぶ人の心持で、松の樹の上で植木屋が切り虐《さいな》む太い藤蔓を、軒の下にしゃがんで見上げて居た。

「これや、もう四五日ほして置くといい焚きつけが出来まさあ」と突然、植木屋は松の樹の上から話しかけた。

「其奴《そいつ》はよっぽど死太い奴だね」彼はそんな事を答えて置いて、「然うだ」とひとり考えた。「あの剛情な藤蔓が、そんなに早くも醜く枯れたのは、彼をそんなに太く壮《さか》んに育て上げたと同じその太陽の力だ」と、彼はこの藤蔓から古い寓話を聞かされて居た。彼は又、彼の意志――人間の意志が、自然の力を左右したようにも考えた。寧ろ、自然の意志を人間である彼が代って遂行したようにも自負した。藤蔓が其処に生えて居た事は、自然にとって何の不都合でもなかったであろうに。とにかく、最初に人間の手が造った庭は、最後まで人間の手が必要なのだ。彼は漫然そんなことをも思って見た。

それにしても、あの薔薇は、どう変って来るであろうか。花は咲くか知ら？　それを待ち楽しむ心から、彼は立上って歩いて行った。薔薇を見るためにである。それの上にはただ太陽が明るく頼もしげに照しているほか、別に未だ何の変りもないのは、今朝もよく見て知って居る筈だったのに。

こうして幾日かはすぎた。薔薇のことは忘れられた。そうしてまた幾日かはすぎた。

*　*　*　*　*

自然の景物は、夏から秋へ、静かに変って行った。それを、彼ははっきりと見ることが出来た。夜は逸早《いちはや》くも秋になって居た。轡虫《くつわむし》だの、蟋《こおろぎ》だの、秋の先駆であるさまざまの虫が、或は草原で、或は彼の机の前で、或は彼の牀の下で鳴き初めた。楽しい田園の新秋の予感が、村人の心を浮き立たせた。村の若者達は娘を捜すために、二里三里を涼しい夜風に吹かれながら、その逞しい歩みで歩いた。或る者は、又、村祭の用意に太鼓の稽古をして居た。その単純な鳴りものの一生懸命な響きが、夜更けまで、野面《のづら》を伝うて彼の窓へ伝わって来た。この村に帰省していた女学生、それはY市の師範学校の生徒で、この村で唯一の女学生は、夏の終りに、彼の妻と友達になったが、間もなく喜ばしそうにその学校のある都会へ彼の妻をとり残して帰って行った。

彼の狂暴ないらいら立たしい心持は、この家へ移って来て後は、漸く、彼から去ったようであった。そうして秋近くなった今日では、彼の気分も自ら平静であった。彼は、ちょうど草や木や風や雲のように、それほど敏感に、自然の影響を身に感得して居ることを知るのが、一種の愉快で誇りかにさえ思われた。この夜ごろの燈《ともしび》は懐しいものの一つである。それは心身ともに疲れた彼のような人人の目には、柔かな床しい光を与えるランプの光であった。彼はそのランプを、この地方へ来た行商人から二十幾銭かで買った。その紙で出来た笠は一銭であった。けれどもそのランプのガラスの壺は、石油を透して琥珀《こはく》の塊のように美しかった。或る時には、薄い紫になって、紫水晶のことを思わせた。その燈の下で、彼は、最初、聖フランシスの伝記を愛読しようとした。けれども彼は直ぐに飽きた。根気というものは、彼の体には、今は寸毫《すんごう》も残されては居なかった。そうしてどの本を読みかけても、一切の書物はどれもこれも、皆、一様に彼にはつまらなく感じられた。それればかりか、そんな退屈な書物が、世の中で立派に満足されて居るかと思うと、それが非常に不思議でさえあった。何か——人間を、彼自身を、すべての物がこの世界とは全く違ったものから出来上っている別世界へ引きずり上げて行くような、或はただ彼の目の前へだらしなく展げられているこの古い世界を全然別箇のものにして見せるような、或はそれを全く根底から覆してめちゃめちゃにするような、それは何でもいい、ただもう非常な、素晴らしい何ものかが、どうかして、何処かにありそうなものだ。彼はしばしば漫然とそんなことを考えて居た。ほんとうに「日の下には新らしいものがあることは無い」のか。そうして一般の世間の人たちは、それなら一たい何を生き甲斐にして生きることが出来て居るのであるか？　彼等は唯彼等自身の、それぞれの愚かさの上に、さもしたりげに各の空虚な夢を築き上げて、それが何も無い夢であるという事さえも気づかない程に猛《たけ》って生きているだけではなかろうか——それは賢人でも馬鹿でも、哲人でも商人でも。人生というものは、果して生きるだけの値のあるものであろうか。そうして死というものはまた死ぬだけの値のあるものであろうか。彼は夜毎にそんなことをも攷《かんが》えて居た。そうして、この重苦しい困憊《こんぱい》しきった退屈が、彼の心の奥底に巣喰うて居る以上、その心の持主の目が見るところの世界万物は、何時でも、一切、何処までても、退屈なものであるのが当然だという事——そうしてこの古い古い世界に新らしく生きるという唯一の方法は、彼自身が彼自身の心境を一転するより外にはない事を、彼が知り得た時、但、そういう状態の己自身を、どうして、どんな方法で新鮮なものにすることが出来るか。彼の父の慍《おこ》って居る手紙のなかの、「大勇猛心」と呼んで居るものはどんなものか。それを何処から齎《もたら》してどうして彼の心へ植え込むことが出来るか。どうして彼の心に湧立たせることが出来るか。それらの一切は、彼には全然知り得べくもなかった。そうして田舎にも、都会にも、地上には彼を安らかにする楽園はどこにも無い。何も無い。

「ただ万有の造り主なる神のみ心のままに……」

と、そんなことを言って見ようか。けれども彼の心は、決して打砕かれて居るのではなかった。ただ萎びて居るだけである……。彼は太鼓のひびきに耳を傾けて、その音の源の周囲をとりかこんで居るであろう元気のいい若者たちを、羨しく眼前に描き出した。

彼の机の上には、読みもしない、又、読めもしないような書物の頁が、時時彼の目の前に曝されてあった。彼はその文字をただ無意味に拾った。彼は、又、時時大きな辞書を持ち出した。それのなかから、成可《なるべ》く珍らしいような文字を捜し出すためであった。言葉と言葉とが集団して一つの有機物になって居る文章というものを、彼の疲れた心身は読むことが出来なくなって居たけれども、その代りには、一つ一つの言葉に就てはいろいろな空想を喚び起すことが出来た。それの霊を、所謂言霊《ことだま》をありありと見るようにさえ思うこともあった。その時、言葉というものが彼には言い知れない不思議なものに思えた。それには深い神的な性質があることを感じた。それらの言葉の一つ一つはそれ自身で既に人間生活の一断片であった。それらの言葉の集合はそれ自身で一つの世界ではないか。それらの言葉の一つ一つを、初めて発明し出したそれぞれの人たちのそれぞれの心持が、懐しくも不思議にそれのなかに残って居るのではないか。永遠にそうして日常、すべての人たちに用いられるような新らしい言葉のただ一語をでも創造した時、その人はその言葉のなかで永遠に、普遍に生きているのではないか。そうだ、そうだ、これをもっと明確に自覚しなけりゃあ……。彼はそんなことを極くおぼろげに感じた。そうして或る一つの心持を、仲間の他の者にはっきりと伝えたいという人間の不可思議な、霊妙な慾望と作用とに就ても、おぼろに考え及ぶのであった。言葉に倦《あ》きた時には、彼はその辞書のなかにある細かな挿画を見ることに依って、未だ見たこともない魚や、獣や、草や、木や、虫や、魚類や、或は家庭的ないろいろの器具や、武器や、古代から罪人の処刑に用いられたさまざまな刑具や、船や、それの帆の張り方に就いての種種な工夫や、建築の部分などに就いて知ることを喜んだ。それらの器物などの些細な形や、動物や植物などのなかにはさまざまな暗示があった。就中、人間自身が工夫したさまざまなもののなかには言葉の言霊のなかにあるものと全く同じように、人類の思想や、生活や、空想などが充ち満ちて居るのを感じた——それは極く断片的にではあったけれども。そうして、彼の心の生活はその時ちょうどそれらの断片を考えるに相応しただけの力しか無いのであった。

彼は、時時それらの感興の末に、夜更けになってから、詩のようなものを書くことがあった。

それはその夜中、彼自身には非常に優秀な詩句であるかのように信ぜられた。併し、翌日になって目を覚してまっ先きにその紙の上を見ると、それは全く無意味な文字が羅列されて居るに過ぎなかった。それは寧ろ、先ず愕くべきことであった。——ふと、いい考えが彼のつい身のまわりまで来て居たのであったのに。そうして、それを捉えようとした時、もうそこには何物も無かったのである。捉え得たと思った時、それはただ空間であった、ちょうど夢のなかで恋人を抱く人のように。そのもどかしさと一緒に、彼はふと自分の名が呼びかけられたと思って振り返った時、そこに言葉の主が誰もなかった時に似た不安をも、その度毎に味うた。

家の図面を引くことを、彼は再び始めた。彼は非常に複雑な迷宮のような構えを想像することがあった。そうかと思うと、コルシカの家がそうであるというように、客間としても台所としても唯大きな一室より無い家を考えることもあった。それの外形や、間どりや、窓などの部分の意匠のデテイルなどが、殆んど毎夜のように、彼のノオトブックの上へ縦横に描き出された。遂には白い頁はもう一枚も無くなり、方一寸ぐらいの余白が最も貴重なものとして探し出されて、そこもいろいろに組合された幾多の直線で、ぎっしりと埋められてあった。その無意味な一つ一つの直線に対して、彼は無限の空想を持つことが出来た。そんな時の彼の心持は、ただ一人で監禁された時には、無心で一途に唐草《からくさ》模様を描き耽るものだという狂気の画家たちによほどよく似て居た。

こうして、又してもとうとう生気のない無聊《ぶりよう》が来た。そうしてそれが幾日もつづいた。

＊　＊　＊　＊

或る夜、彼のランプの、紙で出来た笠へ、がさと音を立てて飛んで来たものがあった。見るとそれは一疋の馬追いである。その青い、すっきりとした虫は、その縁を紅くぼかして染め出したランプの笠の上へとまって、それらの紅と青との対照が先ず彼の目をそれに吸いつけたが、その姿と動作とが、更におもむろに彼の興味を呼んだ。その虫は、それ自身の体の半分ほどもあるような長い触角を、自分自身の上の方でゆるやかに動かしながら、ランプの円い笠の紅い場所を、ぐるぐると青く動いて進んで行った。それは円く造られた庭園の外側に沿うて漫歩する人のような気どった足どりのようにさえ、彼には思えた。この青い細長い形の優雅な虫は、そのきゃしゃな背中の頂のところだけ赤茶けた色をして居た。彼は螢の首すじの赤いことを初めて知り得て、それを歌った松尾桃青《とうせい》の心持を感ずることが出来た。この虫は、しばらくその円いところをぐるぐると歩いた。そうして時時、不意に、壁の長押《なげし》や、障子の桟や、取り散した書棚や、或は夜更しをしすぎて何時になれば寝るものともきまらない夫を勝手にさせて自分だけ先ず眠って居る彼の妻の蚊帳《かや》の上のどこかなどへ、身軽るに飛び渡っては鳴いて見せた。「人間に生れることばかりが、必ずしも幸福ではない」と、草雲雀《くさひばり》に就てそんなことを或る詩人が言った「今度生れ変る時にはこんな虫になるのもいい。」或る時、彼はそれと同じようなことを考えながらその虫を見て居るうちに、ふと、シルクハットの上へ薄羽蜉蝣《うすばかげろう》のとまって居る小さな世界の場面を空想した。あの透明な大きな翅《はね》を背負うた青い小娘の息のようにふわふわした小さな虫が、漆黒なぴかぴかした多少怪奇な形を具えた帽子の真角《まっかく》なかどの上へ、頼りなげに然しはっきりととまって、その角の表面をそれの線に沿うてのろのろと這って行く……。それを明るい電燈が黙って上から照して居た……。彼は突然、彼の目を上げて光を覗いた。それは電燈ではない。ランプの光である。彼はそのランプの光を自分の空想と混同して、自分も今電燈の下に居るように思ったからである。

何故に彼がシルクハットと薄羽蜉蝣というような対照をひょっくり思い出したか、それは彼自身でも解らなかった。唯、そういう風な、奇妙な、繊細な、無駄なほど微小な形の美の世界が、何となく今の彼の神経には親しみが多かった。

馬追いは、毎夜、彼のランプを訪問した。彼は、最初には、この虫が何んのためにランプの光を慕うて来るのか、さてその笠をぐるぐると廻るのか、それらの意味を知らなかった。併し、見て居るうちに直ぐに解った。それは決してその虫の趣味や道楽ではなかったのである。この虫は、其処へ跳んで来て、その上にたかって居るところのもう一層小さい外の虫どもを食うためであったのだ。それらの虫どもは、夏の自然の端くれを粉にしたとも言いたいほどに極く微細な、ただ青いだけの虫であった。馬追いは彼の小さな足でもってそれらの虫を掻き込むように捉えて、それを自分の口のなかへ持って行った。馬追いの口は、何か鋼鉄で出来た精巧な機械にでもありそうな仕掛に、ぱっくりと開いては、直ぐ四方から一度に閉じられた。一層小さな虫どもはもぐもぐと、この強者の行くに任せて食われた。食われる虫は、それの食われるのを見て居ても、別に何の感情をも誘われないほど小さく、また親しみのないものばかりであった。指さきでそれを軽く圧えると、それらの小さな虫は、青茶色の斑点《はんてん》をそこに遺して消え去《う》せてしまうほどである。

馬追いは、或る夜、どこでどうしたのであるか、長い跳ねる脚の片方を失って飛んで来た。長い触角の一本も短く折れてしまっていた。

遂には或る夜、彼の制止をも聞かなかった猫が、書棚の上で、彼の主人の夜ごとの友人であるこの不幸な者を捉えた。さんざんに弄んだ上で、その馬追いを食って仕舞った。彼は今度生れ変る時にはこんな虫もいいと思ったことを思い出すと、こんな虫とてもなかなか気楽ではないかも知れないと小さな虫の生活を考えて見た。

彼がそんな風な童話めいた空想に耽り、酔い、弄んで居る間に、彼の妻は寝牀の下で鳴くこおろぎの声を沁み沁みと聞きつつ、別の童話に思い耽って居るのであった。――こおろぎの歌から、冬の衣類の用意を思うて、猫が飛び乗っても揺れるところの、空っぽになった彼女の簞笥の事を考え、それから今は手もとにない彼の女のいろいろな晴着のことを考えた。そうしてそれ等の着物の縞や模様や色合いなどが、一つ一つ仔細に瞭然《はっきり》と思い浮ばれた。又それにつれてそれ等の一かさね一かさねが持って居る各各の歴史を追想した。深い吐息がそれ等の考えのなかに雑り、さてはそれが涙ともなった。彼の女は、女特有の身勝手な主観によって、彼の女の弄具の人生苦を人生最大の受難にして考えることが出来た。そうして其悲嘆は、然も訴うるところがなかった。これ等のことを今更に告げて見たところで、それをどうしようとも思わぬらしく「何ものも無きに似たれどもすべてのものを持てり」というような句をただ聞かせるだけで、一人勝手に生きて居る夫、象牙の塔で夢みながら、見えもしない人生を俯瞰《ふかん》した積りで生きて居る夫、その夫を妻が頼み少く思うことは是非ない事である。彼の女は、時時こんな山里へ来るようになった自分を、その短い過去を、運命を、夢のように思い廻《めぐ》らしても見た。さて、今でもまだ舞台生活をして居る彼の女の技芸上の競争者達を、(彼の女はもと女優であった。)今の自分にひきくらべて華やかに想望することもあった。……Nという山の中の小さな停車場まで二里、馬車のあるところまで一里半、その何れに依っても、それから再び鉄道院の電車を一時間、真直ぐの里程にすれば六七里でも、その東京までは半日がかりだ……それにしても、どんな大理想があるかは知らないが、こんな田舎へ住むと言い出した夫を、又それをうかうかと賛成した彼の女自身を、わけても前者を彼の女は最も非難せずには居られなかった。遠い東京……近い東京……近い東京……遠い東京……その東京の街街が、アアクライトや、ショウインドウや、おいおいとシイズンになってくる劇場の廊下や、楽屋や、それらが眠ろうとして居る彼の女の目の前をゆっくり通り過ぎた。

＊　＊　＊　＊

空の夕焼けが毎日つづいた。けれどもそれはつい二三週間前までのような灼《や》け爛《ただ》れた真赤な空ではなかった。底には深く快活な黄色を匿してうわべだけが紅であった。明日の暑さで威嚇する夕焼ではなく、明日の快晴を約束する夕映であった。西北の空にあたって、ごく近くの或る丘の凹みの間から、富士山がその真白な頭だけを現して、夕映のなかでくっきり光って居た。俗悪なまで有名なこの山は、ただそのごく小部分しか見えないということに依って、それの本来の美を保ち得て居た。この間うちまでは重なり合った夕雲のかげになって、それらの雲の一部か或は山かと怪しまれた西方の地平に連る灰黒色な一列は、今見れば、何処か遠くの連山であることが確かになった。今日も亦無駄に費したという平凡な悔恨が、毎日この夕映を仰ぐ度ごとに、彼にははげしく瞬間的に湧き上るのであった。多分、色彩というものが誘う感激が、彼の病的になっている心をそういう風に刺戟したのであったろう。地の上の足もとを見ると、彼の足場である土橋の下を、渠の水が夕映の空を反映して太い朱線になって光り、流れて居た。

田の面には、風が自分の姿を、そこに渚のような曲線で描き出しながら、ゆるやかに蠕動《ぜんどう》して進んで居た。それは涼しい夕風であった。稲田はまだ黄ばむというほどではなかったけれども、花は既に実になって居た。そうして蝗《いなご》がそれらの少しうな垂れた穂の間で、少しずつ生れ初めて居た。蛇苺という赤い丸い草の実のころがって居る田の畦には、彼の足もとから蝗が時折飛び跳ねた。すると彼の散歩の供をして居る二疋の犬は、より早くそれを見出すや否や、彼等の前足でそれを押し圧えると、其処に半死半生で横わって居る蝗を甘そうに食ってしまった。彼等の一疋はそれを見出す点で、他の一疋よりも敏捷であった。併し、前足を用いて捉える段になると、別の一疋の方が反って機敏であった。又一疋の方はとり逃がした奴を直ぐあきらめるらしかったけれども、他の一疋はなかなか執拗に稲田のなかまで足を泥にふみ込んで追い込む。彼等にもよく観れば各違った性質を具えて居るのが彼を面白がらせ、且つ一層彼等を愛させた。稲の穂がだんだん頭を垂れてゆくにつれて、蝗の数は一時に非常に殖えて居た。犬は自分からさきに立って彼を導くようにしながら田の方へ毎日彼を誘い出した。彼は目の前の蝗を見ると、時時、それを捉えて犬どもに食わせてやりたくなった。それで指を拡げた手で、その虫をおさえようとした。犬どもは彼等の主人がその身構えをすると主人の意志がわかるようになったと見えて、自分の捉えかかって居るのを途中でやめて、主人の手つきを目で追うて、主人の獲物が与えられるのを待って居るのであった。けれども彼は大てい五度に一度ぐらいよりそれを捉えることが出来なかった。ただ捥《も》ぎとれた足だけを握って居たりした。彼は虫を捉えるには、それに巧でない方の犬にくらべてもずっと下手であった。それにも拘わらず、犬どもはそんな事にまで主人の優越を信じて、主人を信頼して居るらしかった。そうして、彼が虫をとり逃がした空しい手をひらいて見せると、犬どもは訝しげに、主人の手の中と主人の顔とをかわるがわる見くらべて、彼等は一様にその頭をかしげ、それから彼等の口の端を少し曲《ゆが》めて、その可憐に輝く眼で彼の顔を見上げた。それがさも主人のその失敗に驚き失望しながら、けれども何故ともなく主人に媚びて居る様であった。彼等犬には、実に豊な表情があった！　彼等は幾度もその徒らな期待の経験をしながらも、矢張り自分達よりも主人の方が虫を捉えるにでも偉い筈だという信念を、決して失わないらしかった。彼の蝗を捉えようとする身構と手つきとを見る毎に、彼等は彼等自身が既に成功して居るも同然な虫を放擲して、主人の手つきを見つめたまま、何時までもその恵みを待ちうけて居るのであった。彼は空しくひろげた掌で、失望して居る犬どもの頭を愛撫して居た。犬はそれにでも満足して尾を振った。彼には、それが——犬どもの無智な信頼が、またそれに報ゆることの出来ない事が、妙に切なかった。彼が人間同士の幾多の信頼に反《そむ》いて居ることよりも、この純一な自分の帰依者《きえしや》に対しての申訳なさは、彼には寧ろ数層倍も以上に感じられた。彼は、彼等のあの特有な澄み切った眼つきで見上げられるのが切なさに、遂には、目の前の虫を捉えようとする一種反射運動的な動作を試みないように、細心に努力するのであった。

何時か、彼自身で手入れをしてやった日かげの薔薇の木は、それに覆いかぶさって居た木木の枝葉を彼が刈り去って、その上には日の光が浴びられるようになった後、一週間ばかり経つと、今では日かげの薔薇ではないその枝には、始めて、ほの紅い芽がところどころに見え出した。そうして更に、その両三日の後には、太陽の驚くべき力が、早くもその芽を若々しい葉に仕立てて居た。併し、彼は顔を洗うために井戸端へは毎朝来ながら、何時しか、それらの薔薇の木のことは忘れるともなくもう全く忘れ果てて居た。

図らずも、ある朝——それは彼がそれの手入れをしてやってから二十日足らずの後である。彼は偶然、それ等の木の或る緑鮮やかな茎の新らしい枝の上に花が咲いて居るのを見出した。赤く、高く、ただ一つ。「永い、永い牢獄のなかでのような一年の後に、今やっと、また五月が来たのであろうか!」その枯れかかって居た木の季節外れな花は、歓喜の深い吐息を吐き出しながら、そう言いだけに、今四辺を見まわして居るのであった。秋近い日の光はそれに向って注集して居た。おお、薔薇の花。彼自身の花。「薔薇ならば花開かん。」彼は思わず再び、その手入れをした日の心持が激しく思い出された。彼は高く手を延べてその枝を捉えた。そこには嬰児《あかご》の爪ほど色あざやかな石竹色の軟かい刺があって、軽く枝を捉えた彼の手を軽く刺した。それは、甘える愛猫が彼の指を優しく噛む時ほどの痒さを彼に感じさせた。彼は枝をたわめてそれを己の身近くひき寄せた。その唯一つの花は、嗟！　ちょうどアネモネの花ほど大きかった。そうしてそれの八重の花びらは山桜のそれよりももっと小さかった。それは庭前の花というよりも、寧ろ路傍の花の如くであった。而もその小さな、哀れな、畸形《きけい》の花が、少年の脣《くちびる》よりも赤く、そうしてやはり薔薇特有の可憐な風情と気品とを具え、鼻を近づけるとそれが香さえ帯びて居るのを知った時彼は言い知れぬ感に打たれた。悲しみにも似、喜びにも似て何れとも分ち難い感情が、切なく彼にこみ上げたのである。それは恰も、あの主人に信頼しきって居る無智な犬の澄みきった眼でじっと見上げられた時の気持に似て、もっともっと激しかった。譬えば、それはふとした好奇な出来心から親切を尽してやって、今は既に全く忘れて居た小娘に、後に偶然にめぐり逢うて「わたしはあの時このかた、あなたの事ばかりを思いつめて来ました」とでも言われたような心持であった。彼は一種不可思議な感激に身ぶるいさえ出て、思わず目をしばたたくと、目の前の赤い小さな薔薇は急にぼやけて、双の眼がしらからは、涙がわれ知らず滲み出て居た。

　涙が出てしまうと感激は直ぐ過ぎ去った。併し、彼はまだ花の枝を手にしたまま呆然と立ちつくした。頬は涙が乾いて硬ばって居た。彼はじっと自分の心の方へ自分の目を向けた。そうして心のなかでいくつかの自分同士がする会話を、人ごとのように聞いて居た――

「馬鹿な、俺はいい気持に詩人のように泣けて居る。花にか？　自分の空想にか？」

「ふふ。若い御隠居がこんな田舎で人間性に饑えて御座る？」

「これあ、俺はひどいヒポコンデリヤだわい」

＊　＊　＊　＊　＊

或る夜、庭の樹立がざわめいて、見ると、静かな雨が野面を、丘を、樹を仄白《ほのじろ》く煙らせて、それらの上にふりそそいで居た。しっとりと降りそそぐ初秋の雨は、草屋根の下では、その跫《あし》音《おと》も雫《しずく》も聞えなかった。ただ家のなかの空気をしめやかに、ランプの光をこまやかなものにした。そうして、それ等のなかにつつまれて端坐した彼に、或る微かな心持ち、旅愁のような心持ちを抱かせた。そうして、その秋の雨自らも、遠くへ行く淋しい旅人のように、この村の上を通り過ぎて行くのであった。彼は夜の雨戸をくりながらその白い雨の後姿を見入った。

そんな雨が二度三度と村を通り過ぎると、夕方の風を寒がって、猫は彼の主人にすり寄った。身のまわりには単衣《ひとえ》ものより持ち合せて居ない彼も震えた。

或る夕方から降りだした雨は、一晩明けても、二日経っても、三日経っても、なかなかやまなかった。始めの内こそ、それらの雨にある或る心持を寄せて楽しんで居た彼も、もうこの陰気な天候には飽き飽きした。それでも雨は未だやまない。

犬の体には蚤《のみ》がわいた。二匹の犬はいじらしくも、互に、相手の背や尾のさきなどの蚤をとり合って居た。彼は彼等のこの動作を優しい心情をもってながめた。併し、それ等の犬の蚤が何時の間にか、彼にもうつった。そうして毎晩蚤に苦しめられ出した。蚤は彼の体中をのそのそと無数の細い線になって這いまわった。

それに運動の不足のために、暫く忘れて居た慢性の胃病が、彼を先ず体から陰鬱にした。それがやがて心を陰鬱にした。毎日毎日の全く同じ食卓が、彼の食慾を不振にした。その毎日同一の食物が彼の血液を腐らせそうにして居ると、感じないでは居られなかった。犬でさえももうそれには飽きて居た。ちょっと鼻のさきを彼等の皿の上に押しつけただけで、彼等さえ再び見向きもしなかった。けれどもこれに就て、彼は彼の妻には何も言うべきではなかった。この村にある食い物とては、これきりだからである。

彼の単衣はへなへなにしとって体にまつわりつき、彼の足のうらは脂汗《あぶらあせ》のためにねちこちして、坐って居る時には、その足の汗と変な温かさとが彼の尻に伝うて来て、蚤は好んでそこに集って居た。頭の毛のなかにも蚤が居るような気がした。それを梳《す》こうとすると、冷《ひや》りとしとった生えるがままの毛髪は、堅く櫛に絡んで、櫛は折れてしまった。その蚤の巣のように感じられる体を洗って、さっぱりするために、風呂に入りたいと思っても、彼の家には風呂桶はなかった。近所の農家では、天気の日には毎日風呂を沸かしたけれども、野良仕事をしないこの頃の雨の日には、わざわざ水を汲んだりしてまで、風呂へ入る必要はないと、彼等は言って居た。そうして農家では、朝から何にもせずに、何にも食わずに寝て居るという家族もあった。

猫は、毎日毎日外へ出て歩いて、濡れた体と泥だらけの足とで家中を横行した。そればかりか、この猫は或る日、蛙を咥《くわ》えて家のなかへ運び込んでからは、寒さで動作ののろくなって居る蛙を、毎日毎日、幾つも幾つも咥えて来た。妻はおおぎょうに叫び立てて逃げまわった。いかに叱っても、猫はそれを運ぶことをやめなかった。妻も叫び立てることをやめなかった。生白い腹を見せて、蛙は座敷のなかで、よく死んで居た。猫は家のなかを荒野と同じように考えている。そうして家のなかは荒野と全く同じであった。

或る日。彼の二疋の犬は、隣家の雞《にわとり》を捕えて食って居るところを、その家の作代に見つかって、散々打たれて帰って来た。その隣家へ、彼の妻がそれの詫びに行ったところが、円滑な言葉というものを学ばなかった田舎大尽の老妻君は、案外な不機嫌であった。犬は以後一切繋いで置いて貰いたい。運動させなければならぬならば、どうせ遊んで居られる方ばかりだから自分達で連れて歩けばいい。庭のなかへ這入っては糞《くそ》をしちらかす。田や畑は荒す。夜は吠えてやかましい。そのために子供が目をさます。その上につい一週間ほど前から卵を産み始めたばかりのいい雞などを食われてたまるものではない。まるで狼のような犬だ。若し以後、庭のなかへ這入るような事があったならば、遠慮はして居られないから打ちのめす、家には外にも沢山の鶏があるのだから。と何か別の事で非常に激昂《げつこう》して居るらしい心を、彼の犬の方へうつして、ヒステリカルな声で散散に吐鳴り立てた。その声が自分の家のなかで坐って居る彼の耳にまで聞えて来た。この中老の婦人はこの犬どもの主人が、他の村人のように彼の女に対して尊敬を払わぬといって、兼兼《かねがね》非常に不愉快に思って居たからであった。最も奇妙なことには、彼の女は彼等夫婦が何も野良仕事をしないという事実に就ての彼の女自身の単純な解釈から、彼の女の新しい隣人が何か非常に贅沢な生活でもして居るものと推察して居たものと見える。こういうわけで、発育盛りの若い二疋の犬は、毎日鎖で繋がれねばならなかった。彼は始めの数日は自分で自分の犬を運動に連れて行った。二疋の犬を一人で牽《ひ》くのは仲々にむずかしかった。それに傘をもささねばならなかった。道は非常に濘《ぬか》って居た。どうせ遊んで居る閑人《ひまじん》だ、運動なら自分で連れて歩け……と言った言葉を思い出すと、彼は歩きながら悲しげに苦笑を洩した。若い大きな犬どもは五町や六町位の運動では、到底満足しなかった。それに彼等は普通の道路を厭《いと》うて、そのなかへ足を踏み込むと露で脛《すね》まで濡れる畦道の方へ横溢《おういつ》した活気でもって、その鎖を強く引っ張りながら、よろめく彼を引き込んで行った。わけても闘犬の性質を持った一疋は非常な力であった。それらの様子を、隣家の老妻君は家のなかから見て居そうに、彼は思った。実際そんな時もあった。運動不足で癇癪《かんしゃく》を起して居る犬どもは、繋がれながら、夕方になると、与えた飯を一口だけで見むきもせずに、ものに怯《おび》えて、淋しい長い声で何かを訴えて吠え立てた。その声が、雨のためにほの白く煙った空間を伝うて、家の向側の丘の方へ伝って行くと、その丘からはその声が重苦しい山彦になって吠え返して来る。犬はそれを自分たち自身の声とは知らずに、再びより激しくそれへ吠え返した。それがまた再び山の方へひびき渡る。こうしていつまでも犬の遠吠えはやまない。犬をなだめてやろうとして、彼等の名を呼んでも、もうおびえきって居る犬どもは、彼等の主人をさえ怖しがって尻込みした。仕方なしにそのまま犬を吠えさせて置くと、そのけたたましいやるせない声は、彼の心の底へ沁み込みそれを震動させて、ちょうど胸騒ぎする時の心臓のように彼の胸を圧しつけるのであった。犬はこうした夕方毎に一しきり物凄く長鳴きした。ある時には犬のその声を聞いて、例の隣りの大尽の家からは「ほんとうになんといううるさい犬だろう！」と、大きな声で子供が吐鳴るようなこともあった。彼は例の老妻君が、自分の娘にそう言わせて居るのだと気がついて、この度し難い女に業《ごう》を煮やした。猫の方は猫で、相変らず蛙を啣えて来て、のっそりと泥だらけの足で夕闇の座敷をうろついて居た。彼は時にはそれらの猫を強く蹴り飛ばした。連日の雨にしめって燃えなくなって居る薪の煙が、風の具合で、意地わるく毎日座敷の方へばかり這入り込んで来て天井一面に重くのさばった。

昼間の犬の音なしい時には、例の隣家の大尽の家では、卵を生んだ鶏が何羽も何羽も、人の癇をそそり尽さねば措《お》かないような声で、け、け、け、けけけけと一時間もそれ以上も鳴きつづけた。或る日、それらの一羽が、彼の家へ紛れ込んで来たが、犬どもの繋がれて居るのを見ると、したりげに後から後から群をなして彼の庭へ闖入した。そうして犬の食いちらした飯粒を悠然と拾い初めた。犬は腹を立てて追う。鶏はちょっと身を引く。腹を立てた犬は吠え立てたけれども鶏の一群は別に愕かなかった。その一群の闖入者を追い払おうとして走り出した犬には、鎖が頸玉《くびたま》をしっかりとおさえて居た。あせればあせるだけ彼自身の喉が締めつけられるだけであった。遂には彼等同士の二つの鎖が互の身動きも出来ない程に絡み合って居たりする。そうしてそれを訴えて吠える。彼は雨のなかへ下りて行って、どう縺《もつ》れて居るか解らない鎖を直してやろうとする。犬どもは喜んで泥だらけの足を彼の胸のあたりへ押しつける。犬どもがじっとして居ないために、鎖は更に複雑に縺れ合って行く。苛立《いらだ》たしくもどうしても解けない。とうとう犬は悲鳴をあげる。一度追われた鶏は、その間に再び平気で縁側へさえ上って来て、そこへ汚水のような糞をしたりした。手を拡げて追うと、彼等はさも仰々しく叫び立てた。彼等はちょうど、あの意地わるの女主人に言附かって、彼を揶揄するために来たかとさえ思われた。その女主人は、墻根《かきね》の向うから、それらの光景を見て居ながら、わざと気のつかぬふりをして居る。彼の妻はそれを見ると、何かあてつけらしく鶏を罵りそうにするのを彼は制止した。彼はそんな事をしては悪いと思って居るよりも、臆病と卑屈とから、それすらも出来ないのであった。そうして内心は妻よりより以上に憤慨して居るのである。別の隣家の小汚い女の子が二人、別に嬰児まで負うて、雨で遊び場がないので、猫よりももっと汚い足と着物とで彼の家へ押込んで来た。背中の嬰児が泣く。そうして三人ともそれぞれに何を見ても欲しがる。お桑という名の十三になるという一番上の児は、もうすでに女特有の性質を発揮して、彼の妻を相手に、隣の大尽の家の悪口やら、いろいろの世間話を口やかましく聞かせて居た。それ等の児は時時彼等が風呂を貰って這入る家の子なので、その子を追い立てることは出来にくいと妻は言った。その実、彼の妻はそんな子供をでも話相手に欲しかったのである。それでも、さすが彼の妻もうるさいと思う時もあると見える。「もううちへお帰り」というと、その子供は口口に「いやだあ、うちでは皆眠ているだ、戸たてて。まっ暗だもの。下のうちで遊んで来うと言ったべし」と言うのであった。「下のうち」というのは彼の家を指すのである。犬や猫ばかりでない、確にこの子供達が一層沢山に蚤を負うて来るに違いない、と彼は考えた。彼はいらいらしながらも、よその人とさえ言えばこんな子供にまで小さくなって、小言一つ言えない性質であった。そうしてそんなことには無神経なほど無頓着な彼の妻が、その子供たちに雨降りのなかを、お豆腐を買って来いの、お砂糖がなくなったのと言っては、あまりしげしげ用事に使うのを見ると、彼は反ってはらはらして、妻を叱り飛ばした。

その子供達の家へ風呂を貰いに行くと、七十位の盲目で耳の遠い老婆が、風呂釜の下を燃してくれながら、いろいろと東京の話を聞きたがった。東京の話ではない江戸の話である。この老婆は「煙のような昔」（とそのツルゲニェフのような言葉をその老婆自身が言った）娘のころに、江戸の某様の御屋敷で御奉公したとかで、御維新の騒ぎで殿様が甲府の町奉行になるところが駄目になった話やら、その年は実に悪い年で山王様の御祭が満足に出来なかったことやらを、とぎれとぎれに語り出して、さてまだ眼の見えた昔に見た江戸の質問を彼にするのであった。維新で田舎へ帰ったと言いながら、その維新とはどんなものであるかは知らないのであった。「その時にはどんな世の中に変ることかと思ったのに、昔とちっとも変りはしない。こんなことなら、何もあんな大騒ぎをすることもなかったのに……」とそんなことを呟いた。そうして電車が通って居たり、公園があったりする東京というものの概念は何一つ持って居なかった。彼には答える術《すべ》もないその江戸の質問を、くどくどと尋ねるのであった。さて彼が「江戸」の事は不案内だと気がつくと、彼の女の娘時代のその家の全盛、今の主人である息子の馬鹿さ、身上《しんしょう》も持てないくせにけちんぼうで御近所へのつき合いもろくに出来ないこと、それから思い出して子供が毎度遊びに行って御邪魔をするというようなこと、あなたの商売は何だという質問、実に実に平凡なことどもを長長と聞かせて、それに対してそれと同等に長長しい返答を要求するのであった。それでなくてさえ口不調法《くちぶちょうほう》な彼には、返事の仕方が解らなかった。それにこの老婆は答えても何も聞えぬだろうほど耳が遠かった。「俺にはそんな話は面白くないのだ！　ひとのことなどはどうでもいいのだ！」彼はそう叫んでやりたくなった。この老婆のくどい話は結局、何のことであるかは解らなかったけれども、彼の気持をじめじめさせるには、何しろ十分すぎた。しかもそれの相手になってくれと懇願する表情（それは半ばは死んで居て、犬のそれの半分も豊かではない）をもって、この老婆は五十六の時に全く失明したと、今のさっきも物語ったその両眼で、彼を見上げた。見つめた。風呂釜の火が一しきりゆらゆらと燃え上って、ふと、この腰の全く曲って居る老婆を照すと、片手に長い薪を持った老婆は、広い農家の大きな物置場の暗闇の背景からくっきり浮き上って、何か呪《のろい》を呟く妖婆のようにも見えた。

その風呂場を脱れ出てくると、さすがに夜風がさわやかに、彼の湯上りの肌を撫でた。併し家へ帰って見ると、彼の妻はホヤのすすけた吊りランプの影で、里の母からでも来たらしい手紙を読んで居たが、彼には見せたくないらしく、遽《にわか》にそれを長長と捲き納めると、不興極まる顔をして、その吐息を彼に吹きかけでもするかのように彼をまともに見上げて、涙で光らせた瞳で彼を見上げた。それは何か威嚇するようにも見え、哀願するようにも見えた。その手紙を、彼は読まずとも知っている。彼にはつまらぬことであって、彼の女達には重大な何事かであろう。彼の女等は互に彼の女等の苦しい困窮を訴え合って居るのであろう……彼の家には、もう一人泣きに来る女があった。それはお絹という名の四十近い女であった。彼等がこの家へ引越して来る時に、この家へ案内し、引越しの手伝いをしたあの女である。その因縁で、その後、彼の家庭へ時時出入りするようになった女である。彼の女は身の上ばなしを初めてはよく泣いた。お絹はいろいろな生涯を経てこの村へ流れて来た女であった。最初にたった一度、もの珍らしさからついこの女の身の上咄《ばなし》に耳を傾けたのが原因で、お絹はその後いつもいつも一つの話を繰り返した。彼はしまいにはお絹の顔を見ると腹立しくなった。もっとも不思議なことには、彼はお絹の顔さえ見れば胃のあたりが鈍痛し初めるのであった……。

床の下では、犬が蚤にせめ立てられて、それを追うために身を揺すぶると、その度にゆれる鎖の音が、がちゃがちゃと彼に聞えて来た。彼はお絹の身の上ばなしよりも、蚤に悩まされて居る犬の方に、より多くの同情を持った。そうして彼は自分自身の背中にも、脇腹にも、襟にも、頭の毛のなかにも、蚤が無数にうごめき出すのを感じた……。

せめては早く雨だけでも晴れてくれないものかと、彼は毎日夕方になると空を見上げた。彼は何故か夕方に空を見上げた。そうして星でも出ては居ないかと、空を見まわした。星どころか、野面は白く煙って、空はただ無限に重かった。

些細な単調な出来事のコンビネエションや、パアミテエションが、毎日単調に繰り返された。それらがひと度彼の体や心の具合に結びつくと、それは悉く憂鬱な厭世的なものに化《かわ》った。雨は何時までも降りやまない。それは今日でもう幾日になるか、五日であるか、十日であるか、二週間であるか、それとも一週間であるか、彼はそれを知らない。唯もうどの日も、どの日も、区別の無い、単調な、重苦しい、長長しい幾日かであった。牢獄のなかで人はこういう幾日かを送るであろうか？　おお！　然うだ。日蔭になって、五月になっても、八月の半頃になっても青い葉一枚とてはなく、ただ茎ばかりが蔓草のように徒らによろめいて延びて居た、この家の井戸端のあの薔薇の木の生活だ。彼は再び薔薇のことを考えた。考えたばかりではない。あの日かげの薔薇の鬱悶《うつもん》を今は生活そのものをもって考えるのである、こんな日毎の机の前に坐り込んだまま。

薔薇といえば、その薔薇は、何時かあの涙ぐましい——事実、彼に涙を流させた畸形な花を一つ咲かせてから、日ましによい花を咲かせて、咲き誇らせて居たのに、花はまたこの頃の長い長い雨に、花片はことごとく紙片のようによれよれになって、濡れに濡れて砕けて居た。砕けて咲いた。

＊　＊　＊　＊　＊

こんな日頃に、ただ深夜ばかりが、彼に慰安と落着きとを与えた。雞の居ない夜だけ、鎖から放して置くことにした犬が、今ごろ、田の畔《あぜ》をでも元気よく跳びまわって居るかと想像することが、寝牀のなかで彼をのびのびした気持にした。

併し或る夜であった。家の外から彼の家を喚《よ》ぶものがあった。未だ机の前に坐りこんで、考えに圧えつけられて居た彼は、縁側の戸を開けて見ると、一人の黒い男が、生垣と渠との向うの道の上に立って居た。そうしてその何者かが彼に向って、横柄に呼びかけた。巡査かも知れない、と彼は思った。

「これやぁ君の家の犬だろう。」

「そうだ。何故だい。」

「これやぁ、怖くって通れんわい。」

その村位、犬を恐怖する村は、先ず世界中にないと、彼は思った。この附近には、狂犬が非常に多いからだと村の一人が説明して居た。それに彼の犬の一疋は純粋の日本犬であった。

「大丈夫だよ。形は怖いが、おとなしい犬だから。」

「何が大丈夫だい。怖くって通れもしない。」

「狂犬じゃないよ。吠えもしないじゃないか。」

「飼って居る者はそうでも、飼わんものにはおっかない。ちょっと出て来て、繋いだらどうだい。」

この何者かの非常に横柄な口調は、其奴が闇で覆面して居るからだと思うと、彼は非常に憤ろしかった。彼はいきなり其処にあった杖をとると、傘もささずに道の方へ飛び出した。雨は糠《ぬか》ほどより降って居ない。その知らない男は、何かまだぐずぐず言って居た。そうしてどうしてもこの犬を繋げ、それでなければ俺は通れぬ、と言い張った。可笑《おか》しいほど犬を恐れ乍ら、可笑しいほど一人で威張って居た。「これは優しい犬だ、未だ子供だから人懐しがって通る人の傍へ行くのだ」と彼は犬のために弁護した。彼にとっては、今、犬は無辜《むこ》の民である。その男は暴君である。彼自身は義民であった。その男の言うことが一一理不尽に思えた彼は、果は大声でその男を罵った。彼の妻は何事かと縁側へ出て来たが、この様子を見ると彼の女は、暗のなかの通行人に向って頻《しき》りに詫びて居た。彼にはそれが又腹立しかった。

「黙って居ろ。卑屈な奴だ、謝る事はない。犬が悪いのじゃないぞ。この男が臆病なんだ。子供や泥棒じゃあるまいし……」

「何、泥棒だと。」

「お前が泥棒だと言やしないよ。音無しく尾を振って居る犬をそんなに怖がる奴は泥棒見たいだと言っただけだ。」

彼は、しまいには、その男を殴りつけるつもりであった。彼等は五六間を距てて口争いして居た。其処へ、見知らない男の後から一つの提灯《ちょうちん》が来た。それがその男に向って何か言って居たが、提灯は彼の方へ近づいて来た。奴等は棒組だな、と彼は即座にそう思った。若し傍へ来て何か言ったら、と彼は杖をとり直して身構えした。

「どうぞ堪忍してやって下さいましよ。親爺ゃお酒をくらって居るんでさ。」

その提灯の男は、反って彼に謝って居たのだ。彼は相手が酔っぱらいであったと知れると、急に自分が馬鹿げて来た。併し、彼は笑えもしなかった。その時或る説明しがたい心持で、身構えて把《にぎ》って居た自分の杖をふり上げると、自分の前で何事も知らずに尾を振っている自分の犬を、彼は強《したた》かに打ち下した。犬は不意を打たれて、けん、けん、と叫びながら家のなかへ逃げ込む。打たれない犬もつづいて逃込む。彼は呆然とそこに立って居たが、舌打をして、その杖を渠のなかへたたきつけると、すたすたと家へ這入って行った。犬は二疋とも床下深く身を匿して居た。そうして庭に這入って来た彼を見た時、彼等は細い悲しい声を上げて、彼等の訴えを吠えた。杖を捨てても未だ握って居た彼の掌は、ねちこちと汗ばんで居た。

「今に見ろ。村の者を集めてあの犬を打殺してやらあ！」酔っぱらいはそんな事を言いながら、提灯をもった若い男に連れられて通り去った。

酔っぱらいのその捨白《すてぜりふ》が、その晩から、彼には非常な心配の種になった。村の者が、実際、彼の犬を打殺しはしないかと考えられ出すと、身の上話で泣いて居たあの太っちょの女が、いつか彼に告げた言葉も思い出された——「この村では冬になると犬を殺して食いますよ。御用心なさい、御宅のは若くって太って居るから丁度いいなんて、冗談でしょうがそんな事をいって居ましたよ。」

捨てて仕舞った杖は、思えば思うほど、彼には非常に惜しいものであった。それは唐草模様の花の彫刻をした銀の握のある杖であった。別段それほど惜しむに足りるものではないのに、それが彼には不思議なほど惜しまれた。その翌日は、彼は犬を運動させるようなふりをして、その杖を捜す為めに、渠の流れに沿うた道を十町以上も下って見た。あの清らかであった渠の水は、毎日の雨で徒らに濁り立って居た。杖は何処にも見出されなかった。彼はあんな風にして杖を無くした事を、妻には内緒にして居るのであった、全く羞《は》ずかしい事だったので。杖と酔漢の捨白とが、彼自身でさえ時時は可笑しいばかり気にかかる。一層、あの時、あの男を撲《なぐ》りつけてやればよかったに――彼は寝床のなかで、口惜しくてならない時もあった……若しや犬がいじめられて居はしないかと、それを夜中放して置くことが苦労になり出した。気を苛立てながら聞耳をそば立てると、犬の悲鳴がする。大急ぎで縁側へ出て戸を開けながら口笛を吹くと、犬は直ぐ何処かから帰って来る。そうして鳴いて居るのは外の犬であった。併し、口笛を吹いても名を呼んでも容易に帰って来ない事がある。そうして一層けたたましく吠えつづける。そんな時には居ても立っても居られない。彼の妻は、あれは家の犬ではないとか、犬は別に何処でも鳴いては居ないとか言って、初めは彼を相手にはしなかったけれども、彼があまりやかましくいうので、この妄想は、何時しか妻の方にまで感染した。彼等は呪われている者のように戦戦競競《せんせんきようきよう》として居た。その上に、ランプの焔がどうした具合か、毎夜、ぽっぽっと小止《おや》みなく揺れて、どこをどう直して見ても直らなかった。彼は自分の不安な心を見るようにランプの揺れる芯を凝視して、癇を苛立てて居た。或る夜、ただ事でない犬の鳴き声がするので、庭に出て見ると、レオはさも急を告げるらしい様子で彼を見て吠え立てる。遠くの方ではフラテ？ の悲鳴が切なく聞えて来る。彼はレオの後に従い乍ら、悲鳴をたよりに、フラテ！ フラテ！ と叫びながら、それの居所を捜し求めるのであった。やがて帰って来たフラテを見ると、顔の半面と体とが泥だらけであった。フラテは泥の上にすりつけられて折檻されて居たのであろう。何処からか凱歌のように人の笑声《わらいごえ》が聞えて来る……。その夜以来、犬は夜中のただ一二時間だけ放して置いてから、又再び繋ぐことにした。且又《かつまた》、それの鎖の場所を玄関の土間のなかへ変えた——素通りの出来る庭の隅では、たとい繋いで置いても不用心だからである。しかし繋がれるために呼ばれるのだと知ると犬は呼んでもなかなか帰って来なかった。帰って来ても、主人たちの顔つきを見ながら、庭の中を逃げ廻ってなかなか捉えられなかった。そこで食物を与えて釣って見ても鎖の傍へならば寄りつかなかった。闘犬の子で逞しい足と、太い牙とを持っているフラテは、或る夜自分の鎖を真中から食切って、四辺の壁から脱けるためには床下の土に大きな穴を開け、大きな体をそこからもぐり出すと、鎖の半分は頸にぶらさげて泥濘《ぬかるみ》の地上にそれを曳きながら、夜中楽しく遊びまわって居た。それを主人に知らせるために、そうして自分も解放されたいために、レオは激しく鳴き叫んだ。

彼は、犬に対する夜中の心配を昼間に考え直すことがあったが、これはどうも一種の強迫観念だと気づかずには居られなかった。犬だって自分の力で自分を保護することは知って居るだろう……。そうして、たわいもない犬のことなどをばかり考えて居る自分が、恥しくも情けなかった。けれども夜になると、やはり「俺の犬は盗まれる、殺される！　きっとだ！」今では、犬は彼にとってただ犬ではなかった――何か或る象徴であった。愛するという事は実にそれで苦しむという事であった。杖のこともなかなか忘れられなかった。犬の心配のない時には、銀金具の把りのある杖が、その金具の重みのために頭の方だけ少し沈みながら、濁った渠のなかを、流れのまにまに浮いたり沈んだりして、何処かを、そうして涯しのない遠い何処かへ持って行かれるために流れて行くところを、彼は屡屡《しばしば》寝床のなかで空想して居た。

＊　＊　＊　＊

雨は、一日小降りになったかと思うと、その次の日には前よりももう一層ひどく降る。さて、その次の日にはまた小降りになる。併し、その次の次の日にはまた降りしきる……。この間歇《かんけつ》的な雨は何時までも降る……。幾日でも、幾日でも降る……。彼の心身を腐らせようとして降る……、世界そのものを腐らせようとして降る……

何もかも腐れ………、

腐るなら腐れ………、

勝手に腐れ、

腐れ腐れ……、

お前の頭が……、

まっさきに腐れ……、

……………、

……………、

……………、

……………、

……………、

……………、

声のないコーラスは家の外から、四方から来て、彼の家のなか一ぱいにうすら寒く、うす暗く漂うて、見ていると雨の脚はそういうリズムで降る。北の窓の方を見ても、南の窓の方を見ても、その物憂いリズムの無限の度数を繰り返し、繰り返して降る……。何日になったならば止もうという希望なしで降る……。

* * * * *

ここに一つの丘があった。

彼の家の縁側から見るとき、庭の松の枝と桜の枝とは互に両方から突き出して交り合って、そこに穹窿形《きゆうりゆうけい》の空間が出来て、その樹と樹との枝と葉とが形作るアアチ形の曲線は、生垣の頭の真直ぐな直線で下から受け支えられて居た。言わばそれらが緑の枠をつくって居た。額縁であった。そうしてその額縁の空間のずっと底から、その丘は、程遠くの方に見えるのであった。

彼は、何時初めてこの丘を見出したのであろう？　とにかく、この丘が彼の目をひいた。そうして彼はこの丘を非常に好きになって居た。長い陰気なこのごろの雨の日の毎日毎日に、彼の沈んだ心の窓《まど》である彼の瞳を、人生の憂悶からそむけて外側の方へ向ける度毎に、彼の瞳に映って来るのはその丘であった。

その丘は、わけても、彼の庭の樹樹の枝と葉とが形作ったあの穹窿形の額縁を通して見る時に、自ずと一つの別天地のような趣があった。ちょうどいいくらいに程遠くで、そうして現実よりは夢幻的で、夢幻よりは現実的で、その上雨の濃淡によって、或る時にはそれが彼の方へ稍《やや》近づいて、或る時にはずっと遠退《とおの》いて感じられた。或る時には磨《すり》ガラスを透して見るようにほのかであった。

その丘はどこか女の脇腹の感じに似て居た。のんびりとした感情を持ってうねっている優雅な、思い思いの方向へ走っている無数の曲線が、せり上って、せり持ちになって出来上った一つの立体形であった。そうして、あの緑色の額縁のなかへきちんと収まって、譬えば、最も放胆に開展しながらも、発端と大団円とがしっくりと照応できる物語のように、その景色は美しくも、少しの無理も無く、その上にせせっこましく無しに纏って居た。それはどこかに古代希臘《ギリシヤ》の彫刻にあると謂われている沈静な、而も活き活きとした美をゆったりと湛えて居た。それは気高い愛嬌のある微笑をもった女の口の端にも似て居た。丘の頂には雑木林があって、その木は何れも手の指を空に向けて開けたように枝を張って居て、彼の立っている場所から一寸か五寸ぐらいに見える――或る時には一寸ぐらいに、そうして或る時には五寸ぐらいに感じられて見える。短い頭髪のように揃うて立っている林は、裸の丘を額にしてそれの頂だけに、美しい生え際をして生えて見える。それらの林と空とが接する境目にはごく微細な凹凸があって、それが味い尽せないリズムを持って居る。それの少しばかり不足しているかと思えるところには、その林の主である家の草屋根が一つ、それの単調を補うて居る。そうして、その豊かにもち上った緑の天鵞絨《ビロウド》のような横腹には、数百本の縦の筋が、互に規則的な距離をへだてて、平行に、その丘の斜面の表面を、上から下の方へ弓形に滑りおりて、くっきりとした大名縞を描き出して居た。それは緑色の縞瑪瑙《しまめのう》の切断面である。それは多分、杉か檜か何かの苗床であるからであろう。だがそんなことはどうでもいい。唯、この丘をかくまでに絵画的に、装飾風に見せて居るのには、この自然のなかの些細な人工性が、期せずして、それの為めに最も著しい効果を与えられて居るのであった、ちょうど林のなかに家の屋根が見えて居ると同じように。そうして、この場合どこからどこまでが自然その儘のもので、どこが人間の造ったものであるかは、もう区別出来ないことである。自然の上に働いた人間の労作が、自然のなかへ工合よく溶け入ってしまって居る。何という美しさであろう！　それは見て居て、優しく懐しかった。おれの住みたい芸術の世界はあんなところなのだが……

「何をそんなに見つめて居らっしゃるの？」

彼の妻が彼に尋ねる。

「うん。あの丘だよ。あの丘なのだがね。」

「あれがどうしたの？」

「どうもしない……綺麗じゃないか。何とも言えない……」

「そうね。何だか着物のようだわ。」

この丘は渋い好みの御召の着物を着て居ると、彼の妻は思って居る。

それは緑色ばかりで描かれた単色画であった。しかしこのモノクロオムは、すべての優秀なそれと全く同じように、殆んど無限な色彩をその単色のなかに含ませて居た。そうして見て居れば見て居るほど、それの豊富が湧き出した。一見ただ緑色の一かたまりであって、而もそれは部分部分に応じて千差万別の緑色であった。そうしてそれが動し難い一つの色調を織り出して居た。譬えば一つの緑玉が、ただそれ自身の緑色を基調にして、併し、それの磨かれた一つ一つの面に応じて、各各相異った色と効果とを生み出して居る有様にも似て居た。彼の瞳は、常に喜んで其の丘の上で休息をして居る。

「透明な心を！　透明な心を！」

その丘は、彼の瞳にむかって、そうものを言いかけた。

或る日。その日は前夜からぱったり雨が止んで、その日も朝からうすぐもりであった。やがて正午前には、雲に滲んで太陽の形さえ、かすかながら空の奥底から卵色に見え出した。

彼の妻は、秋の着物の用意に言寄《ことよ》せて、東京へ行って来ようと言い出した。彼の女は空の天気を案ずるよりも、夫の天気の変らないうちにと、早い昼飯をすませると、毎夜の憧れである東京へ、あたふたと出かけた。心は恐らく体よりも三時間も早く東京へ着いたに相違ない。

彼は、唯ひとりぼんやりと、縁側に立って、見るともなしに、日頃の目のやり場であるあの丘を眺めて居た。その時その丘は、何となく全体の趣が常とは違って居ることに彼は気づいた。それはどうもただ天気の光だけではないのである。けれどもその原因は少しも解らなかった。と見こう見して居るうちに、彼はやっと思い出して、机のひき出しから眼鏡を捜し出した。彼は可なりひどい近眼でありながら、近頃は折折、眼鏡をかけることさえ忘れて居るのであった。何ごともしない近頃の彼には眼鏡も殆んど用が無くなって居たから。そうして、つい眼鏡をかけずに居ることが、彼を一層神経衰弱にさせて居ることにも気づかずに。眼鏡をかけて見ると、天地は全く別箇のものに見え出した。今日は天地の間に何かよろこびのようなものを見ることが出来た。空が明るいからである。丘ははっきりと見えた。なる程。丘はいつもとは違って見える――丘の雑木林の上には鳥が群れて居た。うすれ日を上から浴びて、丘の横腹は、その凹凸が研ぎ出されたような丸味を見せて、滑らかに緑金に光って居る。苗木の畑である数百本の立縞――なる程、違って居るのは其処だ。その立縞の縞と縞との間の地面をよく見ると、その左の方の一角を要にして、上に開いた扇形に、三角形に、何時もの地面の緑色が、どういうわけか、黒い紫色に変って居るのである。はて！　何時の間にこんなに変ったのであろう？　何のために変ったのであろう？　彼は、実に不思議でならない気持がした。彼は世にも珍らしい大事が突発したかのように、しばらくその丘の上を凝視した。その丘は、彼には或るフェアリイ・ランドのように思われた。美しく、小さく、そうして今日はその上にも不可思議をさえ持って居るではないか。

こうして暫く見つづけて居ると、その丘の表面の紫色と緑色との境目のところが、ひとりでにむくむくと持ち上って、その紫色の領分が、自然と少しずつ延び拡がって行くようであった。尚も、瞳を見据えると――そうすると眉と眉との間が少し痛かったが――其処には、小さな小さな一寸法師が居て、腰をかがめては蠢動《しゆんどう》しながら、せっせとその緑色を収穫して居るのであった。あの苗木と苗木との列の間に、農夫が何かを作って置いて居たのであろう。併し、見た目には、その農作物が刈りとられて居るというよりも、紫色の土が今むくむくと持ち上ってくるとしか、彼の目には感じられなかった。

彼は不可思議な遠眼鏡の底を覗いて、その中にフェアリイ・ランドのフェアリイが仕事をして居るのをでも見るように、この小さな丘に或る超越的な心持を起しながら、ちょうど子供が百色眼鏡を覗き込んだように、目《ま》じろぎもしない憧れの心持で眺め入った。彼はとうとう煙草盆と座布団とを縁側まで持ち出して、このひとりでに持ち上る土の紫色を飽かず凝視した。紫色の土は湧くように持ち上る。あとからあとから持ち上る。紫色の領土が、緑色の領土を見る見る片はじから侵略して行く。と、うすれ日はだんだんと明るくなって来る。不意に、夕日の光が、少しずつ晴れて来た西の方の雲の細い隙間から一かたまりに流れ迸《ほとばし》って、丘の上に当った。丘は舞うような光線のなかに急に輝き出す。その丘の上へ色彩のあるフウトライトが投げられたかのように。丘の上ではフェアリイも、雑木林も、永い濃い影を地に曳いた。そうしてフェアリイ・ランドの風景は、一層くっきりと浮き上った。今もち上ったばかりの紫色の土はオルガンの最も低い音色のような声をして、何か一斉に叫び出しそうに見える。丘の頂の林のなかの草屋根は滑らかなものになって、そのなかから濃い白い煙が、縷縷《るる》と、ちょうど香炉の煙のように、一すじに立ち昇った。そうして、彼は今、うっとりとなってフェアリイ・ランドの王であった。

その天地の栄光は、自然それ自身の恍惚は、一瞬時の夢のように、夕日が雲にかくれた時に消えた。夕日は、雲から、次には一層黒い雲と遠い地平の果の連山の方へ落ち込んで行った。あの細い雲の隙間のところに、明るいかがやかな光の名残を残して。

気がついて見ると、丘はもうすっかり紫色に変って居る……フェアリイの仕事が終ったからだ……。見とれて居るうちに、あたりは何時しかとっぷりと暗くなって居た。それでも彼の瞳のなかには、フェアリイ・ランドの丘だけが、依然として、闇のなかにくっきりと見えるように思う。

やがて、いつまでも見えるように思っていた丘も見えなくなった……。

＊　＊　＊　＊　＊

彼が我にかえって、もうフェアリイ・ランドの王ではなかった時、闇は、遠い野や山の方から押し寄せて来て、それが部屋という部屋中へもうぎっしりとつめ込まれて居た。彼の身のまわりは全く暗黒であった。彼は先ずランプへ灯をともさなければと、煙草盆にあったマッチを擦った。そうして家中到る処でマッチを擦った。ランプのありかを求め捜す為めであった。けれども何処に置かれて居るのやら、それはどうしても見つからなかった。

一たい、この頃彼にはそんなことが実によくあった。ランプなどというそれ程大きなものではないにしても、その代りには今のさっきまで自分の手のなかに在ったもの、そうして使って居たもの、例えばペンであるとか、煙管《きせる》であるとか、箸であるとか、そんな風なものが、不意にどこかへ見えなくなるのである。そうして一時姿を晦《くらま》して居たそれらの品物は、後になって思いも寄らないような、その癖考えればごく当りまえな場所から、或はその時に注意深く捜した筈だと思える馬鹿げた場所から、ひょっくりと出て来る。併し、捜す時には、実に意地悪く決してそれは姿を現さない。そう言う事は誰にもよくある事である。併し、この頃彼に起った程それほど屢屢は、決して誰にも起るものではない。彼にはこの頃そんな事が一日に少くとも二三度は必ずあった。そのふとした事が、彼にその都度どんなにか重大に見えたであろう。実に不可解な、神秘とさえ考えたいような、寧ろフェイタルとも言いたい程な出来事だ、とさえ彼には感じられるのであった。誰か目には見えない何者かが居て、その間ちょっとその品物を匿して居るという風にも思えた。そうして彼の持ちものが、こうして毎日二三品ずつ位、身のまわりからひょっくり消え失せでもするように彼には感じられるのであった。それ故ランプの時にも「又あれだな」と思いながら、彼はもうそれを捜すことを一先ず断念することにした。それは、妙に、断念すればする程早く出て来るようだから。彼はそこで気がついて、箪笥の上から手さぐりに燭台をとり下した。それへ陰気な、赤い、揺れる火をともした。

その夜のような時に、そんな田舎で、而もただひとりで居て、四方を未だ戸締りして居ない家が、彼を薄気味悪くした。——何とも知れない変な、それは泥棒などという素性の知れたものではない別種の侵入者、それは結局正体のない侵入者、それを自由自在に出入するに任せて居るような気がするのであった。戸袋というものはそれの性質上、家の隅隅にあった。生れつき最も臆病な、その上更にこの頃ではそれの程度が、神経質な子供以外の普通の人間には到底同情、どころではない理解もされそうも無い程にまでなって居た彼には、家の隅というような場所さえ不安なところに思えるには十分であった。彼がそこに立って一枚一枚と戸を繰って行くと、戸の走るその音が、野面の方へ重く這って行って、そこで空虚に反響して居た。その音に脅えたのであろうか、今までは音無しく睡入って居たらしい彼の二疋の犬は、その時床の下からほの白く出て来るや否や、又いつものあの夕方の遠吠えを初めた……。十枚ぐらいもあるその縁側の戸を締めてしまって、もう一つ反対の側にある短い縁側の戸を締めようと、通抜けに六畳の座敷へ彼が足を踏み入れた時である。そこの床の間に、ちょこんと立って居た！　ランプが。今まであれ程捜して、ここだって念入りに捜した筈の場所ではないか！　いつものような小さなものででもあろう事か、こんな大きなものが。……そう思うと、彼は全く恐怖に近い或る感じがした。……これや、このランプにはうっかり手はつけられない。それを持とうと何の気もなしに手を差し延した刹那、それが自分の目の前で、ふいとまた見えなくなりでもするとしたならば……彼には、そんな事が想像された。その想像を馬鹿ばかしいと自制しながら、彼は思い切ってランプへ手を差し出した。ランプはいい工合に本ものであった。

ランプへ灯をともして、戸を締めてしまって、火鉢の前に来た時、彼の気がついたのは、お茶を飲もうにも湯がなかった。炭は真白な灰になり、昼間には滾《たぎ》り立って呻りつづけて居た鉄瓶は、それのなかの水と一緒に冷えきって居た。それも当然の事である。彼の妻が十一時ごろに出かけて行った時、それを生けて置いたままで、彼はそれっきり炭を次《つ》がなかったのだから。炭などは愚か、彼にはあのフェアリイ・ランドの丘以外には、世界に何も——自分自身でさえも無かったのだから。……いい按排にそれの遠吠えは今日は案外短かくて済んだと思った犬は、今度は二疋で、くんくんと鼻を鳴らし出して居た。これは彼等の夕飯の催促なのであった。空腹なのは彼等と猫とばかりではない。彼自身も先刻からの、妙に胸さわぎのするようなその臆病な気持も、うすら寒いのも、一つは確にそれのせいに相違ないと考えた程に空腹なのであった。併し、夕飯を食べるにしては、今夜は先ず飯を炊かなければならなかった——不意に東京へ行くと言い出した彼の妻は、汽車の時間の都合でそれの用意はして置けない、と、くどくどと言い訳をして、停車場への行きがけにそれをお絹に頼んで行こうと言った。けれども、昨夜もお絹の身の上話のもう十遍目位も聞かせられて悩まされて居た彼は、妻には米を洗わせて水をしかけさせて、自分自身で炊くことにして居た。火のない火鉢の前に坐り込んで、彼は一晩ぐらい飯などは食わなくともいいと思った。けれども、こうして犬どもにせがまれて、この常に飢に襲われて居る者どもの空腹を想像して見た時、彼は飯を炊かずには居られなかった。この頃ではもううっかりして居るうちに日が暮れるのだから、早く用意をして置かなければ……と、そうも言い置いた妻の言葉を、彼は思い出しながら、自分を台所の方へ運んで行った。

彼は犬を鎖から放してやって、それを台所の方へ呼んで来た。うす暗い隅隅の多い台所は、彼ひとりではもの淋しかったからである。犬どもは彼等の主人の心持をよく知って居たかのように、土間にしゃがんでいる彼の傍へ来て、フラテも、レオも、二疋とも彼にすり寄って坐った。猫は猫で、そこの板間の端に来て彼の顔に近く蹲った。こうして彼の妙な一家族が、馬の蹄《ひづめ》のような形に高く積み上げられて土で出来た竈《かまど》の前にわびしく物言わぬ団欒をした時に、彼はやっと心丈夫に思えた。そうして彼は火を焚き出した。焚きつけだけはよく燃えた。それが燃え盛ると彼の心も明るくなった。けれども火は直ぐ消えてしまって、彼の投げ入れた二三本の薪へは決して燃えつかない。彼はただ徒に焚きつけを燃した。永い間の雨で、薪は湿りきって居たからである。そうして焚きつけは——こんなもの位はもっとどっさり用意して置けばいいものを！　少ししか無かった焚きつけは、五六遍くべて居るうちには既にもう屑も無かった。彼は考えついて石油の鑵を持ち出した。びくびくしながら薪の上へ石油をぶっかけた。直ぐ石油は地の上から三四寸浮いたところに大きな軽い火の塊をつくって、燃え立った。走るように昂奮に燃えた。神経的に燃えた。それは全く何の精神統一もない人の——彼自身のような人の昂奮に髣髴《ほうふつ》として燃えた。思慮なく、理性を没却して、そのくせ力なく、ただ一気に燃えた。直ぐにぐったりと気がくずおれて下火になった。石油はただそれがある間はそれ自身だけ燃えて、燃え尽きると、あれほど大きかった炎の塊は幾つかの小さなそれに分れ分れになって、それの一つ一つは薪の上つらを這って伝いながら、青く小さな炎がちらちらとそこを舐めてしまったかと思うと、もう消えて居た。どす黒い臭とどす黒い色とを持ったその特有の煙、それは馬鹿げた感激の後に来る重い気分に似た煙が、一度にどっと塊ってさもけだるげに昇った。それは猫がおどろいて立ち上り、二疋の犬は一様にそれから顔を反けた程にどっさりであった。彼はその同じことをもう一度試みた末に、石油は薪に灌《そそ》がれたものよりも土の上に零《こぼ》れたものの方が、最後まで燃えて居るのを発見して（実際、彼は石油の燃え方に就て、いらいらした自分の感激の具象化を、例の病的な綿密さで丹念に、研究者のように見つづけたのである）彼は改めて竈の下から、石油の燃えたしるしに、それの上つらだけが黒く燻《いぶ》されて居る薪を竈の外へ、一たんとり出した。さて竈の底の灰の上へ思いきってあるだけの石油を灌いで置いてから、その土の上に薪を組み合せて積み上げた。さて燃えて居るマッチを一つかみ投げ込んだ。黒い煙の少しと大きな炎とが、釜の下を伝うて存分に吐き出された。そのうちにそれは少しずつ薪へ燃えうつり出した。

「うまい！　うまい！」

彼は思わず声を出して、そうひとり言を言った。その低い声を聞いて、フラテは彼の細く尖った顔を上げて、その意味を訊《ただ》すかのように彼の顔を見上げた。やっと、少しずつ燃えて来た薪は、それは心《しん》から動かされた人間の、力強い感激のように頼もしい炎であった。おお！　燃えて来る火というものはどんなにうれしいか。彼と彼の犬とは同じように瞳を輝かして、未開の人たちが神と崇《あが》めたその燃える火を見つめた。その時炎の上に濺《そそ》がれて居た彼の瞳に、ふと何の関聯もなしに、妻の後姿が、極く小さく――あのフェアリイほど小さく見えるような気がした。その燃える火のなかにいる彼の妻は、どうやら大変な人ごみのなかに居るように感ぜられる……。単なる想像ではなく、それは目さきにちらつく幻影に近い――幻影というのはこんなものであろうかと思えるような形で、そんな空想が思いがけなく彼に起った時に、ああ活動へ行って居るな！　と、彼には直覚的にそう思えた。その次には半ば彼自身の意志から、彼の空想は、東京のそのうちでも人気の多いような場所へ向いて行った。とその次の瞬間に、……若しや、自分自身も今ごろは、そんな人込みのなかを歩いて居るのではなかろうか、と、そんな有り得べからざることが極く普通の考えのように思い浮ぶ。……こんな処に、うす暗いうすら寒い台所の片隅に、竈の前へしょんぼりと蹲《うずくま》って、思うようには燃えない炎をさっきからじっと見つづけて居る自分。まるで苦行者が苦行をでもつづけるように自分自身の気分を燃える炎のなかに見つめて、犬や猫にとり囲まれて蹲って居る自分。これは若しや本当の自分自身ではないので、本当のものは別にちゃんと何処かに在るので、ここの自分は何か影のような自分ではないのか！　そんな気持がひしひしと彼に湧いて来た。その心持が彼に滲入《しみい》った時に、冷たい感覚が彼の背筋の真中を、閃くが如くに直下した。身のまわりのすべては、自分自身も竈の炎も二疋の犬も猫も、眼を上げるとお櫃《ひつ》も手桶《ておけ》もランプも流しもとも悉くが、今、ふいと掻き消えはしないかと危ぶまれる。そうして怖る怖る身のまわりが振り返って見られる。壁の上には、彼自身と二疋の犬との三つの影が三方に拡がって、大きく黒く一面に映って、それが炎の燃えるまにまに、壁の面で或は小さく或は大きくふるえる。それは小休《おや》みなく動く毎に、それだけ少しずつ彼等の本体の方へ近づいて来て、それ等の本体を呑包んでしまいそうに見える。と、彼の左側に居たレオは、突然ぬっくと立ち上ったが、煙を出すために少しばかり隙《あ》けて置いた戸の隙間からすり抜けて外の方へ出て行った。それから急にけたたましい短い声で吠え出した。耳を後に立ててその兄弟の声に注意したフラテも同じようにして出て行った。彼等は声を合せて吠えた。――目には見られない何者かが近づいて居ることを彼に告げでもするかのように。恐怖が彼を立上らせた。併し、犬どもは直きにそれをやめて不興げな真面目な様子で、もとの座へ、彼の傍へ帰って坐った。

犬どものその様子が彼には不審でならなかった。彼は心を落着けると、少し身を延び上って、戸の節穴から、試みに、そっと外を窺《うかご》うて見た。すると、ほのかな闇を見透して居る彼の目に、柿の樹の幹のかげから黒い小さな人影が、不思議にも足音なしに現われて来た！　その人影が小さかったことが彼をいくらか安心させた。けれどもそれは正しく何の足音もない者であった！　併し、それが動いて来て、戸の隙間から洩れて流れて居るランプの光につき当った時、それは別に奇異なものではなかった。それはお桑、彼の家へよく遊びに来る隣の家の十三になる女の子であることが確であった。けれども？　あのお喋りの、いつもずっと遠くから大声で呼ばわりながら駆け込んで来たり、犬の名を呼んだり、或は口笛を吹いたりしながら来る子、そうして夜になってからなどは決して遊びに来ない子が、今夜あんな風にして来る筈はない、と思うと、そのふわふわと近づくお桑は、やはり、奇異なものであった。彼はそれを確めようと呼んで見た――

「お桑さか？」

「おおっ！　びっくらした！　小父さん居なったか。」

そう答えたのはやはりお桑であった。併し、彼の呼んだのは妙に落着いた大きな声のひとり言のようであったのに対して、お桑の答えは実に仰山《ぎょうさん》な叫びであった。その声で、今まで淋しさをこらえて居た彼が飛び上ろうとした程。お桑の声で安心した彼は、戸を開けた。外には突立ったお桑の妙な表情が明るく浮き出した。

「どうしたのだ、お桑さ。……うちで叱られたのか。」

「……」お桑は直ぐには返事をしなかった。けれどもやがて暫くすると、小父さんは飯を炊いて居たのかとか、小母さんは何日帰るかとか、この子はいつもの通りに喋り出した。そのうちに、お桑はふと思い出したかのように言った。「然うだっけ！ おら忘れて居ただ。今日おらあで風呂焚いただよ――お天気で、皆野良へ出ただもの。今焚いて居るんだよ。もうちっとしたらへえりに来なよ。……小父さんは妙な人だなあ、無え時にべえへえりたがって、ある時にはへえりたがんねえでねえか。」お桑はそんなことを言うと、そわそわと帰り出した。今夜ばかりは、お桑にでももっと喋って居て貰いたいと彼は思ったのに。その女の子は、五六間歩き出した時には、

「小父さん。また降って来ただよう。」

と、もういつものとおりのお桑であった。お桑の奴は今ほっと安心をしたのだ、と彼は思った――彼には、風呂の事を聞いた時に、あの足音の無いお桑が、偶然にももう解って来て居たから。お桑の一家族は皆手癖が悪いという噂や、この頃外に積んで置く薪があまり減りすぎるという事や、時時の朝に、束から崩れて抜け落ちた薪が二三本も井戸端にある、というような事を、彼の妻が言ったのを彼は思い合したのである。

そう解って見ると、そんなことは彼にはどうでもよかった。唯、

「小父さん。また降って来ただよう。」

と言ったお桑の言葉と、あの時あのきっかけでひょくり柿の幹から現われた人影としてのお桑が、彼の心に残った。それよりも、彼がそれ程に苦心をした飯は、何か用具について居たのか、彼の手にあったのか、とにかく石油の臭が沁み込んで居た。(お茶をかけて、ランプの光に透して見ては、別に何も浮いては居なかったが。) 彼には、それはどうしても一杯しか食えなかった。その夜は、飯にばかりではない、夜着の襟も、枕も、彼の肩のところも、彼の口のなかも、空気そのものも、彼の腕にぴくぴくと小さな心臓の鼓動を伝えて彼の傍に来て眠って居た猫も、皆石油くさかった。そうしてそのあるかないかの臭が、夕飯の代りにと沢山に彼が飲んだ茶の作用と結びついて、それが極く微かなだけに、彼をひどく昂奮させた。臭はあると思えばあった、無いと思えばなかった。……ふと、夕方ランプを捜そうとして方方でマッチを擦ったことや、火を燃そうとして石油を弄んだことを思うと、釜を竈から下した時それの尻にちらちらと動いて居た小さな火の粉の行列を面白がったことと言い、この部屋にみなぎる石油の臭と言い、そう思って見るとお桑が薪を盗みに来たことまで、何でもかでも皆、今夜この家から火事が出るという事の予覚に思えてならない。……空気のなかには、既にそういう用意が出来ていて、それが彼の官能には仮に石油の臭になって訴えられて居る。とそんな風にも思える。とうとう……こんな家ぐらい燃え上がってしまえ。火事というものは愉快なものだ。いやいや、そんなことを考えると本当に火事が出る、とも思う……。若し火事が出たら、真先きに犬どもを鎖から放してやらなければ彼等は焼け死ぬ、と思う。その時になって狼狽するといけないから、今のうちから用意に放して置いてやろうかとも思う。……大丈夫火事になどはならないとも思う。何しろ早く夜が明ければいいとも思う。そんなことを思う傍に別の心があって、本当に妻は活動写真へ行ったろうかと思う。今日の昼間のあのフェアリイの仕事をして居る姿を思い浮べる。と、夕日がぱっと丘に照ったことから、それの色からまた火事の事が思われて来る……。彼は自分自身で、それを、未だ睡入らずに考えて居るようにも感じ、もう眠って居て夢のなかで考えて居るようにも思った。そうしてそれが果してどちらであったやら、後になって見ると更に解らない。——

＊　＊　＊　＊　＊

或る雨の晴れた晩であった。それはもっと後の日であったか、それともここに書くのが順当な頃であったか解らない。とにかく或る雨の晴れた晩であった。大きな円い月が、あの丘の上から、舞台の背景のせり出しのように静に昇って来たことがあった。

その晩は犬が二疋ともいつもよりももっと悲しげに、もっと激しく吠えた。

彼は、それらの犬どもを遊ばせるつもりで庭へ出た。庭からまた外へ出た。空に月が出て居ることが彼の心を楽しくして居た。月は殆んど中天に昇って居た。空は東の方がからりと晴れて、西の方へ行くほど曇ってその果は真黒であった。大きな空が一刷毛《ひとはけ》でぼかされて居た。彼は月をつくづくと見上げた。そうして歩いた。遠い水車の音が、コットン、コットン、コットン、と野面を渡ってひびいて来た。フェアリイ・ランドの丘の女の脇腹は、月の光が細かく降りそそがれて、それは濡れて光って居た。彼は彼の家の前の街道を幾度も幾度も往ったり来たりして歩いた。月を背にして自分の短い影を見た。又は、自分の影は見ないで涯《はて》しのない月の中を見つめて歩いたりした。二疋の犬は彼の後について、二疋で互にふざけ合いながら、嬉嬉《きき》として戯れて居た。彼が立ちどまると、二疋の犬は、立って居る彼のぐるりを、追っかけ合って廻った。彼は水のせせらぎに耳を貸した。路の傍に、彼の立って居る足の下に、あの道に沿うた渠である細い水が、月の光を砕きながら流れて居た。それは大きな雲母《うんも》の板か何かのように黒く、そうして光って、音を立ててふるえて居た。ふと、南の丘の向う側の方を、KからHへ行く十時何分かの終列車が、月夜の世界の一角をとどろかせ、揺がせて通り過ぎた。その音が暫く聞かれた。この時、彼にはもの音が懐しかった。月の光で昼間のように明るい、いや雨の日の昼はこれよりずっと暗い——野面を越えて、彼は南の丘の方へ目を向けた。……今、物音の聞えたところ、丘の向う側には素晴らしく賑《にぎ》やかな大都会がある。……其処には、家家の窓から灯が、きらきらと簇って輝いて居る……。彼は不意に何の連絡もなく、遠い汽車のひびきを聞いただけで、突然そんな空想が湧き上って来た。そう言えば、一瞬間、ほんの一瞬間、その丘のうしろの空が一面に無数の灯の余映か何かのようにぼっと赤くなった……かと思うと、すぐに消えた。それは実際神秘な一瞬間であった。

「俺は都会に対するノスタルジアを起して居るな？」

彼は、そう思いながら、その丘から目をそらした。そうしながら、見ると彼の突立っている一筋の路の前方から、或る黒い人影が彼の方へ歩いて来つつあった。それは彼とは二町ほど距てて居た。彼はそれを見つめながら、月の光のなかをそんな風な打開けた場所を人の通って来るのを、何ということなく気味悪く思った。そうして月夜は闇夜よりも物凄いと思った。と、その時、その人影の方から、

「ヒュウ！」

と、一声、ただ一声、高く口笛が聞えて来た。すると彼の犬は二疋とも、突然疾風のような勢で、その人影の方へ駆け出した。それが先ず彼には非常に不愉快であった。これらの犬は彼、即ち犬どもの主人の呼ぶ時より外には、今まで決して他の人の方へは行こうとはしなかったからである。それがその夜に限って、この一声の口笛を聞くと、飛ぶように駆け出す。彼は或る狼狽をもって、

「ヒュウ！」

と、同じように一声高く口笛を吹いた。犬をよび返すためである。彼の口笛を聞くと、犬も気がついたらしく、慌てて彼の方へ引き返した。

「フラテ!」

人影はそう言って、犬の名を呼んだ。

「フラテ!」

彼も慌てて、同じく犬の名を呼んだ。

彼のそう叫んだ声は、妙に、あの人影の声とそっくりであった。そうして直ぐに同じ言葉を呼び返した為めに、彼の声は、ちょうど人影の声の山彦のように響いた。二つの声は、この言い現し難い類似をもって全く同一なものだと彼自身にさえ感じられた。それを犬でさえもそう聞いたに相違ない。一旦、駆け出した犬は、人影を慕うて行ったまま帰って来なかった。彼は呆然と路の上に立って、その人影を確めようと眼を瞬《みは》った。人影は、路から野面の方へ田の畔をでも伝うらしく、石地蔵のあるあたりから折れ曲った。そうして!

何という不思議であろう! その人影は、明るい月夜のなかで、目を遮るものもない野原のなかで、忽然と形が見えなくなった。

「あっ」と叫び声を、口のなかに嚙み殺して、彼は家の門へ、家のなかへ、一散に駆け込んだ。

「……この村では誰も俺の犬の名を覚えて居る筈はないのだ。呼びにくい名だから。いや、子供が知って居る。けれども彼等は『フラテ』という名を『クラテ』と訛《なま》って覚えて居る筈だ。たとい、名を呼ばれても、俺の犬は俺以外の人間の方へ行く筈はないのだ。たとい、行くとしても、俺が呼び返せばきっと俺の方へ帰ってくる筈なのだ。今までこんなことは一度もない。」彼は一人でそう考えた。「……それにあの人影は何だって、不意にかき消すように見えなくなったのであろう？……若しや、あの時俺が、この俺自身の同一人が二人の人間に別れたのではなかったか？　離魂病という病気はほんとうにある事であろうか？　若し然うだとすると、俺は、若しや離魂病にかかって居るのではなかろうか。犬というものは物音を聞き別けるのには微妙な能力を持って居なければならない筈だ。わけて主人の声はちゃんと聞きわける筈だが……」

彼の心臓の劇しい鼓動は、二十分間の以上もつづいた。彼はどういうわけか時計の振子の動くのを見つづけながら、離魂病に就てのさまざまな文学的の記録や、或は犬のことなどを考えつづけて、心臓の鎮まる時間を待った。心がやっと落着くと、彼は妻に命じて、犬がいつもの通りに縁の下に居るかどうかを見させた。犬があのままあの人影について行って、もう何時までも帰らないように思えたからである。犬はそこには居なかった。けれども彼の妻が呼んだ時には、彼等は運よく（と彼は思った）帰って来た。彼は月はまだ出て居るかと聞いた。月は出て居るという妻の返事であった。

翌日の朝になって、彼は昨夜の出来事を彼の妻に初めて話した。彼はその夜のうちには、それを人に話すだけの余裕もないほど怖しかったからである。この話を聞いた彼の妻は、可笑しがって彼を腹立たしくしたほど笑った。突然、人影が見えなくなったというのは、犬がその人の足もとまで懐いて来たので、誰かその人が、犬の頭を撫でようと身を屈めたに相違ない。その為めに畔道を歩いて居た人は、田の稲のかげに匿されて形が見えなくなったのであろう。と、そういうのがこの事に就ての彼の妻の解釈であった。成程、それが適当な解釈らしい、と彼も考えた。併しその瞬間に感じた奇異な恐怖は、その説明によって消されはしなかった。

＊　＊　＊　＊

一度こういう事もあった——

或る時、夜ふけになってから、ランプの傍へ蛾が一疋慕い寄った。養蚕の盛んなこの地方では、この頃になって、この虫がよく飛んで居たものである。彼はこの虫を最も嫌って居た、常から。以前にも一度、この虫が彼のランプへ来た時、彼は手製の蠅たたきでこの虫をたたいた。その場に圧しつぶされたこの虫は、眉の形をしたまた櫛の歯のような形でもあるそれの太い触角を、何とも言えず細かくびりびりとふるわせると、最後の努力をもってくるりとひっくりかえって、不気味なぶよぶよな腹の方を曝け出すと、六本程ある彼の小さな脚を、何かものを抱き締めようとでもする形で一度に、ぴく、ぴく、と動し、また時時には翅に力を入れて彼の腹を浮き上らせ、その触角と脚と翅と腹とのそれぞれに規則的とも言うべき小さな動作をいつまでもいつまでも続けて、その死の苦悶を彼に見せつけた事があった。それは小さなもの乍ら、それを見守った彼を物凄く思わせるには充分であった。それ以来彼は殊にこの虫を厭い、怖れて居るのであった。

この虫の、灰色の絖絹《ぬめぎぬ》のやうな毛の一面に生えた、妙に小さな頭、そこの灰黒色のなかに不気味に、底深く光り返って居る真赤な、小さな、少しとび出した眼。べったりと吸いついたようにランプの笠の上へ翅を押しつけてじっとして居る一種重苦しい形。それが、急に狂気の発作のように荒荒しくその重い翅を働かす有様。それからいくら追い払っても全く平然として厚顔に執念深く灯のまわりを戯れまわる様子。それがランプの直ぐ近くで、死の舞踏のような歓喜の身悶えをする時には、白っぽくぼやけた茶色の壁の上を、それのグロテスクな物影が壁の半分以上を黒くして、音こそは立てないけれども、物凄く叫び立てて居る群集のように騒騒しく不安に狂いまわった。彼の追い退けるのをのっそりと避けて、障子の上の方へ逃げて行ってしまうと、今度はその厚ぼったい翅でもって、ちょうど乱舞の足音のように、ばたばた、ばたばた、と障子紙を打ち鳴した。

彼は、蛾が静かになるのを見すまして、新聞紙の一片でやっとそれを取り押えた。そうして、その不気味な虫を、戸を繰って外へ投げ捨てた。たたき殺すことはもう懲りて居たからである。けれどもものの十分とは経たないうちに、その蛾は（それとも別の蛾であるか）再び何処から彼のランプへ忍び寄った。そうして再び、怖ろしい、黒い、重苦しい、騒騒しい翅の乱舞を初めた。彼はもう一度、その蛾を紙片で取り押えた。さて再び戸を繰って窓の外へ投げ捨てた。

けれども、又ものの十分とも経たないうちに、蛾は三度び何処かから忍び寄った。それは以前に二度まで彼をおびやかしたと同一のものであるか、或は別のものであるかは知らないが、さっきあれほどしっかりと紙のなかにつつみ込んで握りつぶしたものが、出て来ることは愚か、生きている筈も無さそうだから、これは全く別の蛾であったろう。とにかく、二度、三度、四度まで彼のランプを襲うた。……この小さな飛ぶ虫のなかには何か悪霊が居るのである。彼はそう考えずには居られなくなった。そう思えだすと、もう一度自分でそれを取圧えることは、彼には怖ろしくて出来なくなった。そこで、わざわざ妻を呼び起して、この虫を捕えさせた。それから、一枚の大きな新聞紙で捕えられているそれを妻の手から受け取った彼は、この小さな虫を、その大きな紙で幾重にも幾重にも捲き込んで、更にもう一枚新聞紙を費して極く念入りに折り畳み込んだ。そうして今度は戸の外へは捨てないで机の上へ乗せ、それからその上へ厚い古雑誌を一冊載せて置いた。

こうして、やっと初めて安堵して、彼は寝牀に入った。

暫くして、眠つかれないままに、燭台へ灯をともすと、その時ひらひらと飛んで来て、嘲るように灯をかすめたものがある。それも蛾であった！

＊　＊　＊　＊　＊

彼は眠ることが出来なくなった。

最初には、時計の音がやかましく耳についた。彼は枕時計も柱時計も、二つともとめてしまった。全く、彼等の今の生活には、時計は何の用もないただやかましいだけのものにしか過ぎなかった。それでも彼の妻は、毎朝起きると、いい加減な時間にして時計の振子を動した。彼の女は、せめて家のなかに時計の音ぐらいでもして居なければ、心もとない、あまり淋しいというのであった。それには彼も全く同感である。何かの都合で、隣家の声も、犬の声も、鶏の声も、風の音も、妻の声も、彼自身の声も、その外の何物の声も、音も、ぴったりと止まって居る瞬間を、彼は屢屢経験して居た。その一瞬間は、彼にとっては非常に寂しく、切なく、寧ろ怖ろしいものであった。そんな時には、何かが声か音かをたてくれればいいがと思って、待遠しい心持になった。それでも何の物音もないような時には、彼は妻にむかって無意味に、何ごとでも話しかけた。でなければ、

「うん、そうだ」

と、こんな意味のないひとりごとを言ったりした。

けれども夜の時計の音は、あまり喧《やかま》しく耳について、どうしても寝つかれなかった。それの一刻《きざみ》の音毎にそそられて、彼の心持は一段一段とせり上って昂奮して来た。それ故、彼は寝牀に入る時には、必ず時計の針をとめることにした。そうして毎朝、妻は、夫のとめた時計を動かす。夫は妻の動かした時計をとめる。時計を動かすことと、止めることと、それが毎朝毎夜の彼等各の日課になった。

時計の音をとめると、今度は庭の前を流れる渠のせせらぎが、彼には気になり初めた。そうして今度はそれが彼の就眠を妨げるように感じられた。毎日の雨で水の音は、平常よりは幾分激しかったであろう。或る日、彼はその渠のなかを覗いて見た。其処には幾日か以前に――彼がこの家へ転居して来たてに、この家の廃園の手入れをした時に、渠の土手にある猫楊から剪り落したその太い枝が、今でも、その渠のなかに、流れ去らずに沈んで居て、それが箍《しがらみ》のように、水上からの木の葉やら新聞のきれのようなものなどを堰きとめて、水はその箍を跳り越すために、湧上り湧上りして騒いで居た。あの騒騒しい夜毎の水の音は、成程この為めであった。ひとりでそう合点して、彼は雨に濡れながら渠のなかに這入って、その枝を水の底から引き出した。沢山の小枝のあるその太い枝の上には、ぬるぬるとした青い水草が一面に絡んで上って来た。彼はそれを一先ず路傍へひろい上げた。さてもう一度、水のなかを覗くと、今まで猫楊の枝の箝にからんで居た木の葉やら、紙片やら、藁くずやら、女の髪の毛やらの流れて行く間に雑って、其処から五六間の川下を浮きつ沈みつして流れて行く長いものが、ふと目にとまった。

見れば、それはこの間の晩、酔っぱらいと口争いをしたあの晩、犬を打ってから水のなかへたたきつけたあの銀の握《にぎり》のある杖であった。

彼は不思議な縁で、再びそれが自分の手もとにかえったことを非常に喜んだ。何ということなく恥しく、馬鹿ばかしくって、それを無くしたことを妻にも隠して居たのに、つい浮っかり話してしまったほどであった。そうして彼は考えた——あの騒騒しい水音は、きっと、この杖のさせた声であろう。杖はそうすることに依って、それを捜し求めて居る彼に、杖自身の在処《ありか》を告げたのであろうと。

彼はその杖を片手に持って、とどこおりなくひた押しに流れて行く水の面をじっと見た。これならば、今夜はもう静かだ、安心だと思った。併し、それは間違いであった。その夜も、前夜よりは騒がしいかと言っても、決して静かではないせせらぎの音が、それはもともと極く微かなものであるのに、彼にはひどく耳ざわりで、それが彼の睡眠を妨げたことは、前夜と同じことであった。

けれども、そのせせらぎの音は、もうそれ以上どうすることも出来なかった。

その外に、もう一つ別に、彼の耳を訪れる音があった。それは可なり夜が更けてから聞える、南の丘の向側を走る終列車の音であった。而も、それはよほどの夜中なので——時計は動いて居ないから時間は明確には解らないけれども、事実の十時六分？　にT駅を発して、直ぐ、彼の家の向側を、一里ほど遠くに、丘越しに通り過ぎる筈の終列車にしてはそれは時間があまりに晩《おそ》すぎた。そればかりかそれは一夜中に一度ではなく、最初にそれほどの夜更けに聞いてから、また一時間ばかり経過するうちに、又汽車の走る音がする。どうしてもそれは事実上の列車の時間とは、すべて違って居る……たとい、それが真黒な貨物列車であっても、こんな田舎鉄道が、こんな夜更けに、それほど度度貨物列車を出す筈はない。そうして、それほどはっきり聞かれる汽車の音を、彼の妻は決して聞えないと言う。その汽車の遠いとどろきがひびいて来る時には、その汽車のなかには、こんな田舎へ、彼を、思いがけなくも訪ねて来る友人があって、その汽車のなかに乗っているような気がしてならない。そうして実際にそう言うことがあるとしたならば、それは誰であろう。Oであろうか？……Eであろうか？……Tであろうか？……Aであろうか？……Kであろうか？……彼は、思い出せるだけの友人を思い出して見た。けれども誰もそんな人はありそうも無かった。併し、人が——誰か知って居る人が、ひとり車窓に倚《よ》りかかって居る様子が、彼には実にはっきり想像された。そうして妙なことは、それがふと彼自身に思えるような晩もあった――そんな形でそこに腰をかけて居る人は。そうしてそれが彼の耽奇《たんき》的な空想に、怖ろしい、併し魅惑のあるポオの小話の発端を与えた。

時計のセコンドの音。渠のせせらぎ。汽車の進行するひびき。そんな順序で、遂に彼はその外のいろいろな物音を夜毎に聞くようになった。その重なるものの一つは、彼が都会で夜更けによく聞いた、電車がカアブする時に発する、遠くの甲高《かんだか》な軋る音である。それが時時、劇しく耳の底を襲うた。或る夜には、うとうと眠って居て、ふと目が覚めると、直き一丁ほどのかいみにある村の小学校から、朗らかなオルガンの音が聞え出して来た。もう朝も遅くなって、唱歌の授業でも始って居るのかと、あたりを見ると、妻は未だ睡入って居る。戸の隙間からも朝の光は洩れて居ない。何の物音も無い……そのオルガンの音の外には。深夜である。睡呆けて居るのではないかと疑いながら一層に耳を確めた。オルガンの音は、正にそれの特有の音色をもって、爽やかに、甘く、物哀れに、ちょうど晩春の夕方のような情調をもって、よく聞きなれた何かの行進曲を、風のまにまに漂わせて来るではないか。彼は恍惚としてその楽の音に聞き惚れて居た。或る夜にはまた、活動写真館でよく聞く楽隊の或る節が……これもやはり何かの行進曲であるが……何処からとしもなく洩れ聞えて来た。それ等の楽の音を感ずるようになってからは、水のせせらぎは、一向彼の耳につかなくなった。そうして彼はもう眠ろうという努力をしない代りに、眠れないということも、それほどに苦しくはなかった。それ等のもの音は、電車のカアブする奴だけは別として、その外のは皆、快活な朗らかな、或は幽遠な、それぞれの快感を伴うて居た。彼はそれらの現象を訝しく感ずるよりも前に、それを聴き入ることが、寧ろ言い知れない心地よさであった。就中、オルガンの音が最もよかった。次には楽隊のひびきであった。それから寒詣《かんまい》りの人が敲《たた》くような鉦《かね》の微かな音が続いたこともあった。オルガンの音は二三度しか聴かれなかったけれども、楽隊は殆んど毎夜欠かさずに洩れ聞えた。彼はそれを聞き入りながら、ついそれの口真似を口のなかでして、その上、臥《ね》ている自分の体を少し浮き上がらせる心持にして、体全体で拍子をとっていた。それは一種性慾的とも言えるような、即ち官能の上の、同時に精神的でもある快楽の一つであるかのようであった。若しそれが修道院のなかで起ったのであったならば、人人はそれを法悦と呼んだかも知れない。

幻聴は、幻影をも連れて来た。或は幻聴の前触れが無しにひとりでも来た。

それの一つは極く微細な、併し極く明瞭な市街である。それの一部分である。ミニアチュアの大きさと細かさとで、仰臥して居る彼の目の前へ、ちょうど鼻の上あたりへ、そのミニアチュアの街が築かれて、ありありと浮び出るのであった。それは現実には無いような立派な街なので、けれども、彼はそれを未だ見たことはないけれども、東京の何処かにこれと全く同じ場所がきっとありそうに想像され、信じられた。それは灯のある夜景であった。五層楼位の洋館の高さが、僅に五分とは無いであろう。それで居て、その家にも、それよりももっと小さい

――それの半分も三分の一の高さもない小さな家にも、皆それぞれに、入口も、灯のきらびやかに洩れて来る窓もあった。家は大抵真白であった。その窓掛けの青い色までが、人間の物尺《ものさし》にはもとより、普通の人の想像そのもののなかにもちょっとはありそうもないほどの細かさで、而も実に明確に、彼の目の前に建て列ねられた。いやいや、未だそればかりではない。それらの家屋の塔の上の避雷針の傍に星が一つ、唯一つ、きっぱりと黒天鵞絨のなかの銀糸の点のように、鮮かに煌《かがや》いて居る……不思議なことには、立派な街の夜でありながら、どんな種類にもせよ車は勿論、人通り一人もない……柳であろう街樹の並木がある。……しいんとした、その癖、何処にとも言えない騒がしさを湛えて居ることは、その明るい窓から感じられる……その家はどういう理由からか、彼には支那料理の店だと直覚が出来る……それをよくよく凝視して居ると、その街全体が、一旦だんだんと彼の鼻の上から遠ざかって、いやが上に微小になり、もう消えると見るうちに、非常な急速度で景色は拡大され、前のとその儘の街が、非常な大きさに、殆んど自然大に、それでもまだやまずにとめどなく巨大に、まるで大世界一面になって……それをぼんやり見て居ると、その街はまた静かに縮小して、もとのミニアチュアの街になって、それとともに再び彼の鼻の上のもとの座に帰って来た。彼はこうして数分間か、それとも数秒間に、メルヘンにある小人国から巨人国へ、それから再び、巨人国から小人国へ、ただ一翔《ひとかけ》りで往復して居る心地がした。その市街が巨人国のものになった時に、彼自身の眼と眼との間の幅も一度に広くなって――ちょうど巨人のもののようになって、その為めに眼界も一度に拡大されるような気のすることもある。何かの拍子に、その幻の街が自然大位の巨大さで、ぱったり動かなくなる時がある。彼は、突然、実際そんな街へでも自分は来て居るのではなかろうかと、慌てて手さぐりでマッチを擦って、闇のなかで自分のすすけた家の天井を見わたした事があった。

それらの風景は、屢屢彼の目に現われた。それの現われる都度、それは前度のものとは決して寸毫も変ったところがなかった。それもこの現象に伴うところの一つの不思議であった。

或る時には、稀に、その風景の代りに自分自身の頭であることがあった。自分の頭が豆粒ほどに感じられる……見る見るうちに拡大される……家一杯に……地球ほどに……無限大に……どうしてそんな大きな頭がこの宇宙のなかに這入りきるのであろう。と、やがてまたそれが非常な急速度で、豆粒ほどに縮小される。彼はあまりの心配に、思わず自分の手で自分の頭を撫で廻して見る。そうしてやっと安心する。滑稽に感じて笑い度くなる。その刹那にKey-y-y-yと電車のカアブする音が、眉の間を刺し徹《とお》す。

これら幻視や、幻感は、併し、幻聴とはさほど必然的な密接な関係をもって現われるものでは無いらしかった。一体に幻聴の方は、彼にとって愉快であったに拘わらず、こんな風に無限大から無限小へ、一足飛びに伸縮する幻影は、彼にさえ不気味で、また悩ましかった。

これらの怪異な病的現象は、毎夜一層はげしくなって行くのを彼は感じた。彼はそれ等の現象を、彼の妻から伝わって来るものだと考え始めた。汽車のひびき。電車の軋る音。活動写真の囃子。見知らぬ併し東京の何処かである街。それ等の幻影は、すべて彼の妻の都会に対する思いつめたノスタルジアが、恐らく彼の女の無意識のうちに、或る妖術的な作用をもって、眠れない彼の眼や耳に形となり声となって現われるのではなかろうか、彼はそう仮想して見た。それは最初には、ほんの仮想であった。けれども、何時とはなく、それが彼には真実のように感ぜられ出して来た。それだから、妻の何時も居る台所の方には東京のことの空想が一ぱい充満して居て、いつかの夕方ひとりで飯を炊いた時に、ふとあんな事が思い出されたのだ。と、彼はそんなことをも考えた。彼自身の如く、殆んど無いと言ってもいい程に意志の力の衰えて居る者の上に、意志の力のより強い他の人間の、或はこの空間に犇き合って居るという不可見世界のスピリット達の意志が、自分自身のもの以上に、力強く働きかけるということはあり得べき事として、彼はそれを認めざるを得ないように思った。生命というものは、周囲にあるすべてのものを刻刻に征服し、それを食って、それのなかの力を自分のなかに吸引して、然もそれを十分に統一して行く或る力である。肉体的には明らかにそうである。霊的にだって、精神的にだってそうに違いない。そうして今や、他のものを吸集し統一する作用を持った神秘な力は、彼からだんだんと衰えて行きつつあった。寧ろ彼は今まで持って居る己自身を刻々に発散しているのみであった。

彼が、闇というものは何か隙間なく犇き合うものの集りだ。それには重量があると気附いたのもこの時である。

こんな風にして、彼の喜怒哀楽や恐怖は、現世界に生存して居る他の人人のそれとは、全く共通しがたい何物かになって行った。孤独と無為とこの兄弟は、実に奇異な力を持って居るものである。——若し自分が今、修道院に居るとしたならば？　と、彼は或る時そう考えた。……若し、彼が彼の妻と一緒にこんな生活をしているのではなく、永貞童女である美しいマリヤの画像を毎日礼拝してながら、この日頃のような心身の状態に居たならば、夜の幻影は、それは多分天国のもの、その不快なものは地獄のものであったろう。そうして画像のなかのけ高い優しい脣は生きて彼にものを言いかけたであろう。そうして悩ましいもののすべては、画家スピネロオ・スピネリイが描いたという悪魔の醜さ厭わしさ怖ろしさをもって彼に現われ、彼の目の前に出没して、彼を苦しめたであろう。又、あの一時《とき》の睡眠をも持たない夜が、戸の隙間からほのかに明け渡った時に、ふと小鳥のしば鳴きを聞くあの淋しい、切ない、併しすがすがしい、涙を誘おうとするような心持は、確かに懺悔心になったであろう。修道院という処では、それの生活の様式も思想の暗示も、すべてがそんな風な幻影を呼び起すように、呼び起し易いように、呼び起さねばならないようにと、それらの色色の仕掛けで出来て居たのだから……。

彼はそんな事をも考えた。併し、その考えは、この当座よりももっと後になって纏った。

＊　＊　＊　＊　＊

ふと彼の目の前へ人間の足の形が浮んで来た。……足だけが中有《ちゆうう》に浮いて居るようであった。それはどれほどの大きさであったか解らないが、それの大きさに就て、別だん注意を呼ばなかったところを見ると、普通の人間のものぐらいであったであろう。それは白い素足で美しかった。それを見て居るうちに……つと、白い手の指がまた現われた。それはエル・グレコの画によくあるような形をした手なので、親指と人差指とが何か小さなものを撮《つま》んでいる指であった。……そのうちに手の方は消えたが、唯さっきの足だけがやはりそこに動いて居て、それがぴょこぴょこと、何かを踏むように動き出した。動く度ごとに爪先が上下して、そこに力がはいって、その都度足の指は尺取虫のようにかがんだり伸びたりする。……実に変な夢だなあ、と、彼は夢のなかで考えた。そうだ！　そうだ！　これや王禅寺の方へ遠足した時、道に迷うて這入って行った家の糸とり娘の足だ。それの手だ。糸とり台を踏んで居るのだ。紡《つむ》がれて出る糸すべてをつまんで居る手つきだ。……そう思うと、またその手の指が現れて来る。田舎には珍らしい白い手や足だった……ちらと彼を見上げた時には、いい顔をして居た。あそこへ行く途中、どこかで夕立がして……虹が浮んだ……山の中でそれを見た。あの娘は年は十六位だった……もっとはっきり、手や足だけではなしに姿もすっかり見えて来ればいいがなあ……。その動揺する白い素足だけの夢を見つづけて、そんな風なことを思い出して居ると、突然、あたりが一面に赤く明るくなって……と見ると、燭台の火が眩しく彼の目に射込んで来た。彼は目が覚めた。彼の妻は障子をあけて縁側から這入って来る所であった。便所へでも行って来たのであろう。

「もっと気を附けてくれなけりゃいけないじゃないか、何日も言うとおり。俺は灯がちょっとでも目に這入ると直ぐ目が覚めるじゃないか。たった今せっかく寝ついた所だのに。」

妻の方を見上げながら、眩しい目をしばたたいて彼はがみがみ小言をいった。

「私、気をつけて居たつもりだったけれど。……あなた、きっと目をあけたままで睡って居らっしゃるのね？」

妻はそんな事を言って、今更慌ててその灯を吹きけした。

「王禅寺がどうなすったの？　あなた、今寝言をおっしゃってよ。」

「いつ？」

「つい今、私が灯をともそうと思ってマッチを擦った時。」

彼は馬鹿ばかしい気がした。夢のなかで綺麗な足だと思って見たのは、きっと妻の足を見て居たのだ。おれは枕を外してしまって、畳の上へじかに横顔を押しつけて寝て居たらしいから。妻の足が歩いて行くのを見て夢だと思って居たのだ。彼はそう気がついた。それにしても、王禅寺の近所の一軒家に糸をとって居た娘――その時には、そんな場所に美しい小娘が居て、淋しく、つつましく糸を紡いで居るのを面白いと思ったが。それっきり全く忘れてしまって居た娘が、半意識の間に思い出されて来たのを、彼は珍らしく思った。

これは一例である。この時ばかりでは無い。その頃、彼はどうかして睡りたいと思うと、よくこんな眠りを眠って居るのであった。

＊　＊　＊　＊　＊

「決して熱なんかは無くってよ、反って冷たい位だわ。」

彼の額へ手を翳《かざ》して居た彼の妻は、そう言って、手を其処からのけて、自分の額へ手を当てて見て居た。

「私の方がよっぽど熱い。」

それが彼には、反って甚だ不満であった。試みに測って見ようと、検温器を出させて見ると、それは度度の遠い引越しのために折れて居た。

若し熱のためでないとすれば、それはこの天気のせいだ。このひどい風のせいだ。と彼は思った。全くその日はひどい風であった。あるかないかの小粒の雨を真横に降らせて、雲と風自身とが、吹き飛んで居た。そのくせ非常に蒸暑かった。こんな日には、彼は昔から地震に対する恐怖で怯えねばならなかったのだけれども、今日はこの激しい風のためにその点だけは安心であった。併し、風の日は風の日で、又その特別な天候からくる苛立たしい不安な心持が、彼を胸騒ぎさせたほどびくびくさせた。

猫よ、猫よ。あとへあとへついて来い！

猫よ、猫よ。おくへおくへすっこめ！

ふと、劇しく吹き荒れる大風の底から一つの童謡の合唱が、ちぎれちぎれに飛んで来た。それらは風のかたまりに送り運ばれて、杜絶《とだ》え勝ちに、彼の耳もとへ伝わって来たように思われた。けれども、それはやはり幻聴であったのであろう。それは長い間忘れて居た彼の故郷の方の童謡であったから。風の劇しい日（然うだ、こんな風の劇しい日に）子供たちが、特に女の子たちが、駆けまわりながら互に前の子の帯の後へつかまり合ったり、或は前の子の羽織の下へ首を突込んだりしながら、こんな謡《うた》を今のような節で繰り返し繰り返し合唱して、彼等は風のためにはしゃぎながら、彼の故郷の家の門前の広場をぐるぐると輪になってめぐって居たものであった……。それはモノトナスな、けれどもなつかしいリズムをもった畳句《じょうく》のある童謡で、また謡の心持にしっくりと嵌《はま》った遊戯であった。それを見惚《みと》れて、砂埃の風のなかで立って居る子供の彼自身が、彼の頭にはっきりと浮んで来た。それが思い出の緒口《いとぐち》になった。その頃、……城跡のうしろの黒い杉林のなかで、――あの城山の最も高い石垣の真下の、それに沿うた細い小道である。そこには大きな杉の林があって、一面にかさなった杉の幹のごく少しの隙間から川が見えた。船の帆が見えた。足もとには大きな歯朶《しだ》が茂って居る、小道はいつも仄暗《ほのぐら》かった。そうして杉の森に特有の重い濡れた高い匂があった。その道を子供のころ一ばん好きであった。……もっと大きくなってからもそうであった。機械体操で怪我をして、二度魔睡剤をかけられた時に、彼の魔睡の夢は、その森の道を遊び歩いて居るところであった。二度とも……。その林のなかで、或る夕方、大きな黒色の百合の花を見出した事、そのそばへ近よってそれを折ろうとして、よくよく見て居るうちに、急に或る怪奇な伝説風の恐怖に打たれて、転げるように山路を駆け下りた。次の日、下男をつれて、そのあたりを隈《くま》なく捜したけれども、其処には何ものもなかった。それは彼には、奇怪に思える自然現象の最初の現れであった。それは子供の彼自身の幻覚であったか、それとも自然そのものの幻覚とも言える真実の珍奇な種類の花であったか、それは今思い出しても解らない。ただその時の風にゆらゆらゆれて居るその花の美しさは、永く心に残った。その珍らしい花が、彼の「青い花」の象徴ででもあったように、彼はその頃からそんな風な淋しい子供であった。そうして彼の家の後である城跡の山や、その裏側の川に沿うた森のなかなどばかりを、よく一人で歩いたものであった。「鍋わり」と人人の呼んで居た淵《ふち》は、わけても彼の気に入って居た。そこには石灰を焼く小屋があった。石灰石、方解石の結晶が、彼の小さな頭に自然の神秘を教えた。又その淵には、時時四畳半位な大きな碧瑠璃《へきるり》の渦が幾つも幾つも渦巻いたのを、彼はよく夢心地で眺め入った。そうしてそれを夢そのもののなかでも時折見た。この頃は八つか九つででもあったろう。……何か嘘をつくと、その夜はきっと夜半に目が覚めた。そうしてそれが気にかかってどうしても眠れなかった。母を揺り起して、その切ない懺悔をした上で、恕《ゆるし》を乞うとやっと再び眠れた。……それから、然う、然う、夜半に機を織る筬《おさ》の音を毎夜聞いたこともあった。あの頃、俺は五つか六つぐらいであったろう。俺は、昔から、あの頃から、もう神経衰弱だったのか知ら。そうして幻聴の癖もその頃からと見える——彼は、そう思い出して愕いた。それ等幼年時代の些細な出来事が、昨日の事よりももっとありありと（その時の彼には昨日のことはただ茫漠としていた）思い出された。一つ奇体なことには、つい三四カ月前、夏の終り頃に見た、或る山のなかの一軒家——そこには、百合と百日紅《さるすべり》とが咲いて居た——その人気のない大きな家に年とった母と二人きりで居た小娘、その白い美しい足と手の指とが彼のうつつの夢に現われたあの娘、それが童話の情調をもって、彼の記憶のずっと奥の方へひっこんで行って居ることであった。そうして、それら彼の幼年時代の追想のなかへ、時時強いて錯誤して織り込まれて、その奥深い記憶の森のなかで仙女になろうとして居るのであった。彼は、そう思いたがろうとしている自分を、その度毎に気がついて叱った。いやいや、これはついこの間の事ではないか。そう自分をたしなめながら訂正した。……彼はこうして幼年時代の追想に耽りつづけた。而もそれらは悉く、今日まで殆んど跡方もなく忘却し尽して居たことばかりであった。そうして、彼はその思い出のなかのその子供になって、彼の母や兄弟や父を恋しく懐しく思いやった。一たい常に自分自身のことばかりより考える事のない彼には、この時ほど切なくそれらの人人を思い出したことは、今までに決してなかった。その父へも、母へも、どの兄弟へも、彼はもう半年の上も便りさえせずに居る。不縁で家に帰っている耳の遠い姉が殊に悲しかった。彼は第一に母の顔を思い出そうと努めて見た。それは半年ばかり前にも逢ったばかりの人でありながら、決して印象を喚び起し得られなかった。纏らない印象を無理に纏め上げて見た時に、思いがけなくも、奇妙にも、それは十七八年も昔の或る母の奇怪な顔になった——母は丹毒に罹《かか》って居た。——黒い薬を顔一面に塗抹して、黒い仮面のような、そうして落窪《おちくぼ》んだ眼ばかりが光って、その病床の傍へ来てはならないと、物憂げに手を振った怪物のような母の顔であった。子供の彼は、しくしくと泣きながら庭へ出て行って、もっと泣いた。その泣いた目で見たぼやけた山茶花の枝ぶりと、それのぼやけて簇った花の一つ一つが、不思議と、母のその顔よりもずっと明瞭に目に浮び出て来る……決して思い出したことのないような事柄ばかりが後へ後へ一列に並んで思い浮んで来た。その心持がふと、彼に死のことを考えさせた。こんな心持は確に死を前にした病人の心持に相違ない。して見れば自分は遠からず死ぬのではなかろうか。……それにしても知った人もないこんな山里で、自分は、今斯うして死んで行くのであろうか。……死んで行くのであるとしたならば？　彼の空想は果しなく流れた。彼は今まで未だ一度も死に就て直接に考えたことはなかった。そうして彼はこの時、最初には、多少好奇的に彼の特有の空想の様式で、彼自身の死を知った知人の人人のその時の有様を一つ一つ描いて見た。すさまじい風のなかに、この騒騒しい世界から独立した静寂へ、人の霊を誘い入れるように啼きしきるこおろぎの声に彼は耳を澄した。

彼は手をさし延べて、枕のずっと上の方にある書棚から、何か書物を手任せに抽《ぬ》こうとした。その手を書棚にかけた瞬間に、がちゃん！　と物の壊れる音がした。彼は自分自身が、何かをとり落したように、びくっと驚いて、あたりを見まわした。それは彼の妻が台所の方で、ものを壊した音が、風に吹きとばされて聞えて来たのであった。

彼の書棚も今は哀れなさまであった。其処には僅かばかりの古びた書物が、塵のなかで、互に支え合いながら横倒しになりかかって立って居た。あまり金目にならないようなものばかりが自然と残って、それは両三年来、どれもこれも見飽きた本ばかりであった。彼が今抽き出したのは訳本のファウストであった。彼は自分の無益な、あまりに好奇的な自分自身の死という空想から逃れたいために、何の興味をも起さないその本をなりと読もうとした。けれども、風の音は断えず耳もとを掠めた。台所の流し元に唯一枚嵌《は》められて居るガラス板が、がちゃがちゃと揺れどおしに揺れて、彼の耳と心とを癇立《かんだた》せた。

彼は腹這いになって、披げた頁へ目を曝して行った。

現世以上の快楽ですね。
闇と露との間に山深くねて、
天地を好い気持に懐に抱いて、
自分の努力で天地の髄を掻き捲《むし》り、
六日の神業を自分の胸に体験し、
傲《おご》る力を感じつつ、何やら知らぬ物を味い、
時としては又溢るる愛を万物に及ぼし、
下界の子たる処が消えて無くなって……

偶然、それは「森と洞《ほら》」との章のメフィストの白《せりふ》であった。この言葉の意味は、彼にははっきりと解った。これこそ彼が初めてこの田舎に来たその当座の心持ではなかったか。

彼は床の中からよろけて立ち上った、机の上から赤いインキとペンとを取るために。そうして今読んだ句からもっと遡って、洞の中のファウストの独白から読み初めた。彼はペンに赤いインキを含ませて読んで行くところの句の肩に一一アンダアラインをした。その線を、活字に

は少しも触れないように、又少しも歪まないように、彼は細い極く神経質な直線を引いて行った。それがぶるぶるとふるえる彼の指さきには非常な努力を要求した。

……………………………

手短かに申せば、折々は自ら欺く快さを
お味いなさるも妨げなしです。
だが長くは我慢が出来ますまいよ。
もう大ぶお疲れが見えている。
これがもっと続くと、陽気にお気が狂うか、
陰気に臆病になってお果てになる。

もう沢山だ………

アンダアラインをするのに気をとられて、句の意味をもう一度読みかえした時に、始めてはっと解った。メフィストは、今、この本のなかから俺にものを言いかけて居るのだ。おお、悪い予言だ！　陰気に臆病になってお果てになる。それは本当か、これほど今の彼にとって適切な言葉が、たといどれほど浩瀚《こうかん》な書物の一行一行を片っぱしから、一生懸命に捜して見ても、決してもう二度とはここへ啓示されそうもない。それほどこの言葉は彼の今の生活の批評として適切だ。適切すぎるその活字の字面を見て居ると、彼はその活字が少しずつ怖ろしいような

心にさえなった。

「まあ、何というひどい風なのでしょう。裏の藪のなかの木を御覧なさい。細い癖にひょろひょろと高いものだから、そのひょろひょろへ風のあたること！　怖ろしいほどに揺れてよ。ねえ折れやしないでしょうか。」彼の妻の声は、風の音に半ばかき消されて遠くから来たように、そうして何事か重大な事件か寓意かを含んで居るらしく、彼の耳に伝わった。

気がついて見ると、彼の妻は彼の枕もとに立って居た。彼の女はさっきから立って居たのであった。妻は彼に食事のことを聞いて居た。彼は答えようともしないで、いかにも大儀らしく寝返りをして、妻の方から意地悪く顔をそむけた。けれども再び直ぐ妻の方へと向き直った。

「おい！　さっき何か壊したね。」

「ええ、十銭で買った西洋皿。」

「ふむ。十銭で買った西洋皿？　十銭の西洋皿だから壊してもいいと思って居るのじゃないだろうね。十銭だの十円だのと、それは人間が仮りに、勝手につけた値段だ。それにあれは十銭以上に私には用立った。皿一枚だって貴重なものだ。まあ言わばあれだって生きて居るようなものだ。まあ、其処へ御坐り。お前はこの頃、月に五つ位はものを壊すね。皿を手に持って居て、皿の事は考えないで、ぼんやり外のことを考える。それだから、その間に皿は腹を立てて、お前の手から逃げ出す。すべり落ちるんだ。一たい、お前は東京のことばかり考えて居るからよくない。お前はここのさびしい田舎にある豊富な生活の鍵を知らないのだ。ここだってどんなに賑やかだかよく気をつけて御覧。つまらないとお前の思っている台所道具の一つ一つだって、お前が聞くつもりなら、面白い話をいくらでもしてくれるのだ。生活を愛するということは、ほんとに楽しく生きるということは、そんな些細な事を、日常生活を心から十分に楽しむという以外には無い筈ではないか……」

彼は囈言《うわごと》のように小言を言いつづけた。それは、その日ごろの全く沈黙勝ちな彼としては、珍らしい長談義であった。彼はあとからあとからと言葉を次ぎ足してしゃべりつづけた。そうしているうちに妻に言うつもりであった言葉が、いつか自分に向っての言葉に方向を変えて居た。そうしてそれは平常、彼が考えても居ないような思いがけない考えの片鱗であるのに、喋りながら気がついた。そこに、彼にとって新らしい思想がありそうに思った時、彼が言おうと思って居る処へは、もう言葉がとどかなくなって居た。ただ思想の上つらを言葉がぎくしゃくと滑って居るだけであった。「日常生活の神聖、日常生活の神秘」彼は、人間の言葉では言えない事を言おうとしているのだ、と自分で思った。そうして遂に口を噤《つぐ》んだ。

二人は押し黙って荒れ狂う嵐の音を聞いたが、暫くして妻は、思いきって言った。

「あなた、三月にお父さんから頂いた三百円はもう十円ぽっちよりなくなったのですよ。」彼はそれには答えようともしないで、突然口のなかで呟くようにひとりごとを言った。

「おれには天分もなければ、もう何の自信もない……」

＊　＊　＊　＊

闇が彼の身のまわりに犇いて居た。それは赤や緑や、紫やそれらの隙間のない集合で積重ねてあった、無上に重苦しい闇であった。彼は闇のなかでマッチを手さぐり、枕もとの蠟燭《ろうそく》に灯をともすと寝床から起き上った。そうしてその燭台を、隣に眠って居る妻の顔の上へ、じっとさしつけた。けれども深い眠に陥入って彼の女は、身じろぎもしなかった。彼はしばらくその女の無神経な顔を、蠟燭の揺れる光のなかで、じっと視つめて見た。彼はこの時、自分の妻の顔を、初めて見る人のように物珍らしくつくづくと見た。

蠟燭の光はものの形を、光の世界と影の世界との二つにくっきりと分けた。その光のなかで見た人間の顔は、強い片光《かたひかり》を浴びて、その赤い光の強い濃淡から生ずる効果は、人間の顔の感じを全く別個のものにして見せた。彼は人間の顔というものは——唯に自分の妻だけではなく、一般にこうも醜いものであろうかと、つくづくそう感じた。それは不気味で陰惨で醜悪な妙な一つのかたまりのものとして彼の目に映じた。女は枕元に、解きほどいた束髪のかもじを黒く丸めて置いて居た。奇妙な現象には、彼はそのかもじを見た時に、これが、ここに眠って居る女が、自分の妻だったのだと初めて気がついた。

彼は燭台を高く少し持上げたり、或は女の顔の耳の直ぐわきへくっつけて見たり、暫くその光の与える効果の変化を実験して遊ぶかのように、それをいろいろと眺めて居た。彼の妻はそんなことには少しも気がつかずに眠って居る。寝返りもしない。こんな女は、今若し喉もとへ劒を差しつけられても、それでも平気で眠って居るだろうか。いや、そんな場合には、いかに無神経なこの女でも、さすがに人間の本能として当然目を瞬《みひら》くであろう。そうでなければならない。彼はそんなことを考えた。そうして、若しやこの女は今、殺される夢でも見ては居ないだろうかとも思った。……それにしても、こうした光の蠱惑《こわく》から人間というものはさまざまなことを思い出すものである。こんなことから、実際人を殺そうと決心した男が、昔からなかっただろうか……

「尤も、俺は今この女を殺そうとして居るわけではないのだが。」

彼は思わず小声でそう言った。自分自身の愕くべき妄想に対して、慌てて言いわけしたのである。

「そこでと……俺は今何のためにこんなことをして居たのだっけな。」

彼は気がついて急に妻を揺り起した。

夜中である。

妻はやっと目を覚したが、眩しそうに、揺れて居る蠟燭の光を避けて、目をそむけた。そう

して未だ十分に目の覚めて居ない人がよくする通りに口をもがもがと動かして、半ば口のなかで、

「また戸締りですか、大丈夫よ。」

そう言って、寝返りをした。

「いいや。便所へ行くんだ。ちょっとついて行ってくれ。」

厠《かわや》から出て来た彼は、手を洗おうとして戸を半分ばかり繰った。すると、今開けた戸の透間から、不意に月の光が流れ込んだ。月はまともに縁側に当って、歪んだ長方形で板の上に光った。不思議なことには、彼はこれと同じように、全く同じように月の差込んで居る縁側をちょうど今のさっき夢に見て、目がさめたところであった。何という妙な暗合であろう。彼には先ずそれが怪奇でならなかった。そうして、今、自分達がこうして此処に立って居ることも、夢のつづきではないのか……ふと、そう疑われた。

「おい、夢ではないのか。」

「何がです。あなた寝ぼけて居らっしゃるのね。」

蠟燭は彼の妻の手に持たれて、月の光を上から浴びせかけられて、ほんのりと赤くそれ自身の光を失った。光の穂は風に吹かれて消えそうになびいたが、彼の妻の袖屏風《そでびょうぶ》の蔭で、ゆらゆらと大きく揺れた。風は何時の間にかおだやかになって居たが、雲は凄じい勢で南の方へ押《おし》

奔《はし》って居た。小雨を降らせて通り過ぎる真黒な雲のぱっくりと開けた巨《おお》きな口のファンタスティックな裂目から、月は彼等を冷え冷えと照して居た。

彼は手を洗うことを忘れて、珍らしいその月を見上げた。それは奇妙な月であった。幾日《いくか》の月であるか、円いけれども下の方が半分だけ淡くかすれて消え失せそうになって居た。併し、上半は、黒雲と黒雲との間の深い空の中底に、研ぎすましたように冴え冴えとして、くっきりと浮び出して居た。その上半のくっきりした円さが、何かにひどく似て居ると、彼は思った。然うだ。それは頭蓋骨の顱頂《ろちょう》のまるさに似て居る。そう言えば、その月の全体の形も頭蓋骨に似て居る。白銀《しろがね》の頭蓋骨だ。研ぎすました、或は今鎔炉《ようろ》からとり出したばかりの白銀の頭蓋骨だ。彼の聯想の作用は、ふと海賊船というようなものの事を思い出させた。「神聖な海賊船」どういうわけかそんな言葉を思浮べた。彼は青い月を飽かずに眺めた。ああ、これと同じ事が、全く同じことが、その時も俺はここにこうして立って居た。雲の形も、月の形もこれとそっくりだった。どこからどこまで寸分も違わない。それぱかりかその時にもこう思ったのだった。今と同じ事を思ったのだった。遠い微かな穴の奥底のような昔にも、現在と全然同一な、そっくりそのままで重り合う、寸分の相違もない出来事が曾てもあった……茫然として、彼は瞬間的にそう考えた……何時の日のことだったろう……何処でであったろう……

空一面を飛び奔る断《ちぎ》れ雲はもう少しで月を、白銀の頭蓋骨を呑もうとして居る。

「もう、閉めてもいい？」

妻は、寒そうにそう言った。

彼はその言葉で初めて我に帰ったのか、手を洗おうと身を乗り出した。その瞬間であった。

「や、大変！」

「え？」

「犬だ！」

「犬？」

彼は即座に手早く、戸締りに用いた竹の棒を引っつかむと、力任せに、それを庭の入口の方へ投げ飛ばした。彼の目には、もんどりを打つ竹ぎれからす早く身をかわして、いきなりそれを目がけて飛びかかると、その竹片《たけぎれ》を咥えたまま、真しぐらに逃げて行く白犬が、はっきりと見えた。尾を股の間へしっかりと挾《はさ》んで、耳を後へ引きつけ、その竹片に嚙みついた口からは、白い牙を露して、涎《よだれ》をたらたらと流しながら、彼の家の前の道をひた走りに走って行く。月光を浴びて、房房した毛の大きな銀色の尨犬《むくいぬ》、その織るような早足、それが目まぐるしく彼の目に見える。それは王禅寺という山のなかの一軒の寺の犬だった。その形は明確に細密に、一瞬間のうちに彼には看取出来た。

「狂犬だよ！」

彼は自分の犬どもの名を慌しく呼んだ。呼びつづけた。其処らには居ないのか、犬どもは彼の声には応じなかった。妻には何事が起ったのか、少しも解らなかった。併し、夫のそうするままに、彼の妻も声を合せて犬の名を呼んだ。その甲高い声が丘に谺《こだま》した。七八度も呼ばれると、重い鎖の音がして、犬どもは、二疋とも同時に、いかにものっそりと現われた。そうして鎖をじゃらんじゃらんと言わせながら身振いして、主人の不意な召集を訝しく思いながらも、彼等は尾をちぎれるほどはげしく振り、鼻をくんくんとならした。

月は雲のなかに呑まれてしまった。

彼は妻の手から燭台を受け取るや否や、それを、犬どもの方へ差し出したが、一時に風に吹き消された。直ぐに、ランプに灯をともし代えて見たが、彼の犬には別に何の変事もないらしかった。

「ああ、愕いた。俺はうちの犬が狂犬に噛まれたかと思った。」

彼は寝牀に這入ったが、妻にむかって、今見たところのものを仔細に説明した。彼の妻は最初からそれを否定した。いかに明るくとも月の光で、そんなにはっきりと見える筈はない。それに王禅寺の犬は、なる程、狂犬になったのだ、けれども、もう一週間も十日も前に、そのためにと殺された。その時、お絹が、

「だから、お宅の犬もお気をおつけなさい。」

とそう言った。その事は、その時彼の女自身の口から彼に話した筈だった。——妻は事を分けて、宥《なだ》めるように彼に説明するのであった。しかし彼は王禅寺の犬が気違いになった話などは聞いたこともないと思う。

「犬の幽霊が野原をああして駆けまわって居たのだ。そうして、そういう霊的なものは俺にばかりしか見えないのだ……。」……憂鬱の世界、呻吟《しんぎん》の世界、霊が彷徨《ほうこう》する世界。俺の目はそんな世界のためにつくられたのか——憂鬱な部屋の憂鬱な窓が憂鬱な廃園の方へ見開かれて居る。彼はそんな風に考えた。俺の今生きているところは、ここはもう生の世界のうちでは無く、そうかと言って死の世界でもなく、その二つの間にある或る幽冥《ゆうめい》の世界ではないか。俺は生きたままで死の世界に彷徨しているのであろうか……ダンテは肉体をつけたままで天界と地獄をめぐったと言うならば……。少くとも、少くとも俺が今立って居る処は、死滅をそれの底にしてその方へ著しく傾斜して居る坂道である……

＊　＊　＊　＊　＊

その翌日——雨月《うげつ》の夜の後の日は、久しぶりに晴やかな天気であった。天と地とが今朝甦えったようであった。森羅万象《しんらばんしょう》は、永い雨の間に、何時しかもう深い秋にも化って居た。稲穂にふりそそぐ日の光も、そよ風も、空も、其処に唯一筋繊糸《せんし》のように浮んだ雲も、それは自ずと夏とは変って居た。すべては透きとおり、色さまざまな色ガラスで仕組んだ風景のように、彼には見えた。彼はそれを身体全部で感じた。彼は深い呼吸を呼吸した。冷たい鮮かな空気が彼の胸に真直ぐに這入って行くのが、いかなる飲料よりも甘かった。彼の妻が、この朝は毎日のように犬どもを繋いで置けなかったのも無理ではない。それはよい処置であった。遠い畑の方では、彼の犬が、フラテもレオも飛び廻って居るのが見られた。百姓の若者がレオの頭を撫でて居た。音無しいレオは、喜んでするに任せて居る——太陽に祝福された野面や、犬や、そこに身を跼めて居る働く農夫などを、彼はしばらく恍惚として眺めた。日は高い。この景色を見るために、何故もっと早く目が覚めなかったろうと、彼は思った。縁を下りて、顔をば洗おうと庭を通ると白い犬が昨夜啣えて行った箸の竹片は、萩の根元に転がって居た。彼は思わず苦笑した。それは、併し、寧ろ楽しげな笑いであった。

井戸端には、こぼれた米を拾おうとして——妻はわざわざ余計にこぼしてやったかも知れないと彼は思った——雀が下りて居た。今までついぞここらで見たこともないほど沢山で、三四十羽も群れて居た。彼の跫音に愕かされると、それが一時に飛び立って、そこらの枝の上に逃げて行った。逃げたりなどはしなくてもいいのに。その柿の枝には雀とは別の名も知らぬ白い顔の小鳥も居た。その時彼は鳥に説教した聖フランシスを、思い出した。彼の家の軒端からのぼる朝の煙が、光を透して紫の羅《うすもの》のように柿の枝にまつわった。雨に打ち砕かれて、果は咲かなくなって居た薔薇が、今朝はまたところどころに咲いて居る。蜘蛛の網は、日光を反射する露でイルミネエトされて居た。薔薇の葉をこぼれた露は、転びながら輝いて蜘蛛の網にかかると、手にはとる術もない瞬間的の宝玉の重みに、網は鷹揚にゆれた、露は糸《い》を伝うて低い方へ走って行く、ぎらりと光って、下の草に落ちる。それらの月並の美を、彼は新鮮な感情をもって見ることが出来るのであった。

水を汲み上げようと縄つるべを持ち上げたが、ふと底を覗き込むと、其処には涯知らぬ蒼《そう》穹《きゅう》を径三尺の円に区切って、底知れぬ瑠璃《るり》を静平にのべて、井戸水はそれ自身が内部から光り透きとおるもののようにさえ見えた。彼はつるべを落す手を躊躇せずには居られない。それを覗き込んで居るうちに、彼の気分は井戸水のように落着いた。汲み上げた水は、寧ろ、連日の雨に濁って居たけれども、彼の静かな気分はそれ位を恕すには十分であった。

妻の用意した食卓についた時には、彼の心は平和であった。食卓には妻が先日東京から持って来た変った食物があった。火鉢の上には鉄瓶が滾って居た。そうして、陰気な気持ちは妻の言ったとおり、いやな天気から来たものだった——と、彼は思った。彼は箸をとり上げようとして、ふと、さっき井戸端で見た或る薔薇の莟の事を思い出した。

「おい、気がつかなかったかい。今朝はなかなかいい花が咲いて居るぜ。俺の花が。二分どおり咲きかかってね、それに紅い色が今度のは非常に深い落着いた色だぜ。」

「ええ、見ましたわ。あの真中のところに高く咲いたあれなの？」

「そうだよ。一茎独秀当庭心《けいひとりひいでていしんにあたる》――て奴さ。」彼はそれからひとり言に言った「新花対白日《しんかはくじつにたいす》か。いや白日は可笑しい。何しろ彼等は季節はずれだ……」

「やっと九月に咲き出したのですもの。」

「どうだ。あれをここへ摘んで来ないかい。」

「ええ、とって来るわ。」

「そうして、ここへ置くんだね。」彼は円い食卓の真中を指でとんとん、とんとん、たたきながら言った。

　妻は直ぐに立上ったが、先ず白い卓布を持って現れた。

「それでは、これを敷きましょう。」

「これはいい。ほう！　洗ってあったのだね。」

「汚れると、あの雨では洗濯も出来ないと思ってしまって置いてあったの。」

「これや素的だ！　花を御馳走に饗宴を開くのだ。」

　楽しげな彼の笑いを聞きながら、妻は花を摘むべく立ち去った。

　彼の女は花を盛り上げたコップを持って、直ぐ帰って来た。少し芝居がかりと見える不自然な様子で、彼の女はそれを捧げながらいそいそと入って来た。それが彼には妙に不愉快であった。彼自身が、人悪く諷刺されて居たように感じられた。彼は気のない声で言った。

「やあ、沢山とって来たのだなあ。」

「ええ、ありったけよ。皆だわ！」

そう答えた妻は得意げであった。それが彼にはいまいましかった。言葉の意味の通じないのが。

「なぜ？　俺は一つでよかったんだ。」

「でもそうは仰言《おつしや》らないのですもの。」

「沢山とでも言ったのかね……それ見ろ。俺は一つで沢山だったのだ。」

「じゃ外のは捨てて来ましょうか。」

「いいよ。折角とって来たものを。まあいい、其処へお置き。……おや、お前は何だね――俺の言った奴は採って来なかったのだね。」

「あら、言ったの言わないのって、これだけしきあ無いんですよ！　彼処《あそこ》には。」

「然うかなあ。俺は少し、底に斯う空色を帯びたような赤い莟があったと思ったのに。それを一つだけ欲しかったのさ。」

「あんな事を。底に空色を帯びたなんて、そんな難しいのはないわ、それやきっと空の色でも反射して居たのでしょうよ。」

「成程、それで……？」

「あら、そんな怖い顔をなさるものじゃない事よ。私が悪かったなら御免なさいね。私はまた、沢山あるほどいいかと思ったものですから……」

「そう手軽に謝って貰わずともいい。それより俺の言うことが解って貰い度い……一つさ。その一つの莟を、花になるまで、目の前へ置いて、日向へ置いてやったりして、俺はじっと見つめて居たかったのだ。一つをね！　外のは枝の上にあればいい。」

「でも、あなたは豊富なものが御好きじゃなかったの。」

「つまらぬものがどっさりより、本当にいいものが只一つ。それが本当の豊富さ。」彼は自分の言葉を、自分で味って居るように沁み沁みと言った。

「さあ、早く機嫌を直して下さい。せっかくこんないい朝なのに……」

「そうだ。だから、せっかくのいい朝だから、俺はこんな事をされると不愉快なのだ。」

彼は、併し、そんなことを言って居るうちにも、妻がだんだん可哀想になって居る。そうして自分で自分の我儘に気がついて居た。妻の人差指には、薔薇の刺で突いたのであろう、血が吹滲《ふきにじ》んで居る。それが彼の目についた。併し、そんな心持を妻に言い現す言葉が、彼の性質として、彼の口からは出て来なかった。寧ろ、その心持を知られまい、知られまいと包んで居る。そうしてどこで不快な言葉を止めていいやら解らない。それが一層彼自身を苛立たせる。彼は強いて口を噤んだ。さて、その花を盛り上げたコップを手に取上げた。最初は、それを目の高さに取上げて、コップを透して見た。緑色の葉が水にひたされて一しおに緑である。葉うらがところどころ銀に光って居る。そのかげにほの赤い刺も見える。コップの厚い底が水晶のように冷たく光って居る。小さなコップの小さな世界は緑と銀との清麗な秋である。

彼はコップを目の下に置いた。そうして一つ一つの花を、精細に見入った。其処にある花は花片も花も、不運にも皆蝕《むしば》んで居る。完全なものは一つもなかった。それが少し鎮まりかかった彼の心を掻き乱した。

「どうだ、この花は！　もっと吟味をしてとって来ればいいのに。ふ、みんな蝕《むしく》いだ。」

彼は思わず吐き出すようにそう言って仕舞ったが、又、妻が気の毒になった。急にその中の最も美しい莟を一本抜き出すと、彼は言葉を和げて、

「ああ、これだよ。俺の言った莟は。それ、此処にあった！　此処にあった！」

彼の言葉のなかには、その言葉で自分を和げて、妻の機嫌をも直させようとする心持があった。けれども、妻は答えようとはしないで、黙って彼の女自身の御飯を茶碗に盛って居るのであった。彼は横眼でそれを睨みながら、妻の額を偸視《ぬすみみ》た。このコップを彼処へ、額の上へたたきつけてやったなら。いや、いけない。もともと自分が我儘なのだ。彼は仕方なく、寂しく切ない心をもって、その撮《つま》み上げた莟を、彼自身の目の前へつきつけて眺めだした。……その未だ固い莟には、ふくらんだ横腹に、針ほどの穴があった。それは幾重にも幾重にも重なった莟

の赤い葩《はなびら》を、白く、小さく、深く蕊《しべ》まで貫いて穿《うが》たれてあった。言うまでもなくそれは虫の仕業である。彼は厭わしげに眉を寄せながら、尚もその上に蕾を視た。

はっと思うと、彼はそれをとり落した。

その手で、す早く、滾って居る鉄瓶を下したが、再び蕾を摘み上げると、直ぐさまそれを火の中へ投げ込んだ。——蕾の花片はじじじと焦げる……。そのおこり立った真紅《しんく》の炭火を見た瞬間、

「や！」

彼は思わず叫びそうになった。立ち上りそうになった。それを彼はやっと耐えた——ここで飛び上ったりすれば、俺はもう狂人だ！　そう思いながら、彼は再び手早に、併し成可く沈着に、火鉢で焼けて居る花の蕾を、火箸の尖で撮み上げるや、傍の炭籠のなかに投げ込んだ。彼はこれだけの事をして置いて、さて、火鉢の灰のなかをおそるおそる覗き込むと、其処には何もない。今あったようなものは何もない。愕き叫ぶべきものは何もない。彼は灰の中を掻きまわして見た。底からも何も出ない。水に滴らした石油よりも一層早く、灰の上一面をぱっと真青に拡がった！　と彼の見たのは、それは唯ほんの一瞬間の或る幻であったのであろう。

彼は炭籠の底から、もう一度蕾を拾い出した。火箸でつままれた蕾は、焼ける火のために色褪せて、それに真黒な炭の粉にまみれて居た。さて、その茎を彼は再び吟味した。其処には、

彼が初めに見たと同じように、彼の指の動き方を伝えて慄えて居る茎の上には花の萼《がく》から、蝕んだただ二枚の葉の裏まで、何という虫であろう——茎の色そっくりの青さで、実に実に細微な虫、あのミニアチュアの幻の街の石垣ほどにも細かに積重り合うた虫が、茎の表面を一面に、無数の数が、針の尖ほどの隙もなく裹《つつ》み覆うて居るのであった。灰の表を一面の青に、それが拡がったと見たのは幻であったが、この茎を包みかぶさる虫の群集は、幻ではなかった——一面に、真青に、無数に、無数に……

「おお、薔薇、汝病めり!」

ふと、その時彼の耳が聞いた。それは彼自身の口から出たのだ。併しそれは彼の耳には、誰か自分以外の声に聞えた。彼自身ではない何かが、彼の口に言わせたとしか思えなかった。その句は、誰かの詩の句の一句である。それを誰かが本の扉か何かに引用して居たのを、彼は覚えて居たのであろう。

彼は成るべく心を落ちつけようと思いながら、その手段として、目の前の未だ伏せたままの茶碗をとって、それを静かに妻の方へ差し出した。その手を前へ突き延す刹那、

「おお、薔薇、汝病めり!」

突然、意味もなく、又その句が口の先に出る。

彼はやっと一杯だけで朝飯を終えた。

妻はしくしくと泣いて居た。「嗟！　また始まったか、」と心のなかで彼の女の夫に就て呟きながら。そうして食卓を片附けつつ、その花のコップをとり上げたが、さてそれをどうしようかと思惑うて居た。あの蝕んだ焼けた莟は、彼が無意識に挘《むし》り砕いたのであろう――火鉢の猫板の上に、粉粉に裂き刻まれて赤くちらばって居た。彼はそれらのものを見ぬふりをして見ながら、庭へ下りようと片足を縁側から踏み下す。と、その刹那に、

「おお、薔薇、汝病めり！」

　フェアリイ・ランドの丘は、今日は紺碧《こんぺき》の空に、女の脇腹のような線をくっきりと浮き出させて、美しい雲が、丘の高い部分に小さく聳えて末広に茂った木の梢のところから、いとも軽軽と浮いて出る。黄ばんだ赤茶けた色が泣きたいほど美しい。何時か一日のうちに紫に変った地の色は、あの緑の縦縞を一層引立てる。そのうえ、今日は縞には黒い影の糸が織り込まれて居る。その丘が、今日又一倍彼の目を牽きつける。

「俺は、仕舞いには彼処で首を縊《くく》りはしないか？　彼処では、何かが俺を招いている。」

「馬鹿な。物好きからそんなつまらぬ暗示をするな。」

「陰気にお果てなさらねばいいが。」

　彼の空想は、彼の片手をひょっくりと挙げさせる。今、その丘の上の目に見えぬ枝の上に、目に見えぬ帯をでも投げ懸けようとでもするかのように……

「おお、薔薇、汝病めり！」

井戸のなかの水は、朝のとおりに、静かに円く湛《たた》えられて居る。それに彼の顔がうつる。柿の病葉《わくらば》が一枚、ひらひらと舞い落ちて、ぽつりとそこに浮ぶ。其の軽い一点から円い波紋が一面に静にひろがって、井戸水が揺らめく。そうしてまたもとの平静に帰る。それは静で、静である。涯しなく静である。

「おお、薔薇、汝病めり！」

薔薇の叢には、今は、花は一つもない。ただ葉ばかりである。それさえ皆蝕いだ。ふと、目につくので見るともなしに見れば、妻は今朝の花を盛ったコップを台所の暗い片隅へ、棚の片わきへ、ちょこんと淋しく、赤く、それを隠すように置いて居る。それが彼の目を射る。

「お前はなぜつまらない事に腹を立てるのだ。お前は人生を玩具にして居る。怖ろしい事だ……。お前は忍耐を知らない。」

「おお、薔薇、汝病めり！」

裏の竹藪の或る竹の或る枝に、葛《くず》の葉がからんで、別に風とてもないのに、それの唯一枚だけが、不思議なほど盛んに、ゆらゆらと左右に揺れて居る。そうしてその都度、葉裏が白く光る――それを凝《じっ》と見つめて居ても……。彼を見つけた犬どもが、いそいそ野面から飛んで帰って、両方から飛び縋《すが》る。それを避けようと身をかわしても……。どこかの樹のどこかの枝で、百舌《もず》が、刺すようにきりきり鳴き出しても……、渡鳥の群が降りちらばるように、まぶしい入日の空を乱れ飛ぶのを見上げても……、明るい夕空の紺青を仰いでも……、向側の丘の麓の家から、細細と夕餉《ゆうげ》の煙がゆれもせず静に立昇るのを見ても……

「おお、薔薇、汝病めり！」

言葉がいつまでも彼を追っかける。それは彼の口で言うのだが、彼の声ではない。その誰かの声を彼の耳が聞く。それでなければ、彼の耳が聞いた誰かの声を、彼の口が即座に真似るのだ。――彼は一日、何も口を利かなかった筈だったのに。

犬どもは声を揃えて吠えて居る。その自分の山彦に怯えて、犬どもは一層はげしく吠える。山彦は一層に激しくなる、犬は一層に吠え立てる……彼の心持が犬の声になり、犬の声が彼の心持になる。暗い台所には、妻が竈へ火を焚きつける。妻が東京へ引き上げたいという気持は、たしかにこんな時に彼処で養われるに違いない。何処かから帰って来た猫が、夕飯の催促をしてしきりと鳴く。ぱっと火が燃え立つと、妻の顔は半面だけ真赤に、醜く浮び出す。その台所の片隅では、薔薇のコップが、暗のなかでぽつりと浮び出して来る。その薔薇は、蝕いの薔薇は煙《けむ》がって居る！

彼はランプへ火をともそうと、マッチを擦る、ぱっと、手元が明るくなった刹那に、

「おお、薔薇、汝病めり！」

彼はランプの心《しん》へマッチを持って行くことを忘れて、その声に耳を傾ける。マッチの細い軸が燃えつくすと、一旦赤い筋になって、直ぐと味気なく消え失せる。黒くなったマッチの頭が、ぽつりと畳へ落ちて行く。この家の空気は陰気になって、しめっぽくなって、腐ってしまって、ランプへも火がともらなくなったのではあるまいか。彼は再びマッチを擦る。

「おお、薔薇、汝病めり！」

何本擦っても、何本擦っても。

「おお、薔薇、汝病めり！」

その声は一体どこから来るのだろう。天啓であろうか。預言であろうか。ともかくも、言葉が彼を追っかける。何処までも何処までも……

美しき町

画家E氏が私に語った話

私の親しい友達O君が或る日私に画家E氏の噂をした。——E氏は或る新らしい機会でO君が持つことを得たいい友達で、彼はO君を通じて私のことを聞き（多分、O君は私のことを面白く話してくれ過ぎたろうと思う）それからO君の書架から、私がO君に呈した私の著書を抽き出して持って帰ってそれを一読してくれたそうである。それから私の著書をO君のもとへ返しに来たE氏は「指紋の作者にあるいはどうして魚の口から金が出たか？　という神聖な噺の作者に是非とも、聞かせたい話があるのだが……」

と言ったそうである。正直に言えば、私は今までにこれは多分君の小説になるであろうと親切な人々が私に聞かせてくれた話であまり満足した例に乏しい。けれども私は、画家E氏の場合に限って、それはきっと私にも面白かろうと予測された。というのは、私はE氏その人はまだ知らないけれども、彼の制作は時折に展覧会などで見ることがあって、その度ごとに私は或る芸術上の同感をもって彼の制作の前に暫く佇むのが常であった。そのE氏が私の著作を見て面白いと言ってくれたという事は必ずしも彼のお世辞ばかりではないように思う——私の自惚れをもってすれば。互に互の作品を通じて同意し合うことの出来る或るものを持っているところの人、E氏が私に聞かせたい話があるという。私が或る冬の夜、O君に連れられて行って、E氏の画室でストオブを焚きつつ同氏を促して次の話を聞くことになったのは、以上のような順序でである。最初にこれを記してEとOとの両氏に負うところの多いのを感謝する。

画家E氏が私に語った話

考えて見るとその話は事の最初から変っていた。それは今から八、九年ほど以前のことである。私が二十一、二の時だから。或る日私は一つの手紙を受け取った。それは私を訝かしく思わせた手紙で、差出人は外国人の名前であった。しかも学校時代に語学をなまけたおかげで外国人に口を利かれそうになると逃げるほどの私には、手紙を貰ったりするような懇意な外国人などは、もとより一人もない。ところでその手紙には、最も馴々しい口調で、それはむしろ巧みな簡単な日本文で、けれども拙い日本字で、築地《つきじ》のSホテルのレター・ペーパアに書かれてあったが、——いろいろ書くよりも一目見れば万事は直ぐわかる。今日の夕方の六時ごろにこのホテルへ来て欲しい。面白い話があり、また多分君をも愉快にさせるような相談をも聞いて欲しい……と、手紙にはただそんな事が書いてあった。考えてもごらんなさい。知らない人からそんな手紙を貰った私は何だか底気味が悪くって、ちょうどその手紙を受取ったのは、朝、枕もとでであったが、その手紙がその日一日私の気を揉ませた。私はあるいは私たちの仲間の誰かのつまらない気の利かないいたずらではないかとも思った。画学生などというものは、デカメロンにあるプッファルマッコオ以来、人を困らせることを副業のようにしているものなのだから。そう気のついた私は、人に頼んで電話でSホテルへ聞き合してもらった——テオドル、ブレンタノなどとそんな名を名告《なの》る人が本当にいるかどうか？　もし本当にいるとしたならばその人が私に来いというのは人違いではないか？　どうかを。そうしてへんな事には、どうしても私だという返事を私は得た。

　五時になるともう暗くなって、街は灯のある夜の街となった。何でも十月ごろであったから。ボヘミアンを気取った穢《きた》ならしい身なりの私はおずおずしながら立派なホテルの玄関に立つと、不思議がられて断られるどころか、予め注意でもされていたかのように、金モオルや金ボタンのあるユニフォムを着たギァルソンが、明るい電灯の下に私を丁寧に或る一室の方へ案内をした。そうして暫くお待ち下さいと言い置いて私をひとり残して行ったきり、私を招いた誰だかわからない人というのはどういうわけだか直ぐには、私の前に現われないのであった。私は上には大きな書冊が沢山投げ出されている卓の前に座っていた。そうして私は部屋のなかをきょろきょろと一と通り見まわすうちに、壁のある部分を見てひどく愕いた。愕きと疑いとで、私はその灰緑色の壁の上に掛けられている二十五号大ぐらいの油画、或る風景画をじっと見つめた。私の疑いはとうとう私を椅子から立ち上らせてその画のそばへ行って見させた。それは正しく私自身の絵であった！「都会の憂鬱」であった。それはその年より二年ほど以前に、私が画描きになってから最初の機会に或る展覧会へ発表した絵なのであった。よく考えると、これはそれほど愕き疑うべきことではない。というのは、その絵というのは私の少年らしい驕慢《きょうまん》とどうせ売れるはずはないという自暴自棄とで少々高い価格をつけて置いたにもかかわらず売れた――誰かが買ったはずの絵なのだから。けれどもその時には、その私自身の絵を私がこのホテルの壁の上に見出した時には、私は実際ひどく愕いた。あんまり思いがけなかったから。そうして私にはより一層今夜私をここに招き寄せた人がわからなくなった。私は私の「都会の憂鬱」を買った人がどんな物数奇《ものずき》だったか、その二年前には一向注意をして置かなかったから。私は奇妙なことのあるこの一日を思いつづけながら、再び自分の椅子に帰って、早く不思議な私の招待者、物数奇な私の絵の買い手の正体を見たいものだとあせった。そうしてそっと自分の時計を出して見た。それは六時にはまだ少し早かった。私は気が揉めたので早くそこへ行き過ぎたものと見える。私はこのようにして不意に私の目の前に突き出された私自身の絵を反省し批評することにも倦きて、今度は自分の椅子の前の卓上から、そこに沢山積み上げられてある大きな書冊の一冊を手にとって披いて見た。それはいずれも何か建築のことに関する書物で、それにはそれぞれ、暫くそれを見ているうちに私をその方へ引き込んで行ったほどに豊富な挿画があった。……と、その時私の後の方にどっしりとした足音がして、ドアが開かれた。私は大きな本を慌《あわ》てて伏せると椅子から立ち上って振り返った。そうしてテオドル、ブレンタノ氏(?)を見た。若い立派な小肥りの少年の紳士が、今までは食堂にでもいたのであろうか、スモオキングを着て這入って来たのである。彼は私と同じ年ぐらいの若さであった。私は丁寧にお辞儀をしようと用意をした時、彼は事もなげに「やあ」と私を呼びかけて笑い顔になった。

テオドル、ブレンタノ?

全く彼は彼の手紙で嘘は言わなかった。私は彼の笑い顔を見た時、一目で何もかも解った。テオドル、ブレンタノ? 私は私の旧《ふる》い友達を忘れていたのである。けれどもそれの責任は決して私の心なしばかりに帰せらるべきではない。テオドル、ブレンタノは何故に私にくれる手紙へ昔のとおり川崎愼蔵と署名しなかったのであろう。川崎愼蔵ならば一分間も疑うことなしに、私が私の記憶のなかで呼び起すことの出来る私の幼少時代からの友であったのに。が、よく聞いて見ると、川崎は私をびっくりさせて見ようという下心も少しはないでもなかったが、決してそのために出鱈目を名告ったのではなかったのである。川崎はどっちの名前をも名告っていい混血児で、「それに今日ではテオドル、ブレンタノと呼ぶ方が本式だよ」と彼は笑いながら言った。母がなくなってから父に引き取られて彼は父の国へ、アメリカへ帰化したのだそうだから。川崎の父というのは東洋に多くの取引きをもった、そうして旅行癖のあるアメリカの富豪で、彼の母というのはその人の妾になって東京にいた。そうして川崎が十六になった時にその婦人は死んだ。川崎は父に連れられて横浜から船に乗った。私が彼を停車場まで見送ってやったその朝、中学校の制服を脱ぎすてて仕立下しの背広服に紫と紅と緑との入れ雑ったネクタイをつけて、巨きな父と一緒に一等車の窓から我々の方へ首を出した川崎……、父から土産に貰った金の時計に金メダルをさげてそれを中学校の制服のポッケットのなかに持っていた川崎……。私は彼の語り出すその後の身上話《みのうえばなし》を聞きながら、彼についてのさまざまな記憶を思い出した。そうしてそんなに変った身の上とても彼の名前そのものが変ったほどには変っていない。名前以外のすべてのものは、大きな体つきも、快活そうな話ぶりも魅力のある口もとも、ものに見入っている人のような目つきも、それからまた彼の持っているという富も、それらはただ数年間という歳月の間に成育したものだ。それは驚くべき加速度においてではあるが。私はそんな風に子供の頃からの彼を考える時に私自身も子供になっていた……

彼は二年前にも東京へ来たことがあると言いながら、彼自身の背後を指ざして、「君、あれはなかなかいいところがある」と私の画のことを言った。そうして彼は彼自身でも少しは画を学んだことがあると言ったが、彼が私の画について述べたところから推して見て、なるほどそれは全然のアマチュアが知ったかぶりをするのではなさそうに思えた。彼は、私の異論があったにもめげずに自信をもって、ホヰスラアを激賞した。その時もその後にも私は彼といろいろの美術上の話をしたが、実際、現今美術批評家だと自称している人たちよりは彼の方がもっと解ったような気がする……。そういう風に我々が芸術上の話をしているうちに、彼は不意に語気を改めて、彼がまさに実現しようとしているという「或る不思議な、そうして最も愉快な企て」（と彼自身が言った）を語り初めた。話が進むに従って彼自身が先ず昂奮して、それからその昂奮が私にまで乗りうつって、我々二人はいつの間にか有頂天になった。そうして私は私の友達のなかに裹《つつ》まれているその途方もないことを熱愛しそうしてそれを実現しようとする亜《ア》米《メ》利《リ》加《カ》霊（?）を本当に嘆賞しないではいられなくなった。日本にも幾多のミリオネアはいるであろうが、そのうちの何人が、彼の企てたようなそんな計画を考え出すであろうか。そんな計画を立てるためには確に多少の天才（?）を要するように思う。私は今思い出したが、彼が彼の企てを語っている最中にふと隣室から本を一冊とり出して、それの頁を気忙《きぜわ》しげに繰ってやがてそれの一節を朗読して私に聞かせた。私にはよくは解らなかったが、それはファウスト

第二部の一節であった——(E氏はそう言ってそれに歌われていた意味だけを筆者に告げたが、それは多分次の部分ではなかろうか。筆者は勝手にそうきめて、鷗外《おうがい》博士の訳から次に抄出して置く。)

わたしですか。わたしは物を散ずる力だ。詩だ。
自分の一番大事な占有物を蒔き散らして、そして自分の器をなす詩人だ。
わたしも無限の富を有している。
自分の値踏みをして、プルッス様に負けぬつもりだ。
富の神の饗応や舞踏を飾って賑やかにして、
神の持っておられぬ物をわたしは蒔き散らします。

……一口に言うと、彼は彼の持っている財産の全部を投じて一つの美しい街を、どこかに建てようというのである。彼は言った——彼の父、四年前に死んだ彼の父が彼に残して行った遺産は、南アメリカの或る部分にあったところの一つの広大な金鉱とその外のものとを合せて、約六百万円の以上に上った。それらの財産は悉く正金に代えられたので、そうして日本ではそれらの金は巨大な仕事をするに値するけれども、亜米利加ではすべての金は日本の六百分の一位にしか使うことが出来ない。彼自身の財産は亜米利加では恐らく僅かに一軒の屋敷を営むにしか足りないかも知れない。けれどももし日本でそれを一抛するつもりならば、恐らくはそれの百近くを持つことが出来そうである。「ところで」と彼は言った「私の持ちたいと思うのはそれほど宏大な屋敷であることを決して要しない。ただ家であればいい。大きさから言って一軒について多分二、三十坪ぐらいの二階家でいい。そうして私はそれを百欲しいのである。それら百の家は一切の無用を去って、しかも善美を尽していなければいけない。真のいい装飾というものは、恒《つね》にそれが一面では抜き差しのならない、必要を兼ねた部分でなければならない。不必要な贅沢のなかに美があると思うのは、現代のより大きな誤謬《ごびゅう》に原《もと》づいたより小さな——しかし、やはりなかなか大きな誤謬である。豊富なものを愛しようとする精神は人間のなかにある。けれども現代にある贅沢は殆んど悉くそこからは出立してはいない。とにかく一切の無用を去っても善美を尽すことは出来るものである。私はそんな家を百ぐらい欲しいのである——私は百ぐらいならば建てることが出来そうだから。そうして今も言うとおり、それはただ家であればいい。そこで今、本当にこれは家だと思えるような家は幾つあるだろう。ほんとうに少なかろう、ちょうどこれは人だと思えるような人が実に珍らしいように。……それからその百の家のなかに私は、百の人あるいは百の家族に住んでもらいたいのだ。私はその家をそれらの人々に貸すのではない。ただ住んでもらうのである。」彼はそんな風に述べて来て、彼がその家に住んでもらいたい人というのはどんな人かと私が尋ねた時に、彼は困ったように口籠《くちごも》りながら言った。「どうもそれにはまだ私の考え方が充分ではない。それに私は人の試験官になることは出来ない。けれども私がそれらの百の家から成りたつ小さな町を拵《こしら》えた人であるという小さな理由から、もし私の好む通りの人を択んでも僭越でなかったならば、」と前置きをして、彼は大体次のような箇条を数えたように思う――私はそれについてはその当時あまり充分な注意を払わなかったから、従ってあまり充分な記憶はないけれども。彼は言った――

「……(1)私の拵えた家に最も満足してくれる人。(2)互に自分たちで択び合って夫婦になった人々、そうして彼らは相方とも最初の結婚をつづけていて子供のある人たちでありたい。(3)彼自身の最も好きな職業を自分の職業として択んだ人。そうしてその故にその職業に最も熟達していてそれで身を立てている人。(4)商人でなく、役人でなく、軍人でないこと。(5)その町のなかでは決して金銭の取引きをしないという約束を守って、それのためには多少の不便を予め忍んでくれる人。そのために私はそこの私が考える町の近く――そうしてその町の外に、別にその町の人たちのために金銭の受け渡しをする場所をも設けるはずである。(6)そこの人たちは必ず一疋《ぴき》の犬を愛育すること、もし生来犬を愛しない人は猫を養うこと、犬をも猫をも嫌いな人は小鳥を飼うこと。」――云々。

「私は」と川崎は言いつづけた「私はそれが何も人である条件であるか、それに近いかなどと僭越にも定《き》めはしない。が、私はただ私の考えで何かそんな風なものを私の建てる家に住んでくれようという人たちの条件として仮りに決めて見ようと思う。そうしてそんなことを敢てする代りには、私は世間の人たちが私に与えるであろうところの馬鹿で気紛れで変人だという評語を甘受するつもりである。あるいはそれ以上の何事をも甘受しなければならないかも知れない。何か人と変ったことをするだけの事にでも、われわれの世界では随分さまざまな犠牲が入《い》るのだから……。それはそれとして、私の拵える家は重ね重ねも立派な住み心地のいいものでなければならないが、それでも私のようなそんな気紛れな馬鹿が建てた家のなかへ、そんな気紛れな条件で住んで見るというような人が不幸にも一人も見つからなかった場合には、私はただ私の建てた家々を人に頼んで綺麗に掃除をして置いてもらおうと思う。それから夜になったら、誰も住む人のいないその家々のなかへ私はかがやかな灯をともして置こうと思う、それらの窓からその灯が美しく見えるように。私はもともとその家に住んでくれる人のあるなしにかかわらずに、その小さな町を支え得るだけの金は予算のなかへ加えているのだから。それは百年ぐらい――永久にと言いたいがそうはいくまい――百年ぐらいその家は地上に確《しっ》かり立っていて欲しい。それから私はまだ言い忘れたが、その美しい町というのはどこか東京の市中になくてはいけないのだ。それは市のなかにくっきりとして一廓をつくっていて、思いがけないところにあって、しかし多くの人々がそれをつくづくと見る機会を持った場所でなければならない。そうして人々はその私の建てた家々をながめて、あんなところに住めたならばさぞよかろうと思い、そうしてそれは住みたい人には誰でも住めると聞いて人々はびっくりし、しかし、その家に住むことの出来る条件というものを聞いて訝しく思い、そうしてその変人は巨額の尊い金を徒費して何のためにそんな町を建てたのだろう？　私は人々の心にそういう疑問を起させたい。そうして私は不思議な男として人々に覚えられよう。わけても私は少年や少女たち、形は小さいけれども何らの成心もなしに物事をよく考え、よく感ずることの出来る尊い人間たちが、その町を見たならばそれの美しさのために、たった一目見ただけで、あたかも傑作のメルヘンのようにそれが彼らの柔かな心のなかへ深く沁み入って、終生忘れることの出来ない印象を与え得るような町でありたい。——若者たちが美しい娘のある方へまわり道するように、小供《こども》らは私の「美しい町」の方へまわり道をするようでなければいけない。」

「そこで君の愉快な考えは、僕にもいくらかずつ了解出来てくるように思うが、それについて私が君に助力することの出来るのは一たいどんな事であろう。」この驚嘆すべき計画家、若い立派なミリオネア、敬愛すべき古い友達の熱している顔を見上げながら私がそう言った時、彼が私に言ったところでは、第一にはそれの大体の場所を選定することについて、またそれらの家の一つ一つの壁だの屋根だの、またそれらのいい色をもった壁やよく調和された屋根を持った一つ一つの家から成り立った町の外観などについて、画家であるところの私にその企てが熟するに従ってさまざまな用事が出来て来ると言うのであった。それから彼は青い羊皮のある大きな手帳を出して、その計画をもう一ぺん数字によって私に示した。数字というものに何の親しみをも持たない生活をしている私は、そこにはただ、零が幾つもある数字が段々になって層をなして重っているのを見た。さてそれの一つ一つについて、彼は、私には明快なものに思われる口調で次ぎから次ぎへと説明しつづけて、彼はその大きなノートの二、三十ページの間を捲り返し捲り返しした。これを要するに私は、先ず第一に彼が広さから言って五千坪、価から言って五十万円位の土地を求めなければならないことを知った。そうしてそれ以上のことは私の大ざっぱな頭のなかでどうやら少しこんがらがって行った。それは私には少々迷惑であったが、彼の熱心が私をして彼のしていることは無用だと言わせることを遮った。私はただぼんやりとなって、その代りには彼が今数字でそうしているよりももっと面白く今のさっき描いて見せたあの美しい町の姿が、私のくゆらせている香のいい葉巻、それは彼が私にすすめた葉巻のその紫色に渦を巻く重い香のある煙のなかにちらちらと私に見えて来るように思えた。その頃の私は文学者や美術家などにも何らかの方法でその道の修道院があったらばよかろうに、などと真面目で考え込むことの出来るような若さをもっていたのだから。

我々の長い話の間にいつの間にか夜はふけて行ったと見えて、さっきまで聞えていた電車の音がもうひびかなくなっていた。その夜、彼はその頃ではまだ東京では珍らしかった自動車というものへ私を乗らせた。彼自身も散歩のつもりでと言いながら同乗して、私を大久保の私の家まで送りとどけてくれた。——私が自動車というものへ乗ったのはその夜が最初であった。

自動車のなかでは、彼は夜眠れない習慣のあることや、それ故この頃では昼間寝て夕方に起きること、それから当時ひどく貧乏していた私を、当分彼がパトロナイズしてもいいというようなこと、そんなことを少しばかり話したきり、喋りくたびれたのでもあろう、今のさっきまでとは打って変った態度になって、彼は殆んど始終深く沈黙していた。そうしてそれは彼ばかりではなく長い夜の町も、夜そのものも……。外には街灯と並樹《なみき》とがあって、ふと私はどこだか知らないところを通って、そのどこにもない「美しい町」の方へ急いでいるような気がした。

＊　＊　＊

もし自由自在に自分の望む夢を見ることが出来るという能力が人間に与えられていたならば、恐らくその夜以後の私は、どんな風に出来るかわからない、そうしてどんな風にでも出来る（！）その「美しい町」を毎晩つづけさまに夢に見たであろうと思う。実際に私は一度か二度はそんな風な夢を見たこともあった。――川崎の不思議な計画が何時の間にか私を捕えた。――私はドリイミイな気持ちになって、がたがたいう画の具箱を肩から掛けて、小春日和《こはるびより》を毎日毎日、東京市中をあてどなく、楽しく歩き廻った。――画学生である私は以前からそうではあったが。さて画になるような場所を思いがけない所で時々見つけることはあったが、私はもう今までのようにそれを直ぐさま画に描くという気にはなれなかった。（尤もこの時この事がなかったならば私の「都市風景」というエッチングの連作は胚胎しなかったかも知れない）とにかく、その時には私は、それらのいい樹のある風景や、屋根ばかりある風景や、渠に沿うた風景や、石垣のある風景や、金色の入り日で窓の光る風景やそれらの前に三脚を据えるという気にはなれなかった。ただもう、一たい何処にあるのだかしかしどこかにあるに相違ないその知られざる場所、「青い花」の種を蒔く畑、やがては生きた画であるところの「美しい町」になる資格を持ったそういう祝福された（！）五千坪を、今日こそ見出そうという考えで一杯であった。その五千坪は今日見出さなければもう消えてしまうような気持さえした。今日の今捕えなければもうないかも知れないのは、かえって様々の描かるべき風景の方であるのに。

私は殆んど二箇月近くもそんなことをして、薄ら寒くなって来る東京の市中をほっ突き歩いていた。そうして私は毎日失望して帰って、時折その失望をSホテルの彼のところへ運んで行っては彼をも失望させた。彼はしまいには何となく私に対して不平なような顔を見せたりした。

これ以上にもう十日もそんな日が続いたとしたならば、物に熱しやすく同時に醒めやすい私はもう飽きていたかも知れなかった。ところが、或るLucky idea（彼は――川崎はその時そう叫んだ）が偶然にも私に起って来た。というのは、御存知だろうと思うが司馬江漢《しばこうかん》の銅版画の一枚である。ちょうどその日も無駄を歩くつもりで街へ出た私は、日本橋のO町のKという美術倶楽部《クラブ》でその前の日あたりからちょっと見て置いてよさそうな或る展覧会が催されていることを新聞で見たのが思い出された。もうだんだん歳末に近づいて俗人たちが忙しがる時期であるのを面白いことにしてわざわざそれらの日を期日に択ぶという種類の好事家《こうずか》たちが、それらの人々の口吻で言えば南蛮紅毛渡来であるいわゆる古渡りの「和蘭陀《オランダ》」「以西班亜《イスパニア》」などの諸種の美術工芸品を清玩する目的で蒐集した展覧会だというのであった。好奇心から私はそこへ行って見たのであったが、猩々緋《しょうじょうひ》という色の羅紗《ラシャ》や、黒に紫と青磁とで唐草模様のある天鵞絨だとか、和蘭陀の皿だの花瓶だのこわれている大きな羅針盤だのその他、何でもそんな風な物が雑然と置かれた間に雑って、参考としてそれらのものの影響から日本で造られた、それらの全く無邪気な写し――イミテエションである様々なもの、――重に焼物などがあったが、私はそれらのものは後廻しにしたので、とうとう一覧しただけで満足には見なかった。というのはそれらの物が必ずしも私に面白くなかったのではない。但、それよりもその部屋の壁に掛けられていたさまざまの古い版画が先ず私により多くの感興を与えそうに思えたのだ。何でも珍らしい亜欧堂――その名を私はそこで初めて知った――もあった。で、私に彼のいわゆるLucky idea を齎した司馬江漢のも其処にあったのだ。――それを私はその時に一度見たきりであるから、同じ人の他のものと混同していないとも限らないが、私の今覚えているところでは、それは何でも銅版の上へ緑とオークルジョンとを基調にしてあっさりと淡彩したもので、ところどころにあったジョンシトロンはあまり淡いのでもう消え入りそうになっていた。地平線を画面の三分の一よりもっと低く構図して、そこにはささやかな家並みがあり、あまり大きくない立樹があり、それに微細な草の生えている道の上には犬と幾人かの小さな人間とが歩いていた。確か、その極く小さな人間の衣物にはくっきりしたピンク色がぽっちりくっ附いていてエフェクティブであった。広い空には秋の静かな雲が斜に流れていた。

その画そのものも多少はそれに与《あず》かって力があったろうがそれよりも私にその idea を与えたものは、むしろその画面の広々とした中空の上の方に、一種愛すべき稚気を持ったマンネリズムで風に飜っている巻物のような形のなかへ、製作者自身が書きつけたその画題であった。活版を真似た字体の羅馬《ローマ》字の六つであった――

“NAKASU”

中洲！　中洲!!　中洲!!　私は口のなかでそう叫びながら気違いだと思われない範囲で一散に、その会場から飛び出した。私は中洲の方へ先ず行こうか、築地の川崎のホテルへ先ず行こうかと思い迷いながらも、私の早足は築地の方へ向いていた。午後の三時頃であったが彼はまだ眠っていると言って、例の金ボタンや金モオルのユニフオムのガルソンは私を取次ぐことを躊躇したが、私は無理に彼を起させて、それから我々は二人で中洲へ行って見ることになった、彼は「Lucky idea だ！」「Lucky idea だ！」と繰り返しながら。しかし、私のなかには「もしそこも駄目だったら」と妙な不安があって、何だかそこへは行きたくないような気がした。

その後私にはあの辺はあまり用のないところになっているので、そこが今どんな風に変っているかは知らないが、その時我々がそこへ行って見た時にはただごみごみしたとりとめもないうすら寒い気持ちの場所で、私は直ぐにがっかりして、彼の意見を聞いたり私自らが述べたりするような勇気はもう到底なかった。「嗟、やっぱり駄目だったなあ！」と言うより外には私の意見はなかった。私の気の毒なただ黙っている同行者も恐らく同じ考えだと思いながら。我々は夕日の下の雑然たる物音を聞きながら、あの男橋というか女橋という方かどちらだったか忘れたが、とにかく川上にある方の橋を渡ってしまった時、

「どうも、とんだ Lucky idea だったなあ。」私は自分自身を嗤《わら》うつもりで、また、私の友達を慰めるつもりでそう言った。

「どうして？」すると私の言葉を聞くや否や、彼は一種昂然とした態度で私に聞き返した。そうして彼はそんな汚ならしい取得《とりえ》のないところで充分満足しているのであった。我々二人は行徳河岸《ぎょうとくがし》とは反対の方へ歩いて行ったが。――そこは川端に家並があるので道からは中洲は見られないが――彼は我々の歩いて行く前方の上の方を指しながら言った。

「まあ、橋の上へ行って見ようよ。司馬江漢もきっとそこから写したものだろう。僕は、よくボートであの橋の下をくぐったものさ。」

なるほど、橋の上から！　橋というのは新大橋のことなので、それはまだ今の新大橋になら

ない以前であったが、元の新大橋は今のよりずっと下手《しもて》に、中洲に近いところにあった。それは……（E氏はそう言いながら、立って直ぐうしろの棚に積まれてあったスケッチブックの一冊をとり出すと、彼自身とO君と私との三人が囲んでいたそのお茶のテーブルの上でその白い一頁を披げると、「勿論精確と言えませんが……これを先ず隅田川とすれば……」と断りながら、画家らしい手早さでもって次のような図――ここに掲げるのは私がその時彼から貰ったその模写であるが――を描いてそれで私に説明した。）

結局、彼はそこがひどく、本当にひどく気に入ったというので――実際、大橋の上から消えて行こうとする冬の入日のなかに、未だ何の形もないところのしかしそれはどんな形ででもあり得るところの「美しい町」を、今日の下にある汚らしい灰黒色の屋根のかたまりと置き代えて考えた時には、私でさえ、どうやらそこが気に入ったように思い直せたほどであったから――そうして、彼はそこのこの部分（そう言いながらE氏が我々の目の前で黒く塗りつぶした図面の部分）橋の上から最もよく見下すことの出来る部分に決めることにして、それぞれの方面から計画を実現することに努力しようと揚言した。彼はまた司馬江漢の例の画を、それは我々の企てに一つの暗示と決定とを与えた記念物として、また我々の町、「美しい町」がより古い時代にどんな場所であったかということが人々に知られるためにも、それが手に入るものであるならば手に入れたいと言った――けれども「何しろ持主は春波楼先生の蒐集家で」（とその美術商人は言ったが）あったために、そうしたその口実でもっと法外な多額を彼に支払わせようとした美術商人の言葉に対して「そういう偏愛家は尊重しなければなるまい」と彼はそう言い放ったので、遂にそれは彼のものにはならなかったようだが。

で、その晩は、我々が中洲を我々の意中の土地に決めた晩は、我々の心は浮き立った。それでちょいとお祭の余興のようなことがあったほどである。というのは、私は彼の化粧台の前で、三、四箇月ぶりにもじゃもじゃしている私のうす髭を剃った。それから私は自分の汚らしいコールテンの仕事服を脱ぎ捨てて、川崎から彼の立派な黒い洋服などを借り着した。それはそんな服装でなければ出入出来ないというホテルの不自由極まる食堂へ彼と一緒に行くためにである。おかしな事を思い出したが、その晩話に実が入りすぎて、物事にうっかりしている私は借り着のことは忘れていたと見えて、そのままの服装で家へ帰っていた……。で、食堂では我々は酒をも大分飲んだ。彼は微酔して彼自身の部屋に帰るとピアノを弾いて聞かせた。それは何の曲であったか、その曲が彼によってうまく弾かれたか、また出鱈目であったかを私は一向知らない——私には音楽のことは一切解らないから。その晩も我々は例によって「美しい町」の話をかたりつづけた。彼は、今日見たあの土地が手に入るかどうかを彼自身で明日にも調べようと言った。一つ新聞に広告をして「美しい町」の家の一つ一つを設計する建築技師を雇い入れようとも言った。彼自身のことをその「美しい町」の作曲者であると言い、私のことをそれの指揮者であると言い、今雇い入れなければならない技師というのはその「美しい町」、美しい家々から成り立つオオケストラにおいて、それの一つ一つの弾奏者であるとも言った。私は彼に頼まれたがままに新聞への広告文を文案した。彼はその技師に一ケ月三百円を支払おうと言った——それがそれらの仕事に対して充分に、あるいは比較的に多額であったかどうかを私は知らないが。しかし、それが新聞へ出た時に沢山の応募者があったから、それは思うに充分な手あてであったのであろう。その沢山の、二十人近くの応募者が毎晩彼に不満足を与えるために来て帰ったそうだ。

こうしてその奇妙な町の創立事務所になりかかっているホテルの一室が、沢山のそれっきりもう来ない人を迎えてから後に、或る日そこへ、一人の痩せた小柄な髪が全く白くなった老人が這入って来た。老人の外見は面白いものの一つであった。それは四十年前には多分最新の流行だったろうと思える——それでいてきちんとしたモオニングを着て、しかしそれが妙に気品をもって似着《につ》かわしく、その老建築技師は内気な上品な人の持つ慚羞《ざんしゅう》を帯びて川崎の前に出て来たそうである。数日後に私もそうであった如く、その時川崎は一瞥してその老人を既に充分好きになったと言った。話をして見て、彼は老人をもう一層好きになった。彼の問いに対して老建築技師はぽつりぽつりと答えて行ったが、その人は明治の鹿鳴館《ろくめいかん》時代、あの気まぐれな季節外れの花のような時代に、彼の愛好している開化した建築のことを学ぶつもりで彼自身の資産で巴里《パリ》へ行ったが、数年の後彼が帰った時には、あの不自然な欧化時代が去っていて、より不自然な退化時代を見た。そうして彼が折角中年に近づいて学んで来た学問は日本の土地では、予想外にももう無用であった。その代りに一人の新帰朝の建築技師はその後だんだん貧乏になり年をとって行く自分自身を見た。そうしてその間に、幾つかの兵営と活動写真小屋の設計の下請負いをしたきりであった。一度彼は人づてに懇願して、或る華族の別荘を設計したことがあったけれども、彼の苦心した会心の設計は用いられなかった。一つはあまりに素朴だと言われたし、もう一つの方はあまりに手が込みすぎていると言われた。しかし、この設計者の考ではその中間のものというのは実際俗で見られるべきものでないと信じられた。そこで建築技師は——彼はもうそろそろ老建築技師になりかかっていたが、とうとう重ねてもう一度設計して見ることは辞退した。そうして孝行な息子があって、医学者になって彼を養ってくれる間に、どうかして一生に一度自分の気に入ったような家を一つは建てて見たいと、そればかりを夢想しつづけながら、頼む人もなく、建てる土地もないのに、彼はさまざまな頼み手とさまざまなそれが建てらるべき土地とを彼の心のなかに見出しては、それをいつもこつこつと一軒一軒設計しては楽んだ。それらの紙上建築がもう五十軒近くもあるほどである。そうして彼はそれらのいつの間にやらもう、髪の白い老建築技師になっていたという。(何という浦島太郎であろう。)家人たちはこの老人にこの奇妙な熱心を捨てさせようと試みるそうである。しかし彼は、どうにかして彼の一生のうちに彼の考えた家の一つをでもこの本当の地上に建てて見たい、そう言うのが彼のもう僅かしかないであろう一生の願望である、と彼自身で言った。

「この珍重すべき人こそ本当に我々の仕事を相談すべき人だと私は思った。今の時代に彼は自身の仕事を心から愛している稀有《けう》の人だ。で私は、ともかくも彼が何の目的もなしに成した設計というのを一度見たいものだ、と頼んで置いた。その人は多分明日の晩六時半には来るはずである。私は我々の忠実な協力者がもう得られたも同然だとは思うが、君もその人を気に入らなければならないのだから、明日の晩、来てその人に逢って見ないか。」その老建築技師が訪ねて来たというその翌日の晩、川崎は私にそんなことを言った。そうしてその次の日のその時刻に私がホテルへ行こうと近づいた時に、私よりも一足さきにホテルの玄関の石の階段の上に、一杯ふくらがった大きな画嚢《がのう》を脇の下から腕一ぱいにかかえ悩んでそこを登っている老人の後姿を私は見た――川崎が噂をしたと同じ服装の。

この老建築技師について私の友達がその前日私に言ったことは、その晩、私にもすっかり同感出来た。

＊　＊　＊

こうして我々は、その建築技師とともで三人になって、三人の我々が一緒にその計画の遂行を急ぐようになったのはそれから二週間ほど後のことであった。仕事の時間は川崎の註文によった夜で、その七時半から十一時半までと定めた。しかし、どうして！ ただ四時間とは決るものではない。我々は楽しみのつづくかぎり、しばしば十二時の時計に駭《おどろ》かされた。

ホテルの広い一室に我々三人はそれぞれ三方に別れて、それぞれに一つずつの灯を据えたテエブルに向った。そうして時々必要に応じて中央にある川崎の大きな円卓のぐるりに集まった。

最初の晩、川崎はわれわれをそこに招待して我々に葡萄酒をすすめながら、その町全体の設計についてより具体的な説明をした。彼はその水に囲まれている土地の一端、その後彼の取調べたところでは多分手に入るに相違ないところの地所の六千坪以上は、同じ中洲の他の部分と区別するためにその中間に約幅三間のやや深い渠溝《きよこう》を設けようと言った。それからそれらの充分に区劃立った独立した区域は、一旦その周囲を堅固な石垣で積み固められなければいけない。町の道筋は、その区域の水ある周囲に沿うてその土地全体の輪廓を環をなして一周しよう。道路はやはり幅三間で、その水に接する側には、人間の胸の高さで彫刻のある石の欄杆《らんかん》――胸壁を設ける。こうして片側町《かたがわまち》になる家々は、胸壁と道とに沿うてそれらよりももう一まわり小さく再び互に環のように連るのである。こうしてさまざまな各異った形のしかし互に最も調和し合った家々、それは多分百軒よりは少くない家々が、言わば一つの城廓のような形をする。また、それらの家々のなか側の空地には、各〻の家々のうち側の窓が一様にまた一目で見ることが出来る庭園を持とう……。これが彼の考案の大体であった。そうして一つの家は、二階家で四十坪よりあまり以上の土地を費したくない。それ以上の屋敷を要する人はここの町の人でないように。とも彼は言った。

そうして当分は、私の仕事が最も多忙であった。というのは、あの老建築技師があてもなく設計した五十軒近くの設計のうちで十軒以上のものを、我々がそれを建てようとする土地に充分適当しているとして、川崎が認めたからである。その家というのは礎《いしずえ》や地盤には石材を豊富に使ったものであったが、家そのものは木造で倉造りになっていて、それの外形では殆んど一種純然たる西洋館であったけれども、家の内部はそれ自身が充分に一つの特有な様式を成すほどの工夫から出来た日本館であった。しかもそれの外形と決して何の不調和をも生じないと川崎は歎賞した。私はその設計図の側面図やら立体図やらによってその家の一つ一つを先ず手軽な水彩画にして見た。あるいは鉛筆画の上に着彩して見た。実用的に最もよく造られているというそれらの家は、それが画になった時にも能く絵画的であった。その家に美観をそえるであろうようなさまざまの形の樹木を、私はその家の脇に、あるいは後ろの方に空想で描いて見た。私は多く落葉する樹を考え、時には常磐木《ときわぎ》を考えた。それから家の壁にまつわるさまざまな蔓草を想像した。私はそれを毎日つづけているうちに、私の目に触れる機会のある限りのすべての家に、地上に既に出来ている家々や、あるいは邸宅の塀のなかなどにその梢だけを見せているあらゆる樹木などが、悉く皆私の仕事の参考品になるためにそこにあるような気持がした。私は空や雲やあるいは公園の花や女の着物などを見るごとにそれが我々の家々の壁とか、柱とか、露台の欄干とか、窓かけとか、その外いろいろの家具のどこかの色として用いられはしないかどうかと、物の色を見るごとに最先《まつさ》きにそんな事を思って見た。それほど私はそれらの仕事に一心になることが出来た。しかし、私は私の画を描いては改め描いては改めして、私が漠然と考えていたことは実際に面接して見るとよほど困難なものであることを考え悩む時には、川崎はいろいろと卓越した意見やら注意深い批評などを私に述べた。彼は彼で人に測量させて製図させた土地の大きな額の前に座って、時々ドリイミイな目を上げてその地図の上を眺め入っていることがあった。それにまた時々に彼は本を読んでいた。それはウヰリアムモリスの「何処にもない処からの便り」という本で、それを彼はよほど好きであったと見える、何時でも読んでいたから。またその頃になって彼は正午過ぎになって起床するようになり、土地の買入れのことについて人々と面会しない日には、ひとりで方々の町々を散歩しては、気に入ったような形をした家があったと言っては、それを我々のために話した。全く無口な老建築技師は一晩のうちに殆んど数えるほどしか口を利かなかった。全く何も言わなかったような日もあった。そうして、しかしそれが彼の不機嫌から来たものでない証拠には、彼はいつもひとりでにここにこしていた。何か必要があって彼のそばへ行くような場合には——既に私の方へ廻されている彼の設計図について何か質問したり相談をしたりするような場合には、私は彼の脇に立って二度でも三度でも繰り返して彼の名を呼ばなければならなかった。それでも私の方へはとうとうふり向かない事があって、私は仕方なしにそれを断念したこともあった。老人は聾《つんぼ》ではないのである。ただそれほど熱中して、鉛筆を削っていたり、考え込んでいたり烏口《からすぐち》を動かしていたりした。

我々の部屋には、必要上、白昼と同じような光を発する最も明るい電灯がともされた。また、我々が用談が出来て他の人々の方へ歩いて行く時には他の人々の考え込むのを邪魔しないために、その厚ぼったい絨氈の上に足音を忍ばせて歩くのが習慣であった。時々あの金モオルと金ボタンとの制服を着けたホテルの少年が、やはりこっそりと扉をあけて這入って来てストオブのなかに石炭を入れる時の外には、そのまぶしいばかりに白く明るいそうしてひっそりと静まり返った部屋が、またその部屋のなかで我々が影のごとく音もなく動くのを見ることが、私にふいと妙な気持を起させて、それが何だか夢のなかの光景か、大きな鏡に映っているのか、でなければ活動写真の一画面のように思えたりしたものであった。——我々はそんな風にして仕事をつづけた。

我々はいつも忙しかった。そうしていつも楽しかった。足音を忍んだガルソンはもうストオブを焚きに来なくなって、その代りには我々三人がいずれも自分に近いところの窓を明け放すようになった頃には、我々の仕事は加速度的に捗取《はかど》って行った。その仕事に慣れて来た私たち——私と老建築技師とは自分の机の前に来て坐りさえすれば自然といい考えが浮ぶようになって来た。こうなると別だん何という決った仕事のない川崎は自然、退屈であったと見える。それに彼は我々の美しい町が出来上るのが待ち遠しくて待ちきれなくなったものと見える——それは我々とても同じことであったが。そこで彼は彼自身のために一つの仕事を思いついた。

或る晩、私たちがいつもの通りに川崎の部屋に這入って行った時に、いつも我々が仕事にとりかかる前にちょっとお茶を飲む例の大きな円い卓の上には、鋭利に光っている鋏とナイフとが小さいのやら大きいのやら幾つか、物差しと一緒に置かれてあって、その傍には我々が設計した家のうちの四つが、ボオル紙と糊とで大きな板片の上に建てられてあった。その紙の家は高さ二寸ぐらいで、それには設計と全く同じ数だけの窓や入口が唯の手慰みとは思えないほどの克明さで穴を開けられ、それから私が考えて指定したと同じような色彩がその微小な家の外壁を油絵の具で色どっていた。それはまだ乾いていなかった。そうして川崎の眼は物思いに沈んだ人などと似通うたような厳粛ともいうべき真面目さで、じっとその紙の家の上に濺《そそ》がれていた。この晩からは、川崎は我々が仕事に従事している時間の間、それを彼自身の仕事にしてこの紙の家を丹念に拵えては並べているのであった。彼は子供のような熱心でその真面目な遊戯に耽っていたが、我々もまたそれが一つ出来上った時に子供のような楽しさでそれを見入るのであった。「ねえ、この小さな家には、これで一つ一つちゃんとした間どりまであるのだから愉快じゃないか！」そう、川崎は私たちに言ったが実際その小さな家には一つ一つ間取りもあり、またそれが本当の地上に実現された後の夢をさえも含んでいた。彼は毎晩、その我々以外の人々には馬鹿げて見えるであろうような紙細工に熱中したが、時々彼はその仕事を妨げられる晩があった。というのは例の金モオルに金ボタンのある服を着たガルソンが恭しく捧げた銀の盆の上へ名刺を乗せて訪問者のあることを知らしたからである。けれどもそれは本当に地上に出来る「美しい町」の仕事を妨げているのではなかった、かえってそれが捗《はかど》っているしるしであった。その訪問者は、我々が「美しい町」のために要する土地の周旋人であったから。

円卓の上の紙の家がだんだん数を増して来た時に、我々の無邪気な熱心な空想家はもう家ばかりでは満足しなくなって、そこに植えつけたいと私が思ったような形のさまざまな樹や蔓草などをまでその板の上にこしらえ出した。それは針金やむしりほぐした毛糸などで器用につくられたものであったが。それほどだから、町のぐるりを一めぐりしている道や、それの外側に沿うた例の胸壁なども追々に出来て行ったことは勿論である。そればかりか、それら全体を取囲む川の水の代りには、その板の上に彼は鏡を敷いた、おもちゃの家並がそこにそれの倒景を映し出すようにと。鏡があまりはっきりし過ぎていて水面の効果を偲ばせなかった時に、彼は鏡の表を半透明な擦りガラスにすることに依って曇らせた。彼のいわゆるこの美しい町のデッサンは――この紙細工の酔狂はだんだん嵩《こう》じて来て、私にさえもそれが少々凝り過ぎるように思えるほどになって来た。一度こんなことがあった。或る晩、私は老建築技師から与えられた五枚の設計図を見ながら、それらの家をどういう順序で組み合せたが最もいいだろうかと、これらのコンビネーションを一つ一つ目の前に描き出して見てはそれの一番美しいまた必然な形を与えようとして、私がそんな時にするのが癖になっていたようにスケッチブックをひろげて楽書をしている最中に、突然、部屋中の電灯が消えた。「どうしたんだろう」私がそう呼びかけ、老建築技師が呟いた時に、暗がりのなかで川崎の頓狂《とんきょう》な声がして、電灯を消したのは彼であった。彼は慌てて再び電灯のスヰッチをひねり返した。彼は彼の考えのなかに没頭していて、私たちが同じ部屋のなかで仕事をしていたことを忘れていたのであった。そうして私たちが暫くの間仕事を中止してもいいかどうかを私たちに聞いてから、彼は微笑を帯びた声で、円い卓の方へちょっと来て見るように私たちを呼んだ。それから再び電灯を消したが、彼は何時の間にそんな仕掛けをして置いたのであろうか、その卓上の紙の「美しい町」には、その家のなかにはそれぞれに一つ一つのかすかな光があって、それがそれらの最も微細な窓から洩れ出して、我々の目の下には世にも小さな夜の街が現出していた。その窓という窓からこぼれ出す灯影は擦りガラスの鏡の静かな水の面へおぼろにうつった――そこにも、彼の細かな用意があって、その鏡が家々に対して或る適当な角度をなして敷かれてでもいたのであろうか、たくさんの灯影はちょうど水の面をかすめた時のように、細く、長く、そこに映し出されていた。

「それからついでに」と言いながら、彼は青い極くほのかな電球の光をそれらの屋根に浴せた。私たち三人が肩を並べて、その月の光のなかの町を見下ろした時に、突然その町の上から指が一本下りて来て、小さな町の空地を指しながら、おずおずした老建築技師はむしろ気のない声で言った。

「さあ、もう灯《あかり》をともしてもよくはありませんか。私はここの家の梯子段《はしごだん》のつけどころを今工夫中なので……」

……こんなことは勿論、たった一度あっただけである。いかに私たちだって毎日おもちゃの町を夜にしたり月夜にしたりなどした訳ではない。

電灯と言えば、川崎は美しい町の家がともす灯火について大分考え込んだようであった。というのは彼は其処へ他の町と同じように電灯会社から電灯を引き込むということに満足しなかったのである。そうすることに依ってその町の独立あるいは孤立が妨げられるように思ったらしかった。けれども彼はその町で町の人たちにランプを使ってもらおうとも考えない――「私はそれがどんな形ででも時代が後がえりするということを喜ばない。それは懐しみのあることではあるが、単にそれだけのことに過ぎない。我々の眼が後方に附けられてはいないように、我々は前方をばかり見つめるべきはずだ……」と言った。この空想のなかに理窟があり理窟のなかに空想のある友人は、また言った「もし科学が完全に発達した時には、今我々が必要とするような大仕掛けな電灯会社（それは電灯ばかりとは限らないが）などに依らずとも、一軒の家に必要なだけの光ぐらいは、ちょうど人人がランプをともすに費すと等しいほどの手間と用意とで自分たちの電灯を自分たちの簡易な機械で灯す時代が来るに相違ない。ちょうどあらゆる家庭がミシンの機械を重宝しながら使用するように。その時初めてもろもろの機械は怖るべきものでも憎むべきものでもなくなって、真に我々の日常生活のなかで欠くことの出来ない愛すべきものになる。我々人間の生活が極致に達して合理的なものになるためには、我々の生活の半面である科学もそれ自身の方法でその極致の発達を遂げねばならない。私の考えでは、今日あるすべての有用な機械が、最も充分に発育を遂げた時には、あらゆる機械力は、そのどんなものでも、刻々に人の健康を腐蝕させなければ措《お》かないような大工場だけでなければ動かないという風なものではなくって、例えばそれはよく愛育されて手馴らされた優しい野獣、馬や牛が、ただその美しい能力だけを残していて人を助けるように、そうして人々が愛情をもってそれに近づくことが出来るように、あらゆる必要な機械は取扱いやすいものになり個人個人の楽しい好きな手芸を最も機敏に手助けをする最上の道具になる。その時こそまたすべての機械工業が芸術に高められるために必須な一階梯でもある。すべての機械工場は、言わば芸術上のミリタリズムではないか」と。彼はまた折にふれて、「今、我々が生活している社会生活は、金銭の無限な勢力という可笑しく奇怪な言説――グロテスケンを基礎にしてそれに附随するところのグロテスケンの様々な種類で迫持《せりも》ちになった危《あぶなっ》かしく醜悪な建築物で、しかも二足無羽動物はその奇異な巣の中で平然と住んでいる。それの改善を叫ぶ人々でさえもそのグロテスケンの一種をもう一つ加えるに過ぎない」ことを、彼は好んで指摘した。しかし私――一体ただ自分自身の興味にばかり没頭し、地上の事を思うよりも雲の色彩や星の運行を見るように出来ている私――彼がしたような考察に対してあまり適当しない性質の私は、彼の言うことだけが果してそのグロテスケンの一種でなかったかどうかを判断するには充分ではなかった。また、私は「何故」と言って彼に反問をして彼の考察の邪魔をすることで、彼の考えを深めてやりもしなかった。私はいつもつい煙《けむ》に巻かれていたことが多かった。しかし私は彼の言説の底に激しい潮のように流れている夢見る人のパッションがあることを見て、それを私も彼もともに感ずることが愉快であった。「この美しい町とても」と彼は或る時卓上の紙の市街を見守って言った「我々はただそれの形を拵え得るだけである。その「美しい町」が本当に美しく楽しい町になるかどうかは、ただその町に住んだ人たち各々の心がそれを成り立たせることが出来るだけである」

私たちは仕事に取りかかる前や、仕事を終ってから雑談する時には、よく彼がそんな風な話柄を私たちに与えたが、その話柄に対して私よりもより多くの興味を起した人は、可笑しいことには老建築技師の方であった。この老人のなかにはどうやら「自由民権」の思想が残っているのであった。

＊　＊　＊

私たち三人がそこに集って、毎晩そんな仕事に耽るようになったのは明治の最後の年の二月初めであったが、それが三年越しつづいた。三年目の夏も終りになって爽やかな外光がだんだん秋になって来たころには、その仕事は大部分先ず見当がついていた。川崎はこの計画を最初から三期に区切っていて、少くとも十年計画であったのだが、その第一期はその年の秋の初めに、予定よりはむしろ四、五ケ月も早く来たのである。それには勿論あの老建築技師、横わって平行し合ったり、喰い違ったり立上って並んだり、それを上から押しつけたりさまざまに生きている直線より外には一切何もない世界のなかで息をしていたあの老建築技師の異常な熱心が与かって力あったことは言うまでもない。が、その第一期の終りが近づこうというころには、川崎は彼の例の一流の理窟「二足無羽動物とグロテスケン」を言わなくなった代りには、非常な性急でもって私たちを迫《せ》き立てた。追立てられるまでもなく、我々は我々自身で苛立ちながら一段落を早く見たかった。

それは第一期の設備がもう多分今晩で終るという晩であった。私たちはその晩も徹夜をするつもりであった——そのころになって私たちはよく徹夜をしたものだが。夜がすっかり更けて来て、私には感興が加わって来た。私は石で出来る橋の図を書いていたが、白く磨かれた御影石の橋には水がその下をくぐるようにと三つのアアチがあった。それが上げ潮で水嵩《みずかさ》のました水の上へさかしまに映って水が動くまにまに橋の影がみだれて揺れる……。私の目の前にはそんなものまでが見えながら私はその橋の図を書いていたのであった。川崎は室の円い卓の方へ私たちを呼んだ。そこには殆んど完成しているあの紙の小さな美しい町の模型のそばに、シャンパンの罎が三本突立っていた。それからシャンパングラスが三つあった。大きな円い卓を私たちがいつものように三方から取り囲んだ時に三つの杯が私たちの前に一つずつ置かれて、川崎はそれのなかにその琥珀色の酒を注ぎ入れた時に、

「さあ、飲もう! 飲もう!」と言いながら、彼は慌てた人の様子で彼自身の前にあった杯をとり上げると、私たちの顔を窺き込みながらすぐにそれを飲み干した。「いよいよ土地は買えるという段取りになった……」

彼はつけ加えてそう言った。が、——私は計画がどうして成立せずにしまったかということを言うべき順序になって来た。そう言ったからと言ってあなたは別段驚きはしないであろう。でもあの中洲の土地は今でも汚いごみごみした場所として昔のままにある以上は。驚かないば

かりか、むしろそれがいずれはそうなることをこの話の発端から予期しておられたはずだ。ところが私と老建築技師との二人——いや彼自身をも加えて三人というべきかも知れないが、彼のことは先ず別として、我々二人には全く思いもかけないことであった。一口に言うと、この途方もない男はそんな町などをこしらえる金などはなかったのだ！

　立てつづけにシャンパンを飲んで、あの時、彼は呻くような声を出来るだけ落ちつけて言った——「私のおやじも山師であったが、山師の息子がまた山師なのだ」彼は自嘲の態度でそう言ってから、私たち二人の顔を、哀願する獅子のような目で見まわした。「私の父はね、以前東洋ではアメリカに大きな商館を持っているようなことを言い触らし、そうしてアメリカでは東洋に大きな商館を持っているようなことを言って、人を——私をまで瞞着《まんちゃく》して一生を送った人だ。そうして死んだ時には、南アメリカに大きな金鉱を遺して行った。これは嘘ではない。その鉱区は怖ろしく広かった。私は到底私の手では処理して行けそうもない穴だらけの父の生活の後始末を管理人から聞かされた時に、別だん惜しいとも思わずにその鉱山を売ることにした。その広大な鉱山の採掘権をさえ売れば、私の父の負債は充分償われて、その上にまだ巨額の金が私の手に這入る。金を持っているということは現代ではEverythingだ。現代では金のあるということは偉大な天分の一つなのだ。いや、唯一のそれだと言って見てもいい。金さえあれば革命でも出来る。その有難い天分を抱いて私は何をしようと勝手だ。それならば私は何をしよう?……十八であった少年の私、美術家になろうと志していた私は、私の鉱山が売れるまでの間、そんな夢想を逞しくした上で、私の思いついたものは「美しい町」の計画であった。私は生きて動く大きな芸術品としての「美しい町」を考えた。私が、昔の人が神の殿堂を建立すると同じ神聖な考えで、人間の住宅を考えようと初めたのは実にその時からである。私は、金に飽かして建てられた永久的な石造の家々から成り立って、それが美しいリズムをして並び重った大きな市街が、世界のどこかの丘の中腹のようなところにあることをよく空想した。空想好きな私の空想は限りなく延びて行って、その幻の市街が変遷して行く幾つかの世紀のなかに屹立して、家々には苔が生えたり蔦蘿《つたかずら》が纏ったりして町全体が自然のなかへ飽和されてしまい、その町の人人は祖先からの風習で金儲けのために仕事をするのではなくただ好きな楽しみのために仕事をしている。外の町から旅人が来て古寺院を見るように、またその町が立てられた当初から持っていたという彼ら自身のものとは全然反対な幾つかの習慣に驚くために、その丘のふもとの停車場へ下りる……。心ある人は人間生活の尊い鉱脈が、この山懐《やまふところ》の古びた街に古くから、ぽっかりその一端を表わしていたのを見るであろう……。私はそんなことをまで空想に描いた。ところで私のその空想を現実がだんだんと貧弱なものに征服して行った。というのは山師である私の父の鉱山というのは、鉱区こそは広いけれどもその鉱脈はもう尽きかかっているので、もしその鉱脈が尽きてしまったならば、その広大な鉱区のなかにもう一ぺん鉱脈が見出されるかどうか、それは頗る疑わしいと言うのであった。そうして最後に大きな翼で飛揚していた私の重たい大仕掛な空想が真逆《まつさかさま》に墜落した時に、その下敷きになった私の幻の町はめちゃめちゃに壊滅した。父の鉱山というのは結局廃坑で、縦横に穴をあけている空っぽの山なので、ちっとも蜜のない蜂の巣なので、そんなものや二重の抵当に這入っている父の屋敷は、父の遺した負債を償却するには何の足しにもならないものだと、彼らは言った。そうして私には身を立てるようにと言って五万弗《ドル》の金をくれた。その迷惑な父の跡始末は独逸から来た叔父が、父の弟が処理すると言った。今になって見ると、私は私の悪い管理人や叔父に騙《かた》られたのではなかったとは確信できない。が、そんなことはどうでもいい。唯私の持つことの出来る金が五万弗しかないと決った時の私の失望を想像してもらいたい。そうして、それはE君とTさん（老建築技師）とにはわけなく出来ることであろう――今の君がたの失望と驚きとこそは丁度私のあの時のものと別のものではないに違いなかろうから……。

「私が東京へ来た時には、私は、こうして十万円足らずの金を持っていたに過ぎない。そうして私にはそれ以上の何物も何処にもなかったのである。二百万円？　私はせめてはそれ位でもいい、私がそれを持てたならば！　と、絶えず心のなかでそればかりを思った。そうして私は私のどこにもない――しかし空想のなかにだけはある二百万円を礎にして、その上へ私の「幻の町」を建てて行った。しかもそれは結局「幻の町」であり、どうしてもその地上には実現されないものであることに一たび思い到った時、私は、せめては、それを人々の心のなかにだけは確実にあり得させたいために、芸術でそれを表現しようと思うようになった。初めに、私はその空想をただ私の心のなかに浮んだ不思議な形の雲として、何か散文詩のようにでも書いて見ようと思い立った。私の慾望がそれだけであったらば私は多分無事だったろう——それはいかにも私らしい、私に相応な事だから。けれども私はもっと本当に近いように小説にしてそれを書いて見たいと思い初めた。そうしてその次にはその小説がより事実らしくあるために、そのなかに「美しい町」を計画し、それを成立させるまでの真実の設計的記録をも悉く書き入れようと企てた。かつ、私の小説のなかではその主人公がそれらの計画が完全に成立した時に、不幸にも死ぬことになるのである。そうして、ためにその「美しい町」は地上のどこの地図にもない。私の小説の読者はそのために私の作品が「詩の領域」のものであるか「歴史の領域」のものであるかを迷う。そうして巻を措いてそれがやはり「詩の領域」のものであることが解るにしても、私がそれのなかに濺ぎ込むであろうところの私の熱情のために、また私の全く理智的に合理な設計のために、もしこの作者にしてただ金をさえ持っていたならば（!）、彼はその熱情と設計書とそうしてその金とに依ってそれを本当にわれわれの目に見える地上に建てたであろう、と私の読者たちが信ずるように、更に願うらくは私の熱心な読者のうちに、好事の富豪があって私の書物によって動かされて、彼自ら立ってそれを実現させるかも知れない……。私は再びそんなことを考えたのである。私は、我ながら、まあ何という夢想の好きな男であろう。こうして、私は沢山の住宅建築に関する書物を読んだ。そんな折ふしに、私のなかには私の父の山師の心臓があって、その心臓が先ず私自身をだましたのである——私には、時々、自分自身がそれだけの金を現に自分の銀行の帳簿のなかに持っているんだと思い込む秒間があった。その秒間が幾分間かになり、それがやがて私が「美しい町」について想像する時間だけそう思えるようにもなった。ちょうど、昼間は忍従の生活に身を捧げるささやかな僧院の庵僧が、夜ごとには淫蕩な貴婦人の衣飾《きかざ》った情人として酒色に身を委せた若者であったという物語の主人公のように、私は、その美しい町について計画する或る時だけ——それもやはり夜であるが——私は、無限の富限者《ぶげんしゃ》であった。いやただに、夜だけではない。私はどうやらいつでも絶えずそう思えそうであった。そうして私をそう思い込ませたものは、半ばは私自身であり、その残りの半ばは私以外の他の、私が会うすべての人々であった。一たい金のことなどに目をくれない、そんなものなどを少しも尊重しない私の思想とやりっ放しな私の性癖とが、私自身を、私が真に持っている財産の二百倍も三百倍位をも持つ巨万の金持として世間の人たちの目に映像させたのであろう。Lionizingか。それも無理ではない、なるほど、私は二百円を世俗の人が二円を尊重する程度に尊重したのだから。それに私はそうすることに依って、他の人からより以上の金を巻上げようとする世間にありふれた詐欺師ではなかった。私はかえって、自分の持っている金を、世俗の人が見て全く無意味だと思えるものの代価に蒔き散らしている奇妙な山師なのだ。言わば私は私の空想を実感にするために——私自身の実感を買い入れるために投資したのだ。そんな商法が、もともと世間にあったにしても、それをこんなに全力的には私より外の誰もはしない。それ故、世俗の人は私に何の警戒も必要ではなかったかもしれない。——あの馬鹿げた土地周旋人だけは別としてね。ところが、私を手もなく大金持と思い込んだのはただそれらの世俗の人たちばかりではなかった。私の気の毒に思うのは君がた二人だ。それの設計の記録を私の作品のなかに織り込もうと思って、それに要するさまざまな能力と知識とが私に不足していることに気がついて、その助力を君がたに乞いたいと思った時に、気の毒にも、君がたですらも何の疑念もなしに私をそれだけの資格のある富限者だと思い込んだではなかったか。尤も、その時には私自身でも些《いささか》の疑をも抱かずにその資格を自分のうちに信頼している時間ではあったが。——君方は、他の二足無羽動物が例のグロテスケンに盲信を置くように、愚にも、私を信じた。そうして欺かれた。そうして一生懸命で努力してくれた——人々が金儲けにいそしむように夢中でね。——そうして彼らがそのグロテスケンから覚《さ》める時にするであろうように君方は今狼狽している！　もしあの時——それともその後のどんな時にでも、「本当に君にはそんなことが出来るのか」とただそう一言、君がたの誰かが言ってくれさえしたならば、私は「いや、それは皆ほんの私の妄想だ」そういって今言うべきことをその通りにすべて正直に手軽るに告白出来たであろう。本当に私は君がたの誰かが、そういう機会を一度与えてくれればいいと、時々、それをどんなに願ったであろう。何故かというのに、時折私にもいつかは、私はただ君がたをわけもなく偽って出鱈目の希望を抱かせているだけだと、それを残らず君がたに打ち明けなければならない時、今夜のようなその時の来ることがよく考えられた。けれど私は自ら進んではそれを君がたには言えなかった。そのうちに、不思議にも絶えず物に追いかけられている不安な世界には一種精神的に引きしまった快楽があるのを私は感じ初めた、悪縁の男女がちょうどそうであるように。それに私は私がそう打明けたがために君がたの熱心が砕かれるのを心配した。私は、いずれは見捨てようとたくらみながら薄情な男が、娘を弄んでいたとは思われたくない。むしろどうしても一緒になれないことを知りながらも、愛情に溺れている者がただ一刻も長く愛を享けたいために、愛を偸んで、せっぱつまってくるまで別れの事を打明ける勇気がなかった若者に私は似ている……。

「目を閉じると我々の目のなかにくっきりと浮き上ってくるこの「美しい町」は出来上って永い年月の後に崩れたと思ってもいい。あるいは出来て見てから我々の気に入らなかったから我々自身が破壊した。そうして後に思えばそれは決して破壊しなければならないものではなく、立派な惜しむべきものであったのだ。いや、そんなことを言って、今日になってまだこの上に我々自身を偽らなくともいい。実在するものよりも幻の方が美しいとは、昨日までの私のような馬鹿の言うことである。幻は美しい、そうして実在するものはもっと美しい。しかも、我々の「美しい町」は決して出来ないのだ。私には金がないのだ！　それに要する大切な天分——金がないのだ。天才があると自欺《じき》して、終《つい》には人からもそう思い込まれて心の昂《たかぶ》った芸術家が、身のほどを忘れてうっかり途方もない大きな作品にとりかかってから自分に何の天才もない事を自覚して度を失っているのにも、私は似ている。私には今、はっきりそれを自覚しなければならない時が来た。明後日の夜の七時になれば、土地周旋人が狡猾げな押しつけるような態度で私の応答を聞きに来るのに面会しなければならない。七十六万何千円の支払に対して私にはもう三万円もない。それは周旋人に支払う周旋料の三分の一にちょうどよかろう。私は彼奴《あいつ》を一杯喰わせてやった。彼奴の俗悪な野卑な口もとが間抜けになることを見ることだけが、この場合ちょっと愉快でないこともない。私は三週間ほど前からK丸の乗船切符を買って置いたので、私は、明日のうちに日本から——少くとも東京から遁走《とんそう》するのだ。——私は、初め君がたには何も言わずに立去ろうかと思ったのだが……。」

「けれどもE君、それからTさん。君方が私にしてくれた仕事は皆、決して無駄ではない。私には私の幻の町は、君がたがそれぞれ私にしてくれた努力のために、一層はっきりと私の目に見えて来た。あなた方は私にいろいろないい考えや知慧を啓示してくれたので、私はそれを、今こそ、充分に描き出すことが出来る。私はそれをやはり本に書こうという考えは捨てないので、私のその本の題は〝Nisi Dominus Frustra〟(主によって建てらるるに非ずば徒労のみ)というのである。それが書き上げられた時には、私はそれの献身的な共力者、私と全く同じ大きな失望をまで敢て経験してくれた献身的の共力者、君がたを記念するために君がた二人に献じようと思うのである。私のトランクは君がたがしてくれた仕事で一杯だ。それより外には何物も殆んどない……」

川崎はそんな風なことを、むしろだんだんと落ち着いて来て、そうして自尊心の強い彼は彼自身を謝そうとする代りに、私たちを脅したり労ったりするような尊大な口調でそんな風なことを言った。けれども、川崎の蒼白な顔色と涙を帯びて光っている目つきとが彼の声を裏切った。何も言うべきことがなく、また何と言っていいかわからない私たち、私と老建築家とはひたすらに押し黙っていた。そうして私自身は何をしていたかは知らないが、老建築家は、おかしくもとっくに空虚になっている彼の杯をふるえる手つきで、何度も何度も無意識に無駄に飲んでいた。川崎もとうとうそれに気がついたと見えて、その空っぽの杯にシャンパンを注いでやりながら、そのついでに私の前の杯にも注いで「さあ、山師のために飲んでくれ!」と、そんなことを言った。三人は深い沈黙の底に沈み込んで、それが一時間であったかもっと長かったかは知らないが、その間彼の隣りの部屋に掛けている長く垂れた鎖でぜんまいを巻くような仕掛けになっている柱時計が梟《ふくろう》のような声で一度、時——四時?を報じて、そのうちに私は、私が何の意味もなく注視しつづけていた町に面した窓が、鎧戸《よろいど》の隙間からほの白くなって来るのを見ていたが、ふと私は今思いきって大きな声で笑って見たらば、このしんとしている白昼のような大きな部屋で私の笑い声がどんな風に反響するだろうか、とそんなことも考えたりした。

「そういうわけで」と川崎が最後に言った、「私はもう多分今晩からは此処にいないはずである。また君がたにも来てもらわなくともよい。それについてE君、君のところへ私は夕方手紙を出して置いた。Tさんのところへも。――私は君がたにも何も言わないでここを引上げようと思ったものだから。……もう夜が明けて来て、電車も動き出したようだ。私はもう君がたに帰ってもらおうと思う。――朝の十時には古道具屋が来る、ここにある私の家具を皆売り払うので。私はそれまで一つぐっすり眠ろうと思うから……」

彼はそう言いながら立ち上って、私たちを促すように彼自身で部屋の扉を開けた。そうして先に立《たつ》て梯子段を下りながら、ホテルの男を起して表の戸を開けさせた。私たちは黙々として彼と別れて、ホテルを出た。奇異な一晩は全く明けていて、しかしまだ日の出ない空からは朝霧が街の上に低く垂れていて、その中に人の少ししか乗っていない電車が動いていた。私のへんな状態にいた頭が一度に爽やかな気持ちになった。私はもういつもとは別に変った気持ちではないつもりであった。けれども後に気がつくと、川崎から思い掛けない言葉を不意に聞かされて、私の心もやはり少からず狼狽していたものと見える。というのは、いつもなら私は老建築技師とは、軽く礼を交《かわ》して、ホテルの前で左右に別れるのだのに、その時に限って私たちは別れずに一緒に歩いた。とぼとぼと歩いて行く老人について私は自分の行くところとは反対の方へ歩いて行っていた。かなり長い間、私たち二人は肩をならべて、何というのだかあの辺によくあるような或る橋を渡っていた。と、私たちがその橋を渡ってしまった時に、今まで一言も口を利かず、私もその人の傍を歩いていることを殆んど忘れていた老建築技師は、不意に、あの持前のおどおどした声で私に言いかけた――

「あの人とは、もう今夜から会えないのです。けれどもあなたは、私にまだ会って下さるでしょう。私の友達になって、どうぞ時々はやっぱり相談をして下さい。あの「美しい町」のことを。」

そう言って彼は私の手頸《てくび》を握った。老建築技師に何か答えようとした時に、その突嗟《とっさ》に、今までは全く呆然《ぼんやり》していた私の頭がこの機会で活動し出したものか、ふと、私には今まで思いも設けなかった大変なことが思い浮ばれた。

「Tさん、あなたとはまたゆっくりお話しましょう。私は今すぐもう一度ホテルへ行かなければなりません。今直ぐあの男に会わなけゃ!」

老建築技師T老人は、私が川崎に向って怒っているのだと思ったらしかった。私は私を引きとめようとするこの老人を押しのけるようにして、後をも見かえらずに早足でホテルの方へひき返した。私の目には、血まみれになって白いシイツの上で呻吟している私の友達が見えるように思った。彼は独逸へ行くといった。それは嘘だ。彼は死ぬつもりだ。「そうして小説のなかではその主人公がそれらの計画が完全に成立した時に、不幸にも死ぬことになるのである」彼はさっきもそう言ったではないか。馬鹿な男がその身をもってその小説を書こうとしている？　彼のような男は死ぬことを何とも思わない……。或るロシヤの小説のなかにある「人が聞いたら俺はアメリカへ行ったと言ってくれ」と言いながら、彼の顳顬《こめかみ》に当てたピストルの引金を引く男を、私は思い出していた。思えば、彼の言ったことが何だか「死ぬ」ということの謎に思い合される。私のところへ手紙を出したとも言った。それが書き置きだ⁉　私の心臓は高く鳴って、私は私の心臓のひびきに追っかけられるように足早に歩いた。私のとりのぼせた心配のそばには、別に落ち着き払った心持があって、あの日、「中洲！」という Lucky idea を持ってK美術倶楽部から川崎のところへ急いだ時に、やはりこんな早足で歩いたところは同じこの道ではなかったか？……とか、やあ朝日が出て来たなどと思いながら、地面に長く映じ出された自分の影を見ながら、自分の影を踏んで、その影を追うように歩いた。急いだ。町角を折れてホテルを見た時に、ホテルはまだしんとしていた。窓の灯はもう消えていた。私は表の石段を飛び上って扉を押したが、扉はさっき私たちが出た後でまた閉められてあった。私はまだ何事もなかった？　それとも誰もまだ発見しない？　と思いながら扉の側にあるベルを押した、——長い間。

三年来長い馴染のガルソンの一人が、目をこすりながらあの金モオルのあるユニフォムのホックをかけながら、仏頂面で私を迎えて私を川崎の部屋へつれて行った。部屋は私の予想に反対に、しかし彼の習慣どおりに錠も何も下りてはいない。それを開けた時に、円い卓の上には革の大きなカバンがあって、あの紙細工の市街は、それの下敷になってつぶれていた。その大きな部屋の隣りの部屋、川崎が眠る部屋はひっそりとして、川崎は死んではおらなかった。その代りには労《つか》れ切って死んだ人のように眠っているらしかった。私は私の過敏に病的な空想を自分で気恥かしく思いながら、川崎に大急ぎの用があると言ったガルソンの手前を繕って、彼が起きてからでもいいがまた出直すのが面倒だと言って、いつも徹夜をした時の後のように、仕事をする部屋——いや、昨夜までは仕事をする部屋であった部屋の長椅子の上に私は、暫らく睡ることにした。

……………………………………………………………………

「え？　なに？　死んだ？　死んだ？」肩を持ってはげしく、意地悪く揺りおこされた私は、そう叫びながら飛び起きた。——私は寝呆けていたのであった。そうして私の眠のなかででもまだ、あの就眠前からの私の過敏な妄想を持ちつづけていたらしいのである。実際、睡《ね》つきにくい私の眠のなかには、その時さまざまな川崎が夢と現《うつつ》との境目へ時々出没した。そうして私は明るい部屋の朝の光を苦にしながらやっと眠ついたところであったのである。

「何？　何の夢を見ているんだい？……早く起き給え？」

私の妄想のなかでは死んだ人である当の川崎が私を揺り起している。

「早く起き給え！　でないと君もそこのソファと一緒に古道具屋へ売ってしまうよ。」

川崎のこのつまらない洒麗《しやれ》と一緒に、そこには上等のお客に媚びる商人の笑い声が起って、見ると、私の前に立っている川崎の後には、二人の男が立っていた。一人は時折見かけた事のあるホテルの支配人で、もう一人は多分古道具屋であったのであろう。私は苦笑しながら川崎の勧めるままに顔を洗って、川崎と一緒に食堂の片隅で食事をした。もう十一時少しすぎであったので、私たちは昼の食事をしたのである。そうしてそれが私と川崎との別れであった。どうやら川崎は本当に外国へ行くらしいからである。川崎は全くいつものとおりであった。顔色が少し悪いだけで例によって快活な愛嬌のある笑い顔で、昨夜あんな風な光景を、つくり出した主人公とはどうしても思えないほどであった。私は、昨夜――というよりもその朝、あんな風に狼狽した自分を思い出して腹立しくなった位である。そうして「急ぎの用事で引き返して来たとガルソンが言ったが？」と彼がそれを私に尋ねた時には、私は無雑作に「いや、ただむやみと睡むくってうちまで帰るのが大儀だったからさ」と答えなければならなかった。そうして私はふと考えた——この男が、今自分の目の前にいる男が、あの時もし死んでいたならば、あんなに惶《あわただ》しい様子をしていた自分はきっとそれについて多少なりとも何かの取調べを受けなければならなかっただろう、と。彼は私がそんなことを考えたことなどは一向気がつかないらしく、むしろいつもよりもはしゃいで、約束どおり古道具屋の来たこと、すると古道具屋などにやるほどなら一こと言ってくれればホテルで買ったであろうにと、ホテルの支配人がくどくどと言うから、その方の相談は彼ら二人にいいように任して来たこと。だが、あのピアノだけはちょっと手放したくないこと。それ故起き抜けに早速一曲弾いたこと、——そう言えば、私がさっき夢のなかで川崎がピアノを弾いている後姿を夢に見たような気がしたのは、それは夢ではなかったのであったこと。こんな晴渡った初秋の朝に、船のキャビンはどんなに愉快であろうかということ。そうして実際、いかにも美くしい空の色であること。その他。私たちはそんなこんなことを無意味に語り合いながらゆっくりと食事を済した。私は川崎が私の家へ送ったと昨夜言ったあの手紙が気にかかりながらもそのことは、とうとう言い出さなかった。というのは、一つには私には見えがあって、まだそんなことを気にしていると思われたくなかったのと、もう一つにはそんな事を言い出してそんなに平静でいるらしい川崎を私の目の前で昨夜の気持にさせたくはなかったからである。正直に言えば、私には人よりも余計にセンチメンタリズムがあって、こうして別れたならば多分もう会えないかも知れない川崎の顔をじっと見ながら、私は淡い悲しみを持っていた。睡眠不足のせいか何かで、卓上の新鮮な青林檎《あおりんご》が、その色が、それを見ることが、私のこの別れという気持ちを妙にそそるのであった。(青林檎は今でも私にその時の心持を呼び起させる。)ホテルの支配人や、古道具屋や、彼らに指図されてあちこちと物を持ち運んでいる二人の男たちのいる騒がしい部屋から、私は彼と別れて来た。そうしてそれっきり会わないのである——今日まで。というのは、夜の七時の列車で出発するつもりだと言った彼は、その日一日を眠り暮した私が六時前に彼を見送ろうと彼のところへ行った時には、もう疾《と》っくに、午後四時ごろに出発した後であったからである。馴染のガルソンが取次ぎに出て来て、それらのことを私に話し、それからあの老建築技師も私と一足違いに、私と同じ目的でここへ来て帰ったことや、老建築技師が正午ごろに電話で出発の時間を聞き合せた時にも川崎はやはり七時だと答えさせたのに、彼は急に都合を変えたことや、それ故私たちにくれぐれもよろしく言うようにと彼はガルソンに言伝《ことづ》てたとも言った。私は自分自身の目で彼を見送らなかったために、何だか、彼はまだこのホテルのなかにいるような気がしてならなかった。そればかりではない、私がいつものとおり夕方に家からこのホテルへ出て来る時には、我々の三年越しの計画があんな風に、一夜のうちに崩壊したとはどうもまだ信じられなくて、やっぱりいつもの通りにあの仕事のつづきのためにホテルへ急いでいるような気がしたほどであった。けれどもすべてが華やかに灯をともされたホテルの窓のなかで、ただ二つ、昨夜まで私たちが仕事をした部屋、川崎の部屋、二階の表側の角の部屋の窓だけが暗かった。私はそれを見かえりながらわけもなく歩いた。私には「美しい町」のことばかりが思われた。私はどこをどう歩いたか知らない。ただ夜の町を歩きまわった。ちょうど全く望みのない恋をしている少年のように。——実際、私には気がついて見るとその「美しい町」が私の恋になっていた。この時、歩きながらそう思ったこの比喩は、どうやらただの比喩以上のもので、どこまでそれらを押し進めて行っても全く相似ていたような気がする。そうして私の足はいつの間にか、私を新大橋の方へ導いて行っているのであった——恋をする者の思い悩んだ早足が恋人の家のあたりへその体を無意識に運んで来るように。こうして私が橋のところまで来てしまったのに気がついた時に、私の足は自然とゆっくりと低徊《ていかい》する歩調になった。私はふと私の二、三間前方に、行き来の人々とは全く無関心で、欄干に凭《よ》りかかったまま無心で物に見入っている一人の人を見た。それは確にあの老建築技師なのである。彼はいつものように古いモオニングを着ている。彼が疑いもなくその人であることを知った時に、私は慴しくもと来た方へ歩を返した。その人の今見入っている夢を覚ますまいと思ったからである。また、うっかり彼に見つけられて何か一言——どんなことをでも一言、話しかけられたとしたならばその瞬間に私は危く涙が出はしないかという自分がいやだったからである。私は昨夜のあの奇妙な一夜のうちに、全く神経衰弱にかかっているのに気がついた。

＊　＊　＊

「美しい町」！「美しい町」！　私はそんな馬鹿なものを、一時も早く忘れてしまおうと思って、その次の日から絵の具の箱をひっかついではどこへでも出かけた。そうしてどこへでも行きあたりばったりに三脚を据えて見た。けれども駄目であった。樹を描いていると、私はふと「美しい町」の庭園を思い出す。家の屋根が見えるところだと「美しい町」の屋根を思う。夜になって研究所へ出かけて行くと、私の木炭はいつの間にやら女の裸体のデッサンをやめていて、私の木炭紙の片隅には小さな家が並んでいる。私は自分ながら時々気味が悪くなって、何か物に憑かれているのではなかったかとも考えた。

そういう日々のうちの或る一日であったが、その夕方私は思いがけなくもあの老建築技師の訪問をうけた。そうして私は彼から実におかしいことを頼まれた。――この老人の人並ではない性格は私にも前からわかってはいたのだけれども、この頼みをうけた時には、その私でさえも一時はおかしくてならなかったほどである。というのは、この老人はあの「美しい町」の計画は結局嘘であったのでそれ故、彼自身も最《も》うそのためには何の用もなくなったのだというだけの事を、彼が毎日毎日そのことについて吹聴していた彼の家人たちに向って今更、彼自身の口からはありのままに言えないというのであった。――それで彼はその後の十日ほどというものはいつも今までのとおり、七時前に家を出かけては十一時近くまで町のなかを歩きまわったり、見たくもない活動写真を見たりしては時間をつぶして家へ帰って、やはり「美しい町」の設計をつづけているふりをしているのではあるが、この退屈な無理な方法がいつまでもつづけられ得べきものでない以上は、一度は家の者にも本当のことを打明けなければならない。そうしてそれがこの老人自身には出来ないのである。それならば、彼の家人たちは彼のその仕事からの報酬を当《あて》にして生活をしているからと言うのに、決してそうでもなかった。彼らには医学者でC医学校の病理学の教授をしている自慢の息子があって、この孝行で寡慾な息子が彼の学校から与えられる金の殆ど全部を彼らに送っているので、彼ら――この老建築技師とその年とった妻とは、世間でよくいう楽隠居なのであった。老建築技師はそんなことを、例によっておどおどした口調できまり悪るげにしかし静かに話し出した時に、私にはふと、何かにつけて口やかましい年とった一人の女がその不遇な夫を事ごとに嘲る状態を、そんな家庭を思い浮べた。で、その老建築技師の妻がそんな人ではないかどうか、どういう理由で「美しい町」の出来ない所以を彼がその妻に打ち明け得ないのだかを、私は出来るかぎりごく婉曲に聞いて見た。しかし彼の答は私の不快な想像とは全く反対で、彼の妻はどうかして夫の思うような家が出来ればいいが、そうして今度こそはその立派な家がどっさり並んで立てられるものだと、それが実現される日を彼と同じように待ち設けているからだというのであった。――そういうわけで彼は彼の妻に全く顔向けがならないような気がするというのである、それにまた、彼の話から窺われるこの老夫婦の家庭が私には老建築技師の子供のような内気と同様に、限りなくおかしいものであり、同時にまた何となく無上に有難いもののように思えた。そうして私はこの老人の頼みを引受けると一緒に彼が一層好きになったのであった。こういうわけで私たちは再び時々会うようになり、彼の方からも訪ねて来るし、私の方からも訪ねて行った。父と子とよりももっと年の違った、私と彼とはこうしてその後永く親友同士になった。私は彼ら老夫婦の淡い愛情と静かさとに満ちた生活を見て、この騒がしい大都会の裏町に——それは日本橋の或る小路《こうじ》であったが——そんな生活があったことを見て懐しいことに思った。私はT老人をこの上もなく幸福な人だと思った。たとい世間的な生涯としては彼は敗残の人であったにしても、彼の身のまわりにはこの通りの平和があり、よき妻と、よき息子と、よき娘たちと、孫たちと、それから窓には一羽のよく囀《さえず》る鶯《うぐいす》があり、なおもっといいことには、彼にはその上に常に夢想してその幸福を追いまわすことの出来る題目「美しい町」までもあったのである。

ただ、このT老人がいつもいつも老人相応のくどさで「美しい町」のことを言い出すには私も全く困らされた。——というのは、それを言い出されると私までが妙に悲しくなるからであった。……

E氏の話はまだまだつづいた。T老人の話になってからもかなり長かった。——が、私はもうこれ以上書くのはよそう。何だかひどくつまらなくなって来た。一たい他の人から聞いた話を、その時ちょっと面白いと思って書き初めると、いつも大てい愚作に終るものであるが、作者はそういう種類の愚作をまた一つ書いてしまった。——が、もしまた何かのかげんであとをつづけて見たいような気持ちにでもなったら、無用なことだが、続「美しい町」を書かないとも限るまい。が、この二十《はたち》前後の世間知らずの二少年と、六十五になってまだ夢想することの出来る老人との話——そうしてこの話の三主人公と同じような人たちのためのこのお伽噺《とぎばなし》を、こんなに慌しく終る前に、私は、次のことぐらいは言わなければなるまい。——T老人が彼の兼ねての願望が協《かな》って思いどおりの家を最後に一軒だけ立てたこと。その一軒の家とは、それはE氏の評判の画室、即ち我々があの晩夜更けまで、前述の話を聞いたあの落着いたアルコーブのある画室であること。それから一九一六年のA展覧会で有名になったE氏の「或る老人の肖像」というのは、建築技師T老人を描いたものであること。T老人はその孫娘とE氏とが二人で楽しく暮すようにと遺言して昨年死んだこと。今年の春、祖父の遺言をうれしく実行したE氏の細君は、来年になったなら（自分の嫁入った年のうちはいけないという迷信があるから）犬を――あの「美しい町」の規約に従って犬を飼うこと。それには私のレオが来年の春産むであろう中の最もいいのを――実際、レオはいい子を産むのだから――貰ってもらおうと約束したこと。T老人の遺愛の鴬は老人が丹念に工夫してこしらえたその籠と一しょに、E氏の年少な美しい快活な細君によって、アルコオブの窓で今も愛育されていること。で、テオドル、ブレンタノの川崎慎蔵はどうしたか？　彼は独探ではなかったか？「美しい町」の紙で出来た模型は何処かの砲台に似てはいなかったか？……どうしてそういう馬鹿げたしかし一応は尤もでないこともない疑問が一度、どういう人たちの間に起ったか？　それからE氏の画室はどんな土地にどんなによく出来たか？　そんないい画室を立てる金がどこにあったか？　何故にその画室の礎石にはTとEと川崎との三人の名と年月日とを刻んだか？　正しく「美しき町」のうちの一軒であるE氏の家庭はどんな有様であるか？――それらはちょっと一口には言えないから、続「美しき町」が書きたい気になったらまた書いて見ないとも限らない。

私はこの拙い未定稿一篇を私の友情のしるしにE氏と同夫人とに捧げようと思う。

初出一覧

女誡扇綺譚……1925年5月「女性」初出
西班牙犬の家……1917年1月「星座」初出
のんしゃらん記録……1929年1月「改造」初出
田園の憂鬱……1918年9月「中外」初出
美しき町……1919年8・9・12月「改造」初出

『女誡扇綺譚・田園の憂鬱』解説

川本三郎

本書のような形で『女誡扇綺譚』が復刊されることをまず喜びたい。大正期の幻想小説として重要な作品だが、今日では文庫になっていないため、全集で読むしかなかったから。古書店の奥の棚にひそかに置かれた本が、ようやく日の目を見た感がある。

大正九年（一九二〇）、二十八歳の佐藤春夫は、中学時代の友人に誘われて、六月から十月まで、当時は日本統治下にあった台湾を旅した（中国の福建にも足を延ばした）。

『女誡扇綺譚』はこの旅から生まれた。「女誡扇」とは、中国で娘が結婚して家を出る時に、親が与える扇で、婦女の道徳について書かれている。この扇の持主だったと思われる不幸な女性をめぐる物語である。「綺譚」とあるように、リアリズムの小説のなかに、幻想譚が入り込んでいる。

台湾の古都、台南を舞台にしている。

この町で新聞記者をしている日本人の「私」はある時、親しくしている台湾人（詩人で世捨人のような暮しをしているので「世外民」と呼ばれている）と台南の、海（台湾海峡）に面した安平《あんぴん》に出かけてゆく。

かつては台南随一と言われた港だが、いまでは海に泥が入り込み、港は廃港になってしまっている。かつて繁華だった町はさびれ、衰頽している。

しかし、「私」は、廃市になっているからこそ、そのすがれた風景に惹かれてゆく。「荒廃の美」を見る。この視点が、大正期の作家、佐藤春夫らしい。富国強兵、殖産興業が国家の目標だった明治時代に生きた芸術家は、廃墟などという役に立たない、歴史的役割を終えてしまった風景を心に留めることなどあり得ない。明治という強さ、大きさ、新しさを求めるあわただしい時代が、大正に入って小休止した時に、芸術家の目に「荒廃の美」が見えてきた。

『女誡扇綺譚』は、廃墟小説といっていい。「私にもし、エドガア・アラン・ポオの筆力があったとしたら、私は恐らく、この景を描き出して、彼の『アッシャー家の崩壊』の冒頭に対抗することが出来るだろうに」とあるが、大正期の佐藤春夫は明らかに、古い屋敷や廃墟、廃園を作品の主要なモチーフにしたポオの影響を受けている。これは、出世作『田園の憂鬱』の冒頭にポオの詩が掲げられていることからも分かる。大正期の作家、芥川龍之介、谷崎潤一郎、あるいは江戸川乱歩らは、なんらかの形でポオの影響を受けている。

安平で「荒廃の美」を見た「私」と「世外民」は、そのあと台南の市中に戻る。ちなみに細かい指摘になるが、本文中に「赤嵌城《せきがんじょう》」とあるのは「安平古堡《こほ》」（ゼーランディア城）の間違いだろう。

「私」と「世外民」は、台南の市中に戻って、もうひとつの廃市の、「荒廃の美」を見る。安平港が深く、台南市中に入りこんだところに、「禿頭港《くっとうかん》」という、「安平港の最も奥の港」がある。ここも安平港が泥の海になるのと同時に廃市になっている。かつては栄えた町がいまは時代に取り残されている。古い廃家が並ぶ。「私」はその寂しい町の風景にこそ惹かれる。新しく隆盛してゆく力強い風景より、さびれ、亡んでゆく寂しい風景にこそ美を見出す。ここにも大正の作家、佐藤春夫の特色がよく出ている。

「私」は、禿頭港の廃市を歩きながら、古びた屋敷を目に留める。かつての豪華な屋敷がいまや荒れ果て、人が住んでいる気配もない。ポオの『アッシャー家の崩壊』を思わせるゴシックホラーの趣きがある。

「私」は、この屋敷のなかに入ってみると、そこから、女性の声が聞こえてくるので驚く。この女性は何者なのか。なんと言ったのか。そこから綺譚が始まるのだが、ミステリ仕立てでもあるので、その先をここで詳しく書くのは控えよう。

「廃屋や廃址に美女の霊が遺《のこ》っているのは、支那文学の一つの定型である」という言葉が文中にあるが、『女誡扇綺譚』は、ポオに代表される西洋文学の他に、「支那文学」、そして、小さなもの、はかないものを愛する大正文学の三つが混在しているところに生まれている。

ちなみに、「禿頭港」は、現在の台南の、神農老街と呼ばれる清代の雰囲気を残す古い町のあたりと思われる。

筆者は二〇一五年に台南を訪れた時、台南で暮す、台湾の歴史の研究者、黒羽夏彦さんにこの一画を案内してもらったが、にぎやかな通りから一歩、路地に入り込むと、まだ「荒廃の美」がある廃墟が残っているのに驚いたものだった。

廃港、廃墟、廃家。その古ぼけた屋敷にいまもいると信じられている亡き花嫁の亡霊。『女誡扇綺譚』は、佐藤春夫が台湾という、いわば異界に旅したことで書き得た幻想小説の秀作になっている。

ただ、この作品は、ポオのようなゴシックホラーの濃密さはない。むしろ、淡い。ポオが幻想を信じたとすれば、佐藤春夫は、近代人として、幻想はいずれ現実のリアリズムによって破壊されてしまうと諦めている。だから、あくまでも「淡い」。

「淡い幻想小説」であることが、佐藤春夫の大正期の幻想小説の特色だろう。夢や幻想を心底、信じることが出来ない。現代の作家のように、それをフィクションとして信じ込むことも出来ない。夢や幻想は、いずれ消え去る。その消滅を覚悟のうえで、夢を語る。幻想はいずれ終わると分ったうえで幻想を語る。

明治の文学を支配したのは、自然主義であり、リアリズムである。家族との葛藤、社会や国家と個人の対立。そうした現実的な問題を現実にそくして書く。それに対し、大正期の佐藤春夫は、国家や家の制約から離脱していわば、個人の部屋にとじこもって、自由にひとりの夢や幻想をふくらませていった。

大正六年、二十五歳の時に書かれた『西斑牙犬の家』は、従来の小説とはまったく違う。そこには父と子の葛藤もないし、夫婦の愛情のもつれもない。ただ、主人公が、ある日、林のなかに、小さな、心地のよい家を見つける話である。それまで明治文学が描いてきた、湿った、重い家父長制の家とは違って、そうした人間関係とは離れた、心地よく秘密めいた場所としての家をイメージする。

小さなもの、穏やかなもの、淡いものを愛した大正期の佐藤春夫らしい。家の重みを描き続けた明治の夏目漱石や島崎藤村の作品とは、まったく違う。

『田園の憂鬱』もまた、東京郊外の田園に移り住んだものの、結局は、東京に戻ってゆく失意の物語だが、この小説も、それまでの文学では忌避されていた心の病いを、むしろ芸術に結びつけようとする。小さなもの、弱いものに共感する大正文学の真骨頂を読み取ることが出来る。

佐藤春夫は、現実社会と真向うからぶつかり合って戦う作家ではない。むしろ、あえて現実から一歩、退いて、小さな世界に入り込む。古くから日本文学にある隠棲の伝統も踏まえている。現代ならSF小説と呼ばれるであろう『のんしゃらん記録』も、人間が植物へと変容してゆくメタモルフォーゼ譚で、一種の隠棲物語になっている。人間たちのなまぐさい社会に生きるよりは、いっそ、植物になりたいという遁世の思いがある。

夢は、いずれ破れることが宿命づけられているからこそ夢になりうる。近代人の佐藤春夫にとって、夢は亡ぶからこそ夢になっている。その意味で、『美しき町』（大正九年）も、淡い幻想小説の傑作だろう。三人の夢想家たちが、隅田川に浮かぶ中洲に理想の町を作ろうとして敗れてゆく。徒労の物語であり、彼らが作ろうとする理想の町は、はじめから敗北を予定されている。建築をはじめたところですでに「荒廃の美」が始まっている。「荒廃の美」を愛した佐藤春夫は終始、一貫している。

（評論家）

（お断り）

本書は1973年に新潮社より発刊された単行本『佐藤春夫集 新潮日本文学12』と1992年に岩波書店より発刊された文庫『美しき町・西班牙犬の家』を底本としております。

あきらかに間違いと思われるものについては訂正いたしましたが、基本的には底本にしたがっております。

本文中には土人、乞食、漁夫、老婆、百姓、産婆、妾、農夫、気違い、混血児、聾などの言葉や人種・身分・職業・身体等に関する表現で、現在からみれば、不当、不適切と思われる箇所がありますが、著者に差別的意図のないこと、時代背景と作品価値とを鑑み、著者が故人でもあるため、原文のままにしております。差別や侮蔑の助長、温存を意図するものでないことをご理解下さい。

佐藤 春夫（さとう はるお）
1892年（明治25年）４月９日―1964年（昭和39年）５月６日、享年72。和歌山県出身。詩人として1921年に『殉情詩集』を発表。小説家としては『田園の憂鬱』『都会の憂鬱』などの作品が名高い。1960年文化勲章を受章。

P+D BOOKS

ピー プラス ディー ブックス

P+Dとはペーパーバックとデジタルの略称です。
後世に受け継がれるべき名作でありながら、現在入手困難となっている作品を、
B6判ペーパーバック書籍と電子書籍で、同時かつ同価格にて発売・配信する、
小学館のまったく新しいスタイルのブックレーベルです。

女誡扇綺譚・田園の憂鬱

２０１９年１１月１２日　初版第１刷発行
２０２５年１月１５日　第２刷発行

著者　佐藤春夫
発行人　石川和男
発行所　株式会社　小学館
〒１０１－８００１
東京都千代田区一ツ橋２－３－１
電話　編集　０３－３２３０－９３５５
販売　０３－５２８１－３５５５
印刷所　大日本印刷株式会社
製本所　大日本印刷株式会社
装丁　おおうちおさむ（ナノナノグラフィックス）

2019 Printed in Japan
ISBN978-4-09-352379-0

P+D BOOKS